とにかく妹が欲しい最強の吸血姫は無自覚ご奉仕中！

緋色の雨 ill シソ

TOブックス

illust.シソ
design.AFTERGLOW

プロローグ　自称普通の女の子、家から飛び出す

かつてのエフェニア大陸は、現代より遥かに発展していた。現代では失われてしまった第三階位を超える魔法や、優れた技術を持つ種族が跋扈《ばっこ》する時代。

様々な種族が、自分達こそが大陸の支配者になろうとしていたが、その時代は比較的平和だった。他の種族の能力を超越する吸血鬼、真祖の一族が頂点に君臨していたからだ。

だが、そんな平和な時代がいま、終わりを迎えようとしていた。


「……なん、だと？　リスティア、お主はなにを言っているのだ」

真祖の一族が暮らす城にある謁見の間。

王座につく真祖の王は、信じられないと目を見開いた。

爛々と輝く赤い瞳に映り込んでいるのは——漆黒の髪を揺らす少女。目にした者を魅了してやまない真祖の姫君で——彼にとっては愛すべき愛娘だった。

そんな姫君——リスティアが握りしめた両手を広げ、ぷんすかと怒っている。

「だから、あたしは可愛い妹が欲しいのっ！」

「なにを言い出すかと思えば。可愛い妹とは、お前の代名詞ではないか。自分で自分が欲しいなどと……リスティアよ。お主は一体なにを言っているのだ？」

「なにを言ってるのか分からないのは、お父様の方だよぅ」

「立ち姿は可憐で、振る舞いは愛らしい。そして唇から紡がれる音色は、人々に癒やしを与える。まさに天使のごとく可愛い。お前の評価を口にしているのだが？」

「あたしは天使じゃなくてヴァンパイア。そして普通の女の子だよぅ。それに、可愛がられるんじゃなくて、可愛がるがわになりたいのっ！」

リスティアは今年で十七歳。何千年と生きることが可能な真祖の一族にとっては、まだまだ生まれたばかりの赤子も同然だ。

およそ数十年ぶりに産まれたリスティアを、両親や姉達が可愛がるのは必然といえる。

けれど、リスティアは物覚えが良く、手の掛からない子供だった。

にもかかわらず、姉達がお姉ちゃん体質で、こぞってリスティア（妹）は可愛い可愛いと甘やかしてくるものだから、リスティアも妹が欲しくなってしまったのだ。

「と言うか、話をごまかさないでよぅ。あたしは、妹が欲しいんだよ！」

「お前より可愛い娘が生まれるとは思えん。よって、あらたな娘を作るつもりはない。そうでなくても、子供はそう簡単に生まれんしな」

寿命が数千年もあり、不死に近い能力を持つ一族であるが故の欠点とも言える。何十年、下手をすれば何百年に一人というレベルでしか子供が生まれないのだ。

「お父様に作ってなんて言ってないよぅ。許可さえくれたら、自分で作るから」

「――なっ⁉　お、おおおっ、お前！　もしや、既にそういう相手がいるのか⁉　許さん、許さんぞ！　どこのどいつだ⁉　ぶち殺してやる！」

「……なにを言ってるの？　相手は今から見つけるんだよ？」

「今から見つける？　ならば仕方がない、戦争だ。この世の男を皆殺しにしてやる！」

とんでもないことを宣言する真祖の王。けれどリスティアは動じるでもなく、ただ、こてりと可愛らしく首を傾けた。

「妹にするんだから、相手は年下の女の子だよ？」

「……む？　お前はなにを言っているのだ？」

「人間とかエルフとかイヌミミ族の女の子を眷属にして、妹として可愛がりたいんだよぅ」

「け、眷属だと？」

「そうだよぉ。ねぇねぇ、良いでしょ～？」

ペットを飼いたいとねだる子供のように、リスティアは一生懸命に父親を説得する。その姿が壮絶に可愛くて、真祖の王は思わず許可を出しそうになった。

——が、かぶりを振って、寸前のところで踏みとどまる。

「……お前は、眷属をペットかなにかと勘違いしていないか？」

「そんなことはないよぅ。ちゃんと身寄りのない女の子を探すし、眷属にする前にはちゃんと、本人の許可を得るよ？」

「いや、そういう意味ではなくてだな。……眷属だぞ？　しかも、真祖の娘の眷属だぞ？」

真祖の王は難色を示すが、リスティアはくじけず、紅く輝かせた瞳で真祖の王を見上げる。

「ねぇねぇ、お父様が良いって言ってくれたら、妹を作っても良いって、お母様やお姉様達は言ってくれてるの。だから、お願い、お父様～」

「それは、だから、だなぁ……」

「ねぇねぇ、良いでしょ～？」

「むぐ……」

我が娘が無邪気で可愛すぎると、真祖の王はうめいた。

リスティアを溺愛する父親としては、娘の願いを叶えてやりたいと思う。だが、それでも、リスティアの願いを叶えるわけにはいかない理由があった。

そもそも真祖には、一般的なヴァンパイアにあるような弱点は存在しない。文字通り最強の一族である。そして、その眷属もまた、主に準ずる力を手に入れることとなる。

ましてや真祖の一族は、他の種族よりも圧倒的に様々な技術を有している。それらの恩恵にあずかれるのだから、眷属になりたいと願う者はいくらでもいるだろう。

そして極めつけ。リスティアはまるで無自覚だが、彼女は十七歳にして既に、真祖の一族の頂点に立つほどの能力を身に付けていた。

つまり、人間、エルフ、イヌミミ族。たとえどの種族から選ぼうとも、リスティアの寵愛を受けた娘が、この大陸を支配すると言っても過言ではない。

眷属《妹》を作って良いなどと、軽々しく言えるはずがなかった。

「どうしてダメなの？　ちゃんと、一生懸命に面倒を見るよ？」

「ダメなものはダメだ」

「だから、どうしてって、理由を聞いてるんだよぅ」

「ダメなものはダメだと言ったらダメなのだ」

ダメな理由を話すには、リスティアの力がずば抜けていることを話さなくてはいけない。

リスティアに限っては――と思いつつも、最強であることを自覚したリスティアが、絶対に増長しないとも言い切れない。

だから、理由を言えない父親は、ただひたすらにダメだと拒絶する。

一生懸命にお願いしていたリスティアは、その理不尽な対応にかんしゃくを起こした。

「むうううう、いじわるいじわるっ！　イジワルなお父様なんて大っ嫌い！　お父様がその気なら、あたしにだって考えがあるんだからねっ！」

「き、嫌い!?」

愛すべき愛娘に大嫌いと言われ、真祖の王は衝撃を受けた。最強たる真祖の王が、危うく灰になりそうな大ダメージである。

「家出するっ！　妹を作って良いって言ってくれるまで帰らないからね！」

「い、家出だと!?　そんなことをされては、お前を愛でられなくなるではないか！　待て、ちょっと待て！　リスティア!?」

慌てて引き留める父親を一瞥し、リスティアは一族が住まうお城を飛び出した。


――その後、リスティアは一族の追っ手をことごとく振り切り、魔法で空を飛んで大陸の片隅にある地下迷宮へとやって来た。

迷宮と言ったが、作ったのはリスティア自身。第八階位の魔法の練習がてら掘り進めた迷宮で、ほかの者は知らない場所に存在している。

「自分で見つけて、ちゃんと面倒も見るって言ってるのに、お父様の分からず屋！　こうなったら、徹底抗戦だよ！」

リスティアは可愛らしく悪態を吐き、どうすれば自分に妹が出来るかを考える。そうして最初に考えたのは、父親に内緒で妹を作ると言うこと。

人里で身寄りのない人間の女の子を拾って思いっきり可愛がる。その後、自分の眷属にならないかと勧誘して、了承してくれたら眷属にして、妹として一生可愛がる。

「……ダメ、だね」

リスティアはその計画を断念した。

リスティアの力と行動力があれば、妹を作るところまでは簡単だ。けれど、怒りにまかせて妹を作って後で家族に反対されたら、その妹がきっと悲しい思いをする。

そう思ったからだ。

――リスティアはわりとぶっ飛んだ性格だが、心優しい女の子だった。

だから――と、リスティアが次に考えたのは長期戦。時空魔法で自分の時を止め、妹が生まれるか、もしくは父親が折れるまで眠り続けるというもの。

「……あり、だね」

リスティアはその計画を実行することにした。

リスティアの力をもってすれば、自分の時を止めるなんて造作もない。それを数十年ほど続ければ、父親だってさすがに折れて、妹を作ることを許してくれるだろう。

そう思ったからだ。

——リスティアは心優しい女の子だが、わりとぶっ飛んだ性格だった。

という訳で、リスティアはほっぺたに人差し指を当てて首を傾げると、長い黒髪を揺らしながら計画を練り始めた。

真祖の力をもってすれば、自分の時を止めるのは簡単だ。けれど裏を返せば、リスティアの家族なら、簡単にその魔法を解除できると言うこと。

まずは、それを防ぐ封印を施さなくてはいけない。

もちろん、その封印すらも解除される可能性はあるけれど、封印を力業で解除する場合は、それなりの時間を必要とする。

いくら自分より優れた魔法使いが相手でも、数十年くらいの時間稼ぎは可能なはずだ。それに、すぐに破られたとしても、父が折れるまで同じことを繰り返せば良い。

真祖の中でも最強である自覚がなかったために、リスティアはそう判断した。

それと、時を止めているあいだに妹が生まれる可能性についても無視できない。時を止めているあいだに妹が生まれて、自分より年上になってしまったら目も当てられない。

だから——と、リスティアはその辺りについても対処を施した。

後は、自分の時を止めるだけなのだが——ただ時を止めるのは味気ない。それに万が一とは言え、妹が迎えに来る可能性もあるのだから、それなりに出迎える準備はするべきだろう。

アイテムボックスから材料を取り出し、今やすっかり使い慣れた第八階位の魔法を展開。炭素を高温下で圧縮し、自分を取り囲むように、光を虹色に反射させる透明の檻を生み出した。

「クリスタルケージ、かんせ～い♪」

炭素を高温圧縮して生み出したので、ダイヤモンドのケージなのだが、リスティアはダイヤモンドケージより、クリスタルケージの方が響きが好みらしい。

とんでもない材質詐欺である。

「自分に封印をかけるときは、目をつぶってた方が良いかな？」

時が止まっているあいだは本人にとっては一瞬だが、来訪者からすれば眠っているも同然なので、その辺りのことも考慮する。

「そうだね。条件が満たされたら、ケージが細かく砕けるようにしよう。演出は大事だよね」

目覚める条件に、眠るときのポーズなどなど。ああでもない、こうでもないと考える。そしてようやく満足がいったのか、手ぐしで髪型を整え、祈るようなポーズをとった。

「えへっ、これで完璧、だよ」

ポーズもバッチリ決めたリスティアは、次に目覚めたときに妹がいることを願って、持てる最高の魔法で自らの時を止めた。


それから季節は巡り、季節は巡り、季節は巡り。

数え切れないほどの年月が巡り――

「ここが、かつて繁栄していた旧時代の遺跡……なんだね」

リスティアの作った迷宮に、冒険者達が姿を現した。

エピソード1　自称普通の女の子、眠りから目覚める

「古代遺跡って言うから期待して来たのに、なんだこれは！　財宝どころか、家具一つありやがらねぇ！」

地下迷宮の最奥で、剣士の格好をした中年男性が悪態を吐いた。彼の名前はガウェイン。この迷宮を調査するために派遣された、調査隊の一人だ。

「お、落ち着いてください、ガウェインさん。まだ全部探したわけじゃありませんし、どこかになにかあるかもですよ」

「だったら、てめぇが見つけ出してみやがれ！　お情けで同行させてもらっただけの見習いが、生意気なんだよ！」

「――ひぅ。ご、ごめんなさい」

ガウェインに怒鳴りつけられ、びくりと身を震わせたのはナナミ。魔法使い風のローブに身を包んだ、気の弱そうな女の子だ。

ナナミは十五歳とまだ幼く、文字通り駆け出しの冒険者だ。

とは言え、調査隊に抜擢されたのは魔法の腕前を認められたからで、お情けで同行させてもらったわけではないのだが……気弱な性格のために反論することが出来なかった。

そもそも、ガウェインとは同じ調査隊のメンバーだけど、調査隊自体がギルドで編成された寄せ集

めで、もともと仲間という意識は希薄だ。

そこに加え、ようやくたどり着いた最下層。フロアに巣くっていたドラゴンに襲われて、他のメンバーは全滅。この部屋に逃げ込めたのは、ガウェインとナナミの二人だけ。

しかも、退路にはドラゴンがいて引き返すこともままならない。性格は粗野でも、技術が卓越したガウェインに、今のナナミが逆らえるはずがない。

それに、ガウェインは味方を見捨てても、自分だけは生き残ろうとしてる。この状況をなんとかしないと、私もおとりに使われて殺されちゃう――と、ナナミは危惧していた。

この状況を覆すなにかがないかと、ナナミは部屋を探し回る。そして、続き部屋になっている奥の部屋で――それを見つけた。

なにもない部屋の真ん中に、虹色の輝きを放つ透明のケージが設置されている。

光源が不明な光に照らされたケージは、その美しさだけでも途方もない価値がありそうだけど、驚くべきなのはケージの中にこそあった。

漆黒の長い髪に、透けるような白い肌。瞳は閉じられているが、鼻はすらっとしていて、口は薄紅を引いたかのように美しい。

整いすぎているがゆえに、芸術品としては物足りなさを感じてしまう。それほどまでに美しい人形が、透明なケージに収められていた。

「なに、これ……」

同性のナナミをしても、その美しさに目を奪われる。そうして立ったまま惚けるナナミに、ガウェインが気付いた。

「なんだ、なにを見つけた」

「えっと、隣の部屋に……」

「――どけっ！」

ガウェインはナナミを突き飛ばして隣の部屋に走って行く。

転んでしまったナナミは泣きそうになりながら起き上がって、その後を追った。

「…………なんだ、これは」

先ほどのナナミと同じように、ガウェインはケージの中にいる少女に目を奪われていた。

「分かりません。でも、もしかしたら……アーティファクトかもしれません」

「アーティファクトだと⁉」

「分かりませんけど……なんらかの魔力を感じます」

アーティファクトとは、古代の遺物。特に、古代文明によって生み出された、様々な魔法効果をエンチャントされた、マジックアイテムを指す。

その能力はピンキリだが、中には周囲を焼け野原に変えるような強力な物も存在するという。だから、アーティファクトかもしれないと聞かされたガウェインは目の色を変えた。

「よし、この人形を取り出すぞ！」

ガウェインは、透明なケージを開けようと触りはじめる。けれど、そのケージには入り口はおろか、継ぎ目一つ存在していなかった。

「くっ、どうなってやがる！」

いらついたガウェインが、持っていた剣でケージを斬りつけた。

キィンと甲高い音が部屋に響き渡る。

「なんてことをするんですか⁉」

「あぁん？」

ギロリと睨まれるが、引っ込み思案なナナミもこればっかりは黙っていられなかった。

「勢い余って、中の人形が傷ついたらどうするんですか」

「人形がアーティファクトなら、剣で殴った程度で壊れるかよ」

「ですが、絶対に壊れないという保証なんてないでしょう？」

「あぁもう、うるせぇな。そもそも、ケージにすら傷が付いてねぇじゃねぇか」

ガウェインの言うとおり、ケージには一ミリたりとも傷ついていない。

だけど、それは結果論だ。

……いや、もしかしたらガウェインの言うとおりなのかもしれない。そもそも、ガウェインは、人形に傷を負わせないように手加減をしたのかもしれない。

だけど、それでも、ナナミは中にある人形が心配だった。

……って、自分の命だって危ういのに、私はなにを心配しているのだろう——と、我に返ったナナミは自嘲する。

「おい、お前」

「え？　な、なんですか？」

「お前も魔法使いの端くれなら、このケージを魔法でなんとかしやがれ！」

「む、無理ですよ」

たしかに、ナナミは才能があると言われている。

けれど、旧時代の魔法使いには、現代の天才ですら足下にも及ばない。駆け出しとして優秀なレベルのナナミでは、太刀打ちできるはずがない。

「良いから言われたとおりにやれ！　お前が役立たずなら、おとりとしてドラゴンの前に放り出してやっても良いんだぞ！」

ナナミは息を呑んだ。

非道な手段ではあるけれど、このままでは二人とも助からない。そう考えれば脅しでもなんでもない。このままだと弱い自分がおとりにされると理解してしまったからだ。

でも、他に道がないからと言って、受け入れられるかどうかは別問題だ。

あんな化け物に食い殺されるのは嫌だと、ナナミは震える。

「それだけは、それだけは許してください」

「許すとか許さないとか、そういう問題じゃねぇんだよ！　そうなりたくなかったら、このケージをなんとかしろって言ってるんだ！」

「わ、分かりました」

お兄ちゃんの言う通り、こんな依頼なんて受けなければ良かった。

そう思うけれど、後悔しても始まらない。まずはここから生きて帰るんだと、ナナミはケージを調べることにした。

「……あれ？」

「なんだ、なにかあったのか？」

「ここに文字が書いてあります」

ちなみに、書かれているのは共通語だ。人間を初めとした種族がずっと使っている文字なので、文字の勉強をしているナナミは問題なく読むことが出来た。

だからナナミは「封印を解くことが出来るのは妹だけと書いてあります」と読み上げた。

「妹だと？　たしかお前はリックの妹だったな。なら、お前なら開けられるだろ。ケージに触れてみろ」

「……分かりました」

リックというのは、ナナミの面倒を見てくれている義理の兄であって、実の兄じゃない。そもそも、普通に考えれば、制作者の血縁が対象であり、無差別なはずがない。

そう思ったのだけど、ガウェインを怒らせるのが恐くて、言われたとおりに行動する。

そして、結果的にはそれが正解だった。ナナミが何気なく手で触れた瞬間、クリスタルのように美しいケージが粉々に砕け散ったからだ。

「――ふぇえっ⁉」

「なんだっ⁉」

驚くナナミ達の目の前。ケージによる拘束から解き放たれた美しい人形は、まるで重力を無視するかのようにゆっくりと、優雅に床の上へと座り込んだ。

◇◇◇

自らの時を止めた次の瞬間、リスティアはクリスタルケージが砕けるのを知覚した。

解除されるまでにどれほどの時間が過ぎようと、時が止まっていた自分にとっては一瞬の出来事のように感じられる。それを理解していたリスティアは、ゆっくりと座り込む。

理由はただ一つ。

ゆっくり座った方が、見栄えが良いと思ったからだ。

しかし、心の中では興奮しまくりだった。

リスティアは、封印が自然な形で解かれたのを知覚していた。そしてそれはつまり、目の前に封印を解いた自分の妹がいるかもしれないということだから。

期待を胸に、リスティアはゆっくりと深紅の瞳を開く。

そこには――長い栗色の髪に緑色の瞳を持つ、可愛らしい、とても可愛らしい女の子が一人。少し怯えたような顔で、リスティアを見下ろしていた。

い、妹だ！　まちがいない、可愛い妹ちゃんだよ！　わぁい、妹ちゃん！　あたしの初めての妹ちゃん！　ふわぁ、可愛い。凄く可愛いよう！

お前の方が可愛いだろうがっ！　と突っ込みが入りそうな様子で、リスティアはおはしゃぎして、推定妹ちゃんに抱きつこうとするが――寸前のところで踏みとどまった。

お姉ちゃんたるもの、妹の前で子供っぽいところは見せられないと思ったから。

リスティアはすまし顔で、推定妹ちゃんに微笑みかける。

「初めまして。貴方が、あたしの妹なのね」

上品な微笑みを浮かべて、凛とした声色で問いかける。

優しい姉の態度を真似た所作は完璧。これで、あたしもお姉ちゃんだよ！　なんてことをリスティアは思ったのだが――

「「に、人形がしゃべった――っ⁉」」

なにやら、リスティアの予想と反応が違う。

「えっと……なにを言ってるの？　あたしは人形なんかじゃないよ？」

「そ、そうなんですか？」

「うん。それとも、貴方の言う人形って、こんな風にしゃべったりするの？」

「それは、しませんけど……」

「だよね」

リスティアは満足気に頷き、咳払いを一つ。

「それじゃ、やりなおすよ」

「え、やりなおすんですか？」

推定妹ちゃんが戸惑っているが、リスティアはコホンと可愛らしく咳払い。膝をついた状態で、推定妹ちゃんを見上げ、優雅に微笑んだ。

「初めまして。貴方が、あたしの妹なのね」

「い、いえ、違います」

「…………え？　ち、違うの？」

今度こそと、推定妹ちゃんに問いかけたのに、否定されてしまったリスティアは動揺する。

「えっと……はい。私はナナミ。貴方の妹じゃありません」

「そ、そんなぁ……」

上品で優しいお姉ちゃんはどこへやら。リスティアは見ている者が可哀想になるくらい落ち込んで、ダイヤの破片が散らばる床の上へと突っ伏した。

なにやら、「おい、なんで妹のフリをしない！」「そんなすぐにバレる嘘はつけません」なんてやりとりが聞こえているが、落ち込むリスティアの意識には引っかからない。

リスティアは、指先でダイヤの破片を弄り始めた。

「って、そんな破片を触ったら怪我をしますよ！」

慌てたナナミに、上半身を引き起こされる。

ナナミの様子がなんだか、姉を心配するお節介な妹のように思えた。

「あの、やっぱりあたしの妹という可能性は？」

「……えっと、ごめんなさい」

「……しょんぼり」

リスティアは言葉どおりにしょんぼりした。

整った顔が寂しげに歪む姿は、見ている者の保護欲を刺激する。なかなかに表情豊かと言うか、表現が過多である。

その辺りが、両親や姉たちに可愛がられていた理由なのだけれども。

「おい、なにをちんたら話してやがる！」

急に粗野な声が響いた。妹にしか興味のなかったリスティアの視界には映っていなかったのだけれど、中年くらいの男がいたらしい。

歳は……お父さんと同じくらい。数千歳くらい、かな？

彼らが人間だと気付いていないリスティアは、そんなずれたことを考える。

もちろん、冷静に観察すれば、真祖でないことは分かるはずなのだが……妹のことしか頭になかったリスティアは、妹になり得ない存在として意識から除外していた。

年下じゃないし、そもそも女の子ですらないからと、再び男を意識から閉め出す。

そうして考えるのはこれからのこと。

実のところ、妹がいないのに目覚めてしまった理由は既に理解している。

この迷宮に身内以外が訪ねてくるなんて思っていなかったから、年下の女の子であれば誰でも封印が解けるようにしてあったのだ。

対策は……別にしなくて問題はないだろう。ここに人が来るなんて滅多にないだろうし、リスティアにとって、時を止めるなんて片手間でしかないのだから。

だから——と、リスティアは立ち上がり、クリスタルケージを作り直そうとする。

「おいっ、無視してるんじゃねぇ！　おい、ナナミ、なんとかしろ！」

「ひぅ」

男に怒鳴られ、ナナミがびくりと身をすくめる。

それが気になって、リスティアはナナミに視線を向けた。

「えっと……ナナミちゃん？　ナナミちゃんは、なにか困ってるの？」

「え、ど、どうしてそう思うんですか？」

「だって……震えてるから」

「そ、それは……えっと」

「もし困ってるなら、助けてあげるよ？」

妹じゃなかったけれど、ナナミが可愛いことには変わりない。可愛い物好きなリスティアが、ナナミに興味を抱くのは必然だった。

けれど、優しく問いかけるリスティアに対して、ナナミは怯えたまま。

「ドラゴンだ。ドラゴンが外にいて困ってるんだ！」

「……ドラゴン？　それが、ナナミちゃんが困ってる理由なの？」

名前も知らない男に問い返す。

「ああ、そうだ！　ドラゴンに追われて、この部屋に逃げ込んだんだ。部屋の外にドラゴンがいるから、逃げ出すことも出来ねぇ」

「ドラゴンに追われて……この部屋に逃げ込んできた⁉」

リスティアの思い浮かべるドラゴンとは、体長が数十メートルほどあり、ブレスで辺り一帯を火の海に変えるような種族である。

そんな巨大なドラゴンが迷宮にいると聞いたリスティアは、狭い迷宮に詰まって動けない、間抜けなドラゴンの姿を思い浮かべた。

……ふふっ、それはちょっと見てみたいかも。あたしの作った迷宮がドラゴン程度に壊せるとは思わないけど、一応は確認しておこうかな？

なんて思っていたら、男が再び口を開いた。

「お前、何者なんだ？」

「何者って……普通の女の子だよ？」

「普通の女の子だぁ？　ちっ、役に立たねぇ。せめて、抜け道とか知らないのか？」

「抜け道なんてないよ」

「ちっ、ホントに使えねぇ」

「でも、ドラゴンなら、あたしが退治してあげても良いよ？」

リスティアが告げた直後、男が間の抜けた表情を浮かべ――続いて、怒りをあらわにした。

「お前、ふざけてるのか？　それとも、頭がいかれてやがるのか？　冒険者でもないただの小娘が、倒せる訳ねぇだろうがよ！」

「――ナナミちゃんは、あたしがドラゴンを退治したら助かる？」

リスティアは怯えた様子のナナミに問いかける。

「退治って……まさか、ドラゴンを倒すつもりですか!?」

「そうだよ？」

「む、無理です！　ドラゴンなんて、熟練の冒険者が数十人がかりで、ようやく倒せるような強敵なんですよ!?」

「えへへ、あたしの心配してくれるんだね、ありがとう」

リスティアは嬉しくなって、自分より少し背の低いナナミの頭を優しく撫でつけた。

「し、心配とかそういう問題じゃなくて。って、どうして撫でるんですかぁ」

「心配されて嬉しいからだよ。でも、あたしは大丈夫。ドラゴンを倒すなんて簡単だから。ドラゴンを倒したら、ナナミちゃんが助かるかどうかだけ教えて？」

「それは、もし本当に倒せたら嬉しいですけど……」

「ん、分かった」

リスティアはすまし声で答えつつ、ドラゴンを倒したら嬉しい。それはつまり、あたしがドラゴンを倒したら、ナナミちゃんに感謝される。お姉ちゃんって呼ばれるかも！

なんて、色々すっ飛ばして打算的なことを考えながらアイテムボックスを開き、以前エンチャントの練習で作った、魔法のレイピアを取り出す。

「ふえっ？　ど、どこから出したんですか⁉」

「うん？　どこって、アイテムボックスだよ？」

「ア、アイテムボックスって、あの伝説の収納魔法⁉」

「……伝説？　うぅん、ただのアイテムボックスだよ？」

リスティアにとって、アイテムボックスとは珍しくもなんともない第四階位の魔法。それが伝説扱いされているなんて思わなかったので小首を傾げた。

けれど、ともあれドラゴンを倒せば良いんだよね——と、身をひるがえす。そうして向かうのは、部屋の外へと続く扉の方。

「ちょっと、待ってください。部屋の外にはドラゴンがいるんですよ！」

「心配しなくても、大丈夫だよ」

ナナミが引き留めようと手を伸ばしてくるがするりと回避して、外へと通じる扉に手をかけた。

ちなみに、この迷宮に設置しているものは全て、リスティアの魔法によって保護されているので、朽ちることもなければ簡単に砕けることもない。

なので、当時のままの扉は、物音一つ立てずに、ゆっくりと開いていく。

そして、その先に広がるフロア。リスティアが魔法の練習に使っていた数十メートルはあるフロアに、全長五メートルくらいのドラゴンが――ぽつんと存在していた。

「……あれは？」

「ドラゴンですよ！　さっきそう言ったじゃないですか！」

「……ドラゴンの子供、だよね？」

「どこがですか！　どう見ても成体ですよっ！」

ナナミが泣きそうな感じで、成体だとまくし立ててくる。けれど、フロアにいるのはどう見ても生後数百年くらいの子供ドラゴン。

たしかに、リスティアの数十倍は生きているけど、ドラゴンとしては子供。大した脅威はないのだけど……ナナミは本気で、あの子供ドラゴンを恐れているらしい。

あの程度のドラゴンを恐れるなんて、どう考えてもおかしいよ――と、そこまで考えたリスティアは、ナナミをあらためて観察して、ただの人間であることに気がついた。

人間？　人間の……困ってる女の子……？

格好いいところを見せたら、きっと慕ってくれるよね？　そうしたら、眷属になって、あたしの、正式な義妹になってくれるかも、だよ！

そんな淡い期待を抱いたリスティアは、レイピアを地面に突き刺して、アイテムボックスから取り出した普通のリボンで、長く艶やかな髪を纏めた。

別に邪魔になるようなことはないのだけど、そっちの方が格好いいと思ったからだ。

なお、実際は格好いいと言うよりも、非常に愛らしい姿となっている。

「よーし、準備完了、だよぉ」

レイピアを再び手に取ったリスティアは、ドラゴンに向かって歩き始めた。

◇◇◇

「だから危ない――って、どうして掴めないの⁉」

止めようとするナナミの手を逃れ、少女が無謀な挑戦をしようとしている。それを見たガウェインはチャンスだと思い、ナナミの手を掴んだ。

「おい、あの娘が襲われてる隙に逃げるぞ！」

「な、なにを言って……あの人を見捨てるって言うんですか⁉」

「あぁん？　だったら、お前がおとりになるか？　どのみち、あのドラゴンは倒せねぇ。なら、誰かを犠牲にするしかないだろうがよ！」

ガウェインの怒鳴り声に対し、びくりと身をすくませる。そんなナナミの気弱な態度に、ガウェインは舌打ちをする。

ドラゴンを倒すには、熟練の冒険者が何十人と必要になる。そして、それだけ集めても、少なくない犠牲を覚悟しなくてはいけない。

気の弱い魔法使いと、言動のおかしい娘が何人いたところで、盾にしかならない。なら、一人でも多く逃げる手段を選ぶのは当然だ――と、ガウェインは考えている。

もっとも、ナナミに逃亡を促したのは、少女が殺されているあいだに逃げ切れなかったときに、次の囮とするため。生き残るのは、あくまで自分優先だ。

「とにかく、逃げるぞ！」

ガウェインはナナミの腕を引いて走り出そうとする。けれど、ナナミはそれに抵抗した。

「……どういうつもりだ？」

「わ、私は……」

少女を置いて逃げるという罪悪感と、死にたくないという恐怖がせめぎ合い、動けなくなってしまったのだろう。

これ以上は時間の無駄だと判断したガウェインは、ナナミを見捨てることにした。

「勝手にしろ。俺は逃げる！」

ガウェインが身をひるがえすその瞬間、ドラゴンの巨体が少女に襲いかかった。

「――危ないっ！」

ナナミの警告を耳に視線を走らせれば、ドラゴンが少女に襲いかかるところだった。それに対して、少女はレイピアを腰だめに構え――

アホかっ！　レイピアなんぞでドラゴンに傷をつけられるわけがねぇだろ！　そんな無駄な攻撃をするくらいなら、せめて一撃でも避けて俺の逃げる時間を稼ぎやがれ！

心の中で、思いつく限りの悪態を吐く。

けれど――

「えいっ！」

少女が可愛らしい声でレイピアを振るった。

直後――天変地異が起きた。

フロアが真っ赤な光に包まれ、爆音と熱波がガウェインの場所にまで届く。あまりの衝撃に思わず目をそらし――ほどなく、フロアに静寂が訪れた。

そうして、ガウェインが視線を戻すと、そこには――

静かにたたずむ、黒髪の少女。そして、その少女を基点に、決して破壊できないはずの床が、フロアの端まで抉り取られている。

ドラゴンの姿は……どこにもない。

――って、なんじゃそりゃ⁉ ドラゴンを一撃で消滅⁉ いやいやいや、そんな馬鹿な！

熟練の冒険者が数十人、何百回と攻撃を加えて倒すような化け物を、華奢な少女の一撃で消滅とか、そんな非現実的なことがあってたまるか！

意味が分からない。まったくもって意味が分からない。

そもそも、ドラゴンを一撃で消滅させるなんて不可能だ。ましてや、それを引き起こしたのは、華奢な少女の「えいっ！」という可愛らしい一撃。

物語に出てくるような英雄が、渾身の一撃を放ったのならともかく、天使のような少女が「えいっ！」と可愛くレイピアを振るっただけ。

なのに、フロアは大きく削り取られ、ドラゴンの姿はどこにも残っていない。

「……なんだ、俺は夢でも見ているのか？」

あまりにもありえない状況を前に、ガウェインは言いようのない恐怖を覚えた。

―― 2 ――


ドラゴンを一撃で消滅させた余波で、嵐が巻き起こる。そんなフロアの中心で、ドレスの裾をはためかせていたリスティアは、内心でドヤっていた。

――えへ、えへへ。完璧、完璧だよ、あたし！　これなら、ナナミちゃんも、あたしをお姉ちゃんと呼ばずにはいられないはずだよ！

そんなことを考えつつ、クルリと振り返ったリスティアが目にしたのは、キラキラと目を輝かすナナミ――ではなく、恐怖に怯える瞳だった。

……あ、あれ？　どうしてそんな目であたしを見ているの？

もしかして、調子にのってオーバーキルしちゃったから、野蛮だって思われちゃった？　必要最低限の力で、スマートに倒した方が良かったのかな？

人間の女の子は、そもそもドラゴンを一撃で倒せたりしないのだが――動揺したリスティアは気付かない。そうして戸惑うリスティアに対し、冒険者の男が恐る恐る口を開いた。

「お、おい、今のはなんだ？」

「いまの……って、なんのこと？」

状況を飲み込めていないリスティアは小首を傾げる。その姿はとても愛らしかったのだが、先ほどの行動のせいで逆に不気味さが増している。

冒険者の男の恐怖は極限に達した。

「と、とぼけるなっ！　ドラゴンを一撃で屠った攻撃に決まっているだろう！　一体どうやったら、そんな化け物じみた一撃が放てるって言うんだよ⁉」

「――ガ、ガウェインさんっ！」

取り乱す冒険者の男、ガウェインと言うらしい――を、ナナミが必死に止める。リスティアを気遣ったわけではなく、ドラゴンを一撃で倒したリスティアを刺激したくなかったからだ。

ただ、その辺の事情は、リスティアにとってはどうでも良かった。そんなことよりも、今のやりとりで自分がやりすぎて怯えられていると理解して焦り始める。

そ、そうだよね。あんな子供ドラゴンを恐れるくらいだし、それを一撃で倒す相手がいたら恐いよね。びっくりするよね。

も、もっと苦戦するべきだったよぅ……

慌てたリスティアは、どうやってフォローするかを考え――

「さ、さっきのは、その……えっと。そ、そう。このレイピアのおかげなんだよ！」

全てレイピアの力だと言い張ることにした。

「レイピアのおかげ、だと？」

「う、うん、そうだよ！　このレイピアには、身体能力の向上に、攻撃の威力をアップする効果があるの。だから、このレイピアがすごいだけで、あたしは普通の女の子なんだよ！」

「武器にそんな能力が……？」

ガウェインの視線がレイピアに釘付けになる。それを見たリスティアは、もしかして信じてもらえそう？　なんて期待する。

「ね、ねぇ、貴方は本当に、普通の女の子……なの？」

黙りこくったガウェインの代わりに、恐る恐る問いかけてきた。リスティアは、そんなナナミの手を掴み、指先で自分の頬を触らせる。

「な、なにするんですか⁉」

「触ってみれば、普通の女の子だって分かるかなって思って。ほら、柔らかいでしょ？　強化をしなければ、すぐに傷つくのは、みんなと変わらないんだよ？　ホントだよ？」

一生懸命に、普通の女の子アピールをする。

もしここにリスティアの家族がいたら、必死に言い訳するリスティア、可愛すぎか！　と悶絶していただろう。

けれど、古代の人間と現代の人間に、身体能力の差は特にない。ただ、魔法や様々な技術が、今より格段に優れていただけ。

リスティアが真祖の姫だなんて夢にも思っていない彼女らは、武器のおかげという言葉を信じてしまった。

そして、その勘違いが、彼――ガウェインにとっての運命の分岐点だった。

「その武器はまさか……アーティファクト、なのか？」

「え、そんな大げさなものじゃないよ？　身体能力の強化と、切れ味の増加。それに自動修復に、剣を振るったときに炎を放って敵を焼き尽くすだけだよ？」

「思いっきりアーティファクトじゃねぇか！」

「えぇ……」

リスティアは困惑する。

なにしろ、リスティアの思い浮かべるアーティファクトというのは、正真正銘の神器。一撃で地図に書き込まれるレベルの谷を作り出すような代物だ。

間違っても、自分がエンチャントの練習に作ったような武器ではない。

だけど、この時代の人間にとって、リスティアの説明したレイピアの能力は、十二分にアーティファクトの領域である――なんて夢にも思わない。

だから――

「そのレイピア、俺にも見せてくれないか？」

「え？　それは……別にかまわないけど？」

リスティアはあっさりと、レイピアをガウェインに手渡した。

「ね、ねぇ、良いんですか？」

袖を引かれて振り返ると、戸惑った様子のナナミと目が合った。

「えっと……どうかしたの？」

「どうかしたの、じゃなくて。簡単に貸しても良かったんですか？」

「え？　それってどういうこと？」

「――こういうこと、だ！」

どん――っと、背後から背中を突かれる。

同時に、胸の辺りにわずかな痛みが走った。なんだろうとリスティアが視線を下ろせば、胸からレイピアが生えていた。

「あ、あぁっ」

その現実を目の当たりに、悲痛な声をこぼす。

「ガウェインさん、なんてことを――っ」

「くっ、くははは、これでアーティファクトは俺の物だ！」

ガウェインがレイピアを引き抜いた。刹那、リスティアの胸から、真っ赤な血があふれ出る。

そして――


「あ、あたしのお気に入りの服に穴があぁぁぁぁ――っ!?」


リスティアは心の底から絶叫した。

「し、しっかりしてください！　すぐに回復魔法を使います！」

ナナミは大慌てで魔法を使おうとして――途中でリスティアの悲鳴がおかしかったことに気付いて動きを止めた。

「…………服に穴？」

「そうだよぅ。この服、あたしのお気に入りだったのにぃ……」

むーっと拗ねるリスティアを見て、二人は混乱した。

「い……いやいやいやっ、服がどうとかじゃなくて胸を刺されたんですよ!?」

「……え、それが？」

「それが……って、胸を刺されたんですよ？　刺されたんです……よね？」

「刺されたよぅ。おかげで、服に穴が空いちゃったんだからね？」

「いえ、だから……」

胸に穴が空いたら死んじゃうじゃないですか――と、しごく当たり前なはずのセリフを、ナナミは口にすることが出来なかった。

最初こそ派手に出た血が、今は止まっていることに気がついたからだ。

ちなみに、真祖のリスティアは不死身同然である。一般的なヴァンパイアが持つような弱点もなければ、心臓を消し飛ばされたとしてもどうと言うことはない。

とは言え、刺されたら普通に血が出たりするので、強化していなければ普通の女の子と同じように傷つくというのも、まぁ……嘘ではない。

ただ、人間の女の子と同じように傷ついた後、ありえない速度で再生するだけの話。

――などとリスティアは思っているが、それはあくまでリスティアが思っているだけ。普通の人間であるナナミ達は、リスティアが普通ではないと思い始めた。

そして、その衝撃が最も大きかったのは、ガウェインである。

ただの少女であるリスティアを殺して、アーティファクトを奪ったはずだった。にもかかわらず、レイピアで刺されたリスティアが平然としていたからだ。

「なんだ、なんなんだお前は！」

「ふえ？　だから、あたしは普通の女の子だってば～」

「ふざけるなっ！」

恐怖を抱いたガウェインは冷静さを欠いた。

「落ち着いてください、ガウェインさん」

「うるさいっ、役立たずが出しゃばるなといっているだろう！」

かんしゃくを起こし、ガウェインがレイピアを軽く振るう。ただそれだけで、ナナミが持っていた杖ごと、その身体を大きく切り裂いた。

「——あうっ⁉」

ナナミは血を撒き散らしながらくずおれる。それを見たリスティアはびっくりして、ナナミの側に膝をついた。

「ナナミちゃん、大丈夫？……再生は、出来る？」

「……魔法で少しなら。あぁでも、杖が壊れちゃいました」

答えるナナミの声は弱々しく、迷宮の床に赤い花が咲いていく。

リスティアであれば一瞬で修復できる傷。だけど、ナナミはそうじゃないのかもしれない。

その可能性に気付いて、リスティアは不安になった。

「く、くくくっ、どうやらアーティファクトと言うのは事実だったみたいだな。なら、お前が死ななかったのは、なにか別のアーティファクトを隠し持ってるから、だな」

ガウェインが高笑いを上げる。

もちろん、ガウェインもリスティアの異常性には気付いているのだが、現実を受け入れるだけの強さを持ち合わせていなかったため、自分に都合の良いように解釈してしまった。

「見たところ、アクセサリーの類いはつけてないな。さっきの反応と合わせて考えると……なるほど、その服がアーティファクトだな」

「服？　まあ、エンチャントはしてあるけど」

「くくっ、やはりそうか。なら……殺されたくなかったら服を脱げ」

中年のおっさんが、愛らしい美少女の服を脱がそうとする。

完全に事案である。

しかし、リスティアは、そのセリフにも特になにも感じない。それどころか、服を渡せば、普通の女の子だとしらを切り通すことが出来るのかな？　なんて思った。

だけど――

「ごめん、後にして。今はナナミちゃんの怪我を見るのが先だから」

ナナミの前に座ったまま、肩越しにそう告げた。

リスティアが普通の女の子と言い張っているのは、ナナミに怖がられたくないから。なのに、そのナナミに死なれてしまったら意味がない。

ナナミを優先するのは当然だ。

「ふざけるなっ！　そんな暇を与えるはずがないだろう！　良いから、そのドレスを脱げ！」

「だから、少し待ってくれたら脱ぐっていってるじゃない」

「ちっ！……こうなったら、力尽くで脱がしてやる」

ガウェインはレイピアを腰だめに構えた。その攻撃意思に反応して、レイピアが付与された能力を発動。ガウェインの身体能力を格段に引き上げる。

「あらたに手に入れた俺の力、受けてみやがれ！」

ガウェインが、全力でレイピアを振り抜く。リスティアが振るったときとは比べるまでもないが、それでも魔力を帯びた一撃がリスティアに襲いかかる。

けれど――

ガウェインがレイピアを振るうのと同時、リスティアもまた魔法を発動していた。

リスティアの展開した第四階位の攻撃魔法が、ガウェインの攻撃を飲み込み――ガウェイン自身すらも飲み込み、灰すら残さずに焼き尽くした。

ガウェインの断末魔の叫びだけを広いフロアに残して。

「よし――っと」

一人の人間を跡形もなく消し飛ばしたリスティアは、けれどなんの感慨も見せず、あらためてナナミへと向き直った。

ナナミは血を流しすぎたのだろう。顔色は青く、既にぐったりとしている。このままだと死んでしまう。そう思ったリスティアは、ナナミに手を伸ばすが――

「さっ、触らないでっ」

「ふえぇっ!?」

息も絶え絶えなナナミに拒絶されて、リスティアは大ダメージを受けた。あまりにショックすぎて、思わず床に突っ伏してしまう。

う、うぅ……ナナミちゃんに嫌われるなんてショックだよぅ。

やっぱり、人を消し飛ばしたのがダメだったのかな？　でも、早くしないとナナミちゃんが死んじゃいそうだったし……と言うか、早くしないと、ナナミちゃんが死んじゃう。

これ以上嫌われたくはないけど、ナナミちゃんが死んじゃうよりは――と、リスティアは、なけなしの気力を振り絞って、ナナミに手を伸ばした。

「こ、こないで、こないでよぅ」

「ごめんね、恐いよね。でも、少しだけ我慢して。怪我を治してあげるから」

「……え？　な、治して、くれるん……ですか？」

「うん、あたしが、治してあげる」

リスティアにとって、人間はその辺の動物と大差がない。

可愛ければ可愛がるし、そこにいるだけならば干渉しない。そして、自分に敵対するのであれば、容赦なく撃退する。そういう認識。

そして、リスティアにとって年下の女の子は、思いっきり可愛がる対象だった。

「と言うことで、魔法を使っても良いかな？」

優しく問いかける。怯えていただけのナナミの瞳に、希望が宿った。

「おね、がい、します……私、を……たす、けて……」

「うん、任せて」

了承を得たリスティアは、ナナミの傷口に手をかざし、自身が使える最高の回復魔法。第八階位にある再生の魔法を行使した。

神々しい光が包み込み、ナナミの傷を瞬時に塞ぐ。

――どころか、身体にある全ての異常を取り払い、失った血を生成。更には、肌にあるシミやソバカスすらも消去し、華奢な肉体を強化していく。

ほどなく、焦点がぼやけていた瞳に光が戻り、顔色はいつも以上に良くなった。

「ふ、わぁ……」

ナナミが信じられないといった面持ちで、自らの身体を確認しはじめた。

「どう、かな。ちゃんと治ってるかな？」

「は、はい。全部、全部治ってます。子供の頃に受けた傷も、全部。それに、なんだか凄く、身体が軽くなったみたいです」

「そっか、良かったぁ～」

自分のことのように喜ぶ。そんなリスティアを目の当たりにして、ナナミの頬が赤くなった。

「えっと……その、助けてくれて、ありがとうございます！」

「うぅん、お礼なんて必要ないよ」

お姉ちゃんと慕ってくれたら十分だよ！　なんて思うが、もちろん口には出さない。

恩に着せて、お姉ちゃんと呼ばせても意味がない。ナナミの意志で、お姉ちゃんと呼んでもらいたい——と、そんな風に思っているからだ。

その代わり、せめてもの主張として「あたしはリスティアだよ」と名乗った。

「リスティアさん、ですね」

「……リスティア、さん」

がっくりと項垂れる。

「え？　ダ、ダメでしたか？」

「えっと……うぅん、かまわない、けど……」

リスティアお姉ちゃんと呼んでくれるかも？　なんて期待していたリスティアは、ちょっぴり落ち込んだのだが、すぐに気力を振り絞ってなんでもないフリをした。

「それで、リスティアさんは何者なんですか？」

「え？　あたしは普通の女の子だよ？」

「普通の女の子は、胸を剣で突かれて平気だったりしませんよ！」

「むぅ……」

拗ねるような素振りを見せた。リスティア的には、心臓を一突きにされても平気なくらいは普通の範疇。斬られたくらいで死にかける方がおかしいからだ。

けれど、さすがにそんなことは想像もしていないナナミはため息を吐く。

「そんな可愛く拗ねてもごまかされないですからね？　さっきはレイピアの力だなんて言ってましたけど、そのレイピアを持っていたガウェインさんを消し飛ばしましたよね？」

「もしかして、ガウェインさんを消し飛ばしたらダメだった？」

「そ、それは……相手が手を出してきたわけだし、ダメではないと……思います」

「そっかぁ……」

思いますというナナミの表情は複雑そう。つまり、ダメではなかったけれど、やりすぎだと思われているのだろうとリスティアは認識した。

「――って、そんなことじゃごまかされませんよ？　リスティアさんは何者なんですか？」

「あたしは普通の女の子なんだけどなぁ……」

「……じゃあ、聞き方を変えます。リスティアさんは人間じゃないですよね？」

「それは……」

リスティアは困る。力を見せただけで怯えられたのに、真祖のお姫様だなんて打ち明けたら、また怯えられるかもしれないと思ったからだ。

「もしかして、言いたくないんですか？……そう、ですよね。さっき、ガウェインさんにあんなことをされたんですから、私を信用できなくても仕方ないですよね」

それは、ナナミなりの恩人に対する配慮。不安がないと言えば嘘になるが、恩人に対して根掘り葉掘り聞くのは失礼だと思った結果。

――なのだけど、その対応にリスティアはものすごおおおおく焦った。

自分がナナミを警戒しているなんて思われたら、お姉ちゃんと呼んでもらう道が完全に閉ざされてしまうと思ったからだ。

「信用出来ないなんてことはないよ！」

「無理しなくて良いですよ。いきなり剣で刺されたんだし、私のことも疑って当然です」

「うぅん、ホントにホント。ナナミちゃんを疑ったりしないよ！」

仲良くなりたいリスティアは必死である。

「ホントのホントに、疑ったりはしてないの。ただ、その……ね。あたしの正体を教えたら、さっきみたいに怖がられちゃうかなって、思って」

「怖がる？　リスティアさんの正体を聞いた、私が怖がるってことですか？」

「う、うん。怖がったり……しない？」

不安そうに上目遣いで尋ねる。そんなリスティアの視線に晒され、ナナミは顔を赤らめた。

「た、たしかにリスティアさんはなんだか凄い感じですけど、私の命の恩人ですから。怖がったりなんてしません」

「……ホント？」

おっかなびっくり問いかける。

「さっきは取り乱してごめんなさい。驚いちゃったりはするかもしれませんけど、さっきみたいに怯えたりはしません。約束します」

リスティアは、外見や仕草がとても愛らしい。だから、不安に怯えるリスティアに対して、ナナミは慌てて励ましに掛かった。

その結果、素直なリスティアはその言葉を鵜呑みにする。

「ありがとうっ。実はあたし、真祖の末娘なの」

ナナミは硬直した。

「…………………え？　し、真祖？　真祖って……千年前まで大陸を支配していた、始まりのヴァンパイア一族のことじゃ、ない……ですよね？」

「そうそう。ヴァンパイアの王族だよ！」

ナナミの顔がこれ以上ないくらいに引きつった。

「え、あの……どうしたの？」

「な、なんでも、ない、です。怯えたり、して、ません」

ぷるぷると震えながら、ナナミは必死にそんなことを言う。どう見ても怯えているのだけど、怯えないと約束したから必死にごまかしているのだろう。

「えっと、その……なんかごめんね？」

「い、いいえ、こっちこそ、ごめんなさい。私を助けてくれたんだから、私を殺すつもりなんてないと分かってるのに……」

そこまで呟いたところで、ナナミがハッと息を呑んだ。そして、恐る恐るといった面持ちで、リスティアに視線を向ける。

「あ、あの、一つだけ聞いても良いですか？」

「え？　一つと言わず、好きなだけ聞いてくれて良いけど……なにかな？」

「リスティア様は、真祖の末娘――つまりは、ヴァンパイアのお姫様、なんですよね？」

「……リスティア様」

また妹が遠くなったと嘆く。

「……あの、どうかしました？」

「うぅん、なんでもないよ。えっと……ヴァンパイアかってことだよね。そうだよ、あたしは真祖のお姫様。ヴァンパイアだよ」

「なら、もしかして……私を助けてくれたのは、その……眷属にするため、ですか？」

「え!?　そ、それは、その……」

ナナミが眷属になって、妹になってくれないかなぁ？　なんて、ちょっぴり考えていたリスティアは口ごもる。

それを見たナナミの顔に、この世の終わりを知ったかのような絶望が浮かんだ。

なお、ここで一つ悲劇が起きた。

真祖であるリスティアの眷属になるというのはすなわち、不死同然で高い身体能力を持ち、更には長い寿命を得て、吸血衝動もほとんどない。

最高の身体を手に入れると言うこと。

だけど、ナナミの想像する――その辺りにいる下級のヴァンパイアの眷属になるというのはすなわち、多少の身体能力を得ることが出来るが、多くの弱点を持ち、人の血を啜《すす》らなくては生きていくことすら叶わない、最悪の場合は自分の意思すらも失ってしまう。

生きた屍のような身体になると言うこと。

二人の思い浮かべる眷属には、圧倒的な隔たりがあった。

けれど、リスティアはそんなこと予想もしていなくて、ナナミが絶望したのを見て、自分が拒絶されたのだと思った。

「ご、ごめんね、眷属なんて嫌だよね！　大丈夫、眷属になんてしないから！」

「ほ、本当、ですか？」

「うんうん！　あたしは、ナナミちゃんが望まないことなんて絶対にしないから！」

ふえぇぇ。こんな約束したら、ナナミちゃんを妹になんて出来ないよぅ。

でもでも、ナナミちゃんは本気で怯えてたし、嫌がることは絶対にさせられないよね。そんなのお姉ちゃん失格だし。

だから、仕方ない、仕方ないよ……ぐすん。

リスティアは心の中で泣きながら、眷属にはしないと必死にまくし立てた。


――　3　――

「ほ、本当の本当の本当に眷属にしないんですか？」

「本当の本当の本当の本当だよ！」

リスティアは迷宮のフロアに可愛らしい声を響かせながら、不安そうなナナミを必死になだめすかす。それを根気よく続けていると、ナナミは少しだけ落ち着きを取り戻してくれた。

「……分かりました。リスティア様の言うことを信じます」

「うん、信じてくれてありがとう」

リスティアはホッと一息ついた。

「ところで……リスティア様はどうして、ケージの中で眠っていたんですか？」

「それは、その……妹が……」

「妹、ですか？」

「えっと……うぅん、なんでもない」

「そう、ですか……」

ナナミは台座に書かれていた文章を思い出し、込み入った事情があるのだろうと追及しなかった。

実際は『妹が欲しくて家出した』なんて、恥ずかしくて言えなかっただけなのだが。

「聞きたいことは、それだけなのかな？」

「えっと……なら、もう一つだけ。リスティア様は、これからどうするつもりなんですか？」

「どうする……って、どういうこと？」

「それは、えっと……人類を滅ぼしたり、とか？」

「……ナナミちゃんがあたしをどんな目で見てるのか、ちょっと気になるんだけど」

あたしはこんなにも普通の女の子なのに、どうしてそんな物騒なことをすると思われてるんだろう？　と、リスティアは可愛らしく首を傾げる。

「今よりずっと栄えていた時代、様々な種族の頂点に君臨した真祖のお姫様です。気に入らない種族は皆殺しにしたんですよね」

「してないよ!?」

「してないんですか？」

「してないよぅ。お気に入りの場所が荒らされたりしたら、おしおきくらいはしたけどね」

なお、種族間で争っている戦場に降臨して「あたしの作ったお花畑を踏み荒らすなんておしおきだよ！」と、全員を叩きのめしたとか、そういったレベルの微笑ましいおしおきである。

リスティアがそう思っているだけで、真祖だけは怒らせるなという教訓が様々な種族のあいだに残っているのだが……それはさておき。

「じゃあ……人間を滅ぼしたりは……？」

「しないよぅ。……って、さっき、今よりずっと栄えていた時代って言わなかった？」

ワンテンポ遅れて、リスティアはその意味に気付く。

リスティアが眠る予定だったのは数十年程度。ただし、不慮の事故で起こされた以上、まだ数年しか経っていないと思っていた。

だけど、もしかしたら――

「あの、驚かないで聞いてくださいね。リスティア様が真祖の一族だとおっしゃるのなら、今は、その……千年ほど経っていると思います」

「え、ええ。真祖の一族が姿を消したのが千年前ですから。たぶん、ですが……」

「……え？　せ、千年？」

そんな嘘を吐く理由はない。

それに、今の状況で嘘を吐くと思えない。つまり、リスティアが眠りについてからすぐに真祖が姿を消したとしても、既に千年が経っていると言うこと。

だから、リスティアは、すごく、すごぉく驚いた。

千年も娘を作らないなんて、お父様はどれだけイジワルなの⁉︎——と。もちろん、人間の感覚でいうと色々とおかしいのだけど、リスティアは至って真面目だ。

まず前提条件として、真祖の一族は数千年くらいの寿命がある。数十年ほど眠るつもりが、うっかり千年ほど眠ってしまった。凄くびっくりだね！　くらいの認識だ。

そしてなにより、リスティアにとってはあれから一時間も経っていない。まだ怒りもおさまっていないし、重要なのは妹がいないという事実のみ、だった。

だけど、だからこそ、事実は受け止めなくてはいけない。

数十年の予定が千年。

それだけ経っても妹が出来ていないというのであれば、もう一度眠りについたとしても、そのあいだに妹が生まれてくる可能性は低いだろう——という意味で。

うぅん、やっぱり、自分で妹を作ろうかなぁ。

さっきはちょっぴり失敗しちゃったけど、次はもっと上手くやれそうな気がするし、真祖の一族だって秘密にして仲良くなれば、きっと妹になってくれる女の子が見つかるよね。

「あの、大丈夫ですか？」

考え込んでいたリスティアは、ナナミに呼ばれて我に返る。

気がつけば、ナナミが心配げにリスティアを見上げていた。

「え、あ、ごめんごめん。大丈夫だよ。これからどうするのかって質問だったよね。あたしはこれから、人里に行ってみるよ」

「人里、ですか？　それは……なにをしに、ですか？」

「……困っている子供達を助けに、かな」

「困っている子供達を助けに、ですか？」

「うん。困っている子供を探し出して、助けてあげたいの」

「えっと……それは、なぜ……ですか？」

「それは、それはね」

リスティアは一度言葉を切り、少し恥ずかしそうに――そして、天使のごとく微笑んだ。

「あたしが、困っている子供を助けたいから、だよ」

それはつまり、困っている子供――特に女の子を助けて、いつかは眷属にして、妹にしたいという、よこしまな理由なのだが……言葉や仕草だけでは、その思惑までは分からない。

「……天使みたい」

「は、はい？　あたしは天使じゃなくて、普通の女の子だよ？」

リスティアにとってはつい数時間前にかわした、父親とのやりとりの焼き直し。だけど、あのときとは違って、相手の本気度が違った。

「私、誤解してました。困ってる子供を助けたいなんて、凄く、すっごく素敵です！　伝説に出てくる真祖は悪魔のように語られていますが、リスティア様は天使のような方ですね！」

なにやら壮絶に勘違いされていた。

一度はリスティアに対して怯えたナナミだったが……一度怯えたがゆえに、リスティアの天使のような発言に心を打たれた。

手のひらをクルリと、まるで本当の天使に出会ったかのように心酔しはじめる。

「あの、よろしければ、私に案内させてくれませんか？　と言うか、案内させてください！」

「え、ナナミちゃんが案内してくれるの？」

「はい。護衛は……必要ないと思いますが、道案内は必要ですよね？　私としても、助けて頂いたお礼をしたいですし……ダメでしょうか？」

「ん～、そうだね。ナナミちゃんがそう言うなら、案内してもらおうかなぁ」

「ありがとうございます、リスティア様！」

お姉ちゃんに甘えてくると言うよりは、なにやら崇拝されている。それが少し残念だったけど、慕われている感じは悪くないと思った。

なにより、リスティアのまわりには、生まれてからずっと年上の家族しかいなかった。だから、妹にはなってもらえなかったけど、ナナミと過ごす時間を楽しいと感じている。

リスティアは、しばらくはナナミと一緒に行動しようと考えた。

「それじゃ、準備をするから少しだけ待っててねっ」

リスティアはパタパタと奥の部屋へ走って移動。

砕け散ったクリスタルケージをアイテムボックスに片付けた。

「あとは……あ、服を着替えなきゃ、だね」

うんしょっ――と、リスティアは可愛らしく呟き、胸に穴が空いた血まみれのドレスを脱ぎ捨てる。

そうして淡いブルーの下着姿になったリスティアは、スタイルの良い肢体をダンジョンの冷たい空気に晒しつつ、アイテムボックスにしまってある自作の服をあさった。

取り出したのは、可愛らしい春色のワンピース。それを上からもぞもぞと被る。

後は同じくアイテムボックスから取り出した姿見で、身だしなみをチェック。後ろで束ねていた髪をほどいて、ナナミの待つフロアへと舞い戻った。

「おまたせ、だよぉ」

「お帰りなさいませ、リスティア様。うわぁ、お着替えになったのですね！」

ナナミが、リスティアの春色ワンピースを見て目を輝かせる。

「うん。ドレスは穴が空いちゃったし、歩き回るのならこっちの方が良いかなって思って。ねぇねぇ、どうかな？　似合ってるかな？」

リスティアはクルリとターン。漆黒の髪とスカートの裾をひるがえして、背中越しにナナミを見た。

キラキラと輝く紅い瞳が非常に愛らしい。

「すっごく似合ってます！」

「えへっ、ありがとう～――って、そう言えばナナミちゃんの服も破けちゃってるね」

胸の辺りをざっくりやられたので、なかなかに扇情的な姿になっている。それに気付いたナナミは「ひゃうっ」と、可愛らしい悲鳴を上げて、胸元の生地を引っ張った。

「あたしの服で良ければ一着あげるよ？」

「リスティア様の服ですか？　それって……アーティファクトとか言いませんか？」

「まさか、そんなはずないよ」

「ホントですか？」

なんだか、思いっきり疑いの眼差しを向けられている。

「どうしてそんなに疑うの？」

「だって、最初に着てたドレスは、エンチャントがしてあるとか言ってましたよね？　そのワンピースにも、なにかエンチャントがしてあるんじゃないですか？」

「あぁ、普通のエンチャントくらいはしてるよ。えっと……一定値を超える紫外線のカットに、温度調整。後はスカートの中が見えないようになる能力に、自己修復機能だけだよ」

「思いっきりアーティファクトじゃないですかっ！」

「えぇ……」

リスティアが作る洋服には必ず施す、お手軽エンチャントセット。なのに、アーティファクトとか言われても……と、リスティアは困惑。

「取り敢えず、気にしなくて良いよ？」

「そ、そんな恐れ多いです！　大丈夫です、着替えがあるからちょっと待ってください」

ナナミはいそいそと着替え始める。

「気にしなくて良いのに……」

ナナミちゃんとおそろい！　なんて考えていたリスティアは、残念そうに呟いた。そしてほどなく、素朴な服に着替えたナナミが話しかけてくる。

「お待たせしました」

「うぅん、大丈夫だよ。それじゃ、地上に出ようか」

「はい……って、他に荷物がないようですけど」

「必要なものは全部アイテムボックスだから大丈夫だよ」

「さすがリスティア様です！」

なにやら、ナナミの尊敬が信仰レベルに達している。出来ればそういう感じじゃなくて、甘えて欲しいんだけどなぁ……と、リスティアは少しだけ残念に思う。

「……リスティア様、どうかしましたか？」

「うぅん、なんでもないよ。それじゃ地上に上がろうか」

リスティアが先頭を切って歩き始め、ナナミが慌ててその横に並んだ。


地下迷宮――リスティアが魔法で掘り進めたそこは、一見ただの巨大な洞窟のように見えるが、その壁はどんな攻撃を受けても壊れない。

いや、リスティアの放ったような威力の攻撃では壊れるが、普通の攻撃では壊れない、魔法によって保護された洞窟となっている。

そんな洞窟を、リスティアとナナミはてくてくと歩いていた。

道中では、ダンジョンに巣くっていた魔物が時折襲いかかってくるのだが、それらは全てリスティアが蹴散らしていく。

ナナミちゃんを護るあたし、すっごくお姉ちゃんだよ！　と、おおはりきりである。

「ところで、ナナミちゃん」

「はい、なんですか？」

「そのしゃべり方なんだけど……もう少し気さくに話してくれて良いんだよ？」

「ダメですよ！」

「ダメなの⁉」

さすがに即答で断言されるとは思ってなくて、リスティアは衝撃を受けた。

「ど、どうしてダメなの？」

「だって、天使のリスティア様に気さくに話すだなんて、恐れ多いです」

「て、天使？　それって、直喩が隠喩になっただけ、だよね？」

天使のような——が、いつのまにか、天使の——になっている。まさか、あたしのことを天使だと誤解してるわけじゃないよね？　と、リスティアは一筋の汗を垂らした。

「大丈夫です、誤解なんてしていません」

「だったら良いけど……」

「リスティア様は紛れもなく天使です」

「それが誤解なんだよっ⁉」

リスティアが否定するが、ナナミは「謙遜する姿も素敵です！　さすが、天使であり、真祖でもあるリスティア様です！」と、まるで聞く耳を持たない。

違うのに、違うのに、ちーがーうーのーにーっ。

リスティアは『あたしは真祖の吸血姫なだけで、普通の女の子なんだよ！』と前提のおかしなことを心の中で叫びながら、けれど、同時に諦めつつもあった。

ここで強く否定すれば、またナナミに恐れられる可能性がある。そのリスクを考えると、このままの方が無難だと思ったからだ。

「……もぅ良いよぅ。それで、ナナミちゃんは、どうしてこの迷宮に来たの？」

「私達は、ギルドにこの迷宮がある遺跡を調査するように言われてきた、調査隊なんです」

「……ここの調査？」

魔法の練習で作った迷宮を調査したと聞いて、リスティアは不思議そうな顔をした。

「申し訳ありません。ご自分の家を勝手に調査されるなんて、良い気がしませんよね」

「別に家じゃないし、それは気にしてないよ。ただ……ここにはなにもないでしょ？」

「いいえ、天使のリスティア様がいました」

「ソ、ソウダネ。でも、それ以外にはなにもなかったよね？」

否定すれば否定するほど泥沼にはまりそうな気がして、リスティアはなけなしのスルースキルを発動した。

「たしかに遺跡としては、驚くほどなにもありませんでしたね。けど、調査隊はなにかを探しに来たわけじゃないんです」

「……ん？　それってどういうこと？」

「開拓予定地に、魔法で保護された遺跡――旧時代の迷宮とおぼしき入り口が見つかったので、危険がないか調査するように言われて来たんです」

ナナミはそこまでを口にすると、「もっとも、遺跡の財宝目当てに参加した人が多かったみたいですけど」と小さな声で付け加えた。

ガウェイン達の目的がそれで、無茶をして大きな被害が出たと言うのだろう。ただ、リスティアはそれよりも、開拓予定地という言葉に反応した。

「……開拓？　人間が……こんな場所で？」

リスティアが迷宮を作った頃、周辺には人間なんて住んでいなかった。ドラゴンやらなにやら、わりと好戦的な種族が暮らす森だったからだ。

この千年のあいだに、人間が勢力を伸ばしたのかな？　なんて考える。

「そう言えば、この時代はどういう状況にあるの？」

あんな幼体が成体だと勘違いされたくらいだし、ドラゴンは勢力を衰えさせているんだろうなぁ……なんて考えつつ尋ねた。

「えっと……この大陸を支配しているのは、私達人間だと思います」

「……え？　そうなの？」

自分と同じような姿の種族だけど、その力は圧倒的に弱い。リスティアが知る種族の中で間違いなく最弱。そんな人間が、大陸を支配していると聞いて驚いた。

「もちろん、魔境と呼ばれるような場所はありますし、人類が最強というわけではありません。でも、今やこの大陸の大半に、人間が住んでいますから」

「ふぅん。なら、真祖の一族が姿を消したって言うのは？　さっき、そう言ってたよね？」

「それは……言葉どおりですよ。千年前に、忽然と姿を消したと伝えられています」

「姿を消した、ねぇ……」

リスティアの家族が、他種族に滅ぼされるなんて想像も出来ない。どこかに引っ越しでもしたのかなぁ？　と首を傾げた。

「ちなみに、そのしばらく後に、各種族が戦争を始めたそうです」

「あ〜、それはありそうだね」

リスティアのいた時代でも、力のある種族はみんな、自分達の領域を広げようとしていた。だから、真祖が姿を消して戦争が始まったと聞かされても驚きはしなかったのだけど……

「それで、どうして人間が大陸を支配しているの？」

「それは……人間の寿命が短いからだと言われています」

「……ん？　あぁ……なるほどね」

リスティアは、その言葉だけで理解した。

真祖の一族は寿命が長く、滅多に子供が生まれることはない。数百年のあいだに生まれたのは、リスティアとその姉達のみ、というレベル。

だから、もしその個体数を大きく減らすようなことがあれば、もとの数に戻るのには何千年という時を必要とする。

そしてそれは、ドラゴンや魔族を初めとした種族も似たようなものだ。

つまりは、バトルロイヤル方式で強い種族が軒並み数を減らした結果、スカスカになった大陸を、数百年で爆発的に数を増やした人間が支配したと言うこと。

そして、それはつまり——

あたしの妹ちゃん候補がたくさんいるってことだよね！

そんな結論にいたって、リスティアは歓喜した。

「困ってる子供も一杯いるんだろうなぁ」

「そう、ですね。急激に人口が増えたので、最近は食糧難になったり、貧富の差も広がったりと、色々と問題が発生していますから」

「そっか。それじゃ、みんなみんな、あたしが助けてあげないと、だね」

「さすがです、リスティア様！」

リスティアは妹が欲しいだけなのだが、ナナミは盛大に誤解した。

とは言え、リスティアは妹目的で、形だけ助けようとしているわけではない。お姉ちゃんとして慕われたいがために、本気で困っている子供達を助けようとしている。

ナナミの評価も、あながち間違いとは言えない——どころか、今後のリスティアの行動を予想すれば、それですら過小評価となるだろう。

なぜなら、無自覚で最強の吸血姫《リスティア》は、妹のためなら決して自重しないのだから。

……と言うか、ナナミを助けるために、ドラゴンを消し飛ばした。自分が人間と隔絶した能力を持っていることをまるで理解していない。

そんなリスティアが、人里に出てやらかさないはずがない。

——と、予想している者は、残念ながらこの場にはいなかったのだけれど。

「あ、出口が見えてきたよ！」

リスティアにとってはつい数時間前に見た地上。だけど、その先に広がるのは千年後の、リスティアの知らない人間の世界。

光の先にまだ見ぬ妹がいることを願って、リスティアは走り出した。

エピソード2　自称普通の女の子、人里へと降り立つ

迷宮を出て地上へ。

そこに広がる深い森を目の当たりにしたリスティアは目をキラキラさせる。

「ふわぁ……本当に長い時間が経ってるんだね～」

「この辺りの景色、千年前とは違うんですか？」

「うんうん。あたしが暮らしていた頃は、なにもない焼け野原だったんだよ？」

「……焼け野原。戦争でもあったんですか？」

「うぅん、そうじゃないよ。ただこの辺りにはドラゴンが生息してたからね」

「そう……なんですか」

ナナミが思い浮かべるドラゴンは、迷宮にいたような数メートル級。リスティアの言うドラゴンが、その十倍はあるだなんて予想もしなかったので、どういうことだろうと首を傾げる。

そんなナナミに気付いた様子もなく、リスティアは両手を広げ、木漏れ日を全身に浴び始めた。

「ん～、穏やかな日差しが気持ちいいねぇ～」

「そうですね……って、リスティア様!?　日の光を浴びて平気なんですか!?」

「平気じゃないよ。本当は、思わず踊り出しちゃいそうなほど喜んでるよ？」

リスティアは人差し指を唇に添え「内緒だよ？」と微笑んだ。この場には二人だけしかいなくて、

誰に対して内緒なのか謎だけど、とにかくリスティアの仕草は可愛かった。

そんなリスティアに、ナナミは思わず見とれるが――

「いえいえいえ、そうではなくて。ヴァンパイアって、日光が弱点なんじゃ……？」

「うぅん。日光に当たってると、夜の半分くらいに身体能力が低下するだけで、別に弱点なんかじゃないよ？」

「……能力が半分になるのは、十分に弱点じゃないですか？」

凄くまっとうなことを言ったはずなのだけど、リスティアは「なんで？」と首を傾げる。

「なんでって……日光に当たってると、夜の半分しか力が出ないってことですよね？」

「うぅん、そんなことはないよ」

「……どう言うことですか？」

「だってあたし、普段は数％くらいの力しか使ってないもん」

「ええええぇぇっ⁉」

数％の力を込めた「えいっ！」で、ドラゴンを消し飛ばしたのかと驚愕する。

「だから、別に弱点というわけじゃないんだよ」

「ま、まぁ……それはそう、でしょうね」

数％の力しか使っていないのなら、身体能力の最大値が半分になってもなんの問題もない。

ましてや数％の「えいっ！」でドラゴンを消し炭に変えたことを考えれば、全力を出す必要のある日が来るとは思えない。リスティアが弱点と考えていないのも無理からぬことだろう。

「でも、日光が苦手なヴァンパイアがいるって話は聞いたことがあるよ。日光に当たると目に見えて弱体化したり、場合によっては灰になっちゃうんだって。珍しいよね」

「……珍しい。リスティア様と話していると、普通が分からなくなりそうです」

「あたしは、普通の女の子だよ？」

こてりと首を傾げる。漆黒の前髪が揺れ、その下に輝く紅い瞳が穏やかに細められた。

「……そうですね」

普通ってなんだっけ？　なんてことをナナミは思ったのだけれど、リスティアは気付かない。ナナミが同意したため、「えへへ」と可愛らしく微笑んでいる。

「よーし、それじゃ、そろそろ街に向かおう～」

「はい。案内しますね。ここから東の方角。……徒歩だと、三日くらいの距離です」

「は～い」

元気よく頷き、リスティアは街のある方角へと歩き出した。


しばらく歩いていると、リスティアが先行を始めた。わりと深い森で歩きにくいはずなのに、ワンピース姿で苦もなく歩いている。

旅に慣れていて、なおかつリスティアの治癒魔法を受けてから身体が軽くなっている。そんなナナミの方が置いて行かれそうになって慌てるほどだった。

「リ、リスティア様――」

ちょっと待ってください――と、その言葉をナナミは寸前で飲み込んだ。案内役を買って出た自分が足手まといになるわけにはいかないと思ったからだ。

だけど次の瞬間、ナナミは別の意味で慌てることになる。

自分の足に絡んでいた茂みが、ナナミを避け始めたからだ。

なお、比喩表現ではない。文字通りの意味で、草や蔦がざわざわと動いて、ナナミの進行方向から退いていく。普通ではありえない怪奇現象だった。

もしかして、リスティア様がなにかしてくれたのかな？　そんな風に考えて顔を上げると、少し前を歩くリスティアが肩越しにこちらの様子をうかがっていた。

「ナナミちゃん、大丈夫？　辛かったら、あたしを頼ってくれて良いからね」

優しく、天使のように微笑む。

「ありがとうございますっ！」

可愛くて優しい。やっぱりリスティア様は天使だよ！　と、ナナミは思った。そして、もしこんな人が自分のお姉ちゃんならすっごく嬉しいのに――とも思う。

だけどナナミは、台座に刻まれていた文章と、リスティアのセリフを思い出す。

ケージの中で眠っていた理由をちゃんと聞くことは出来なかったけど、リスティアはどうやら妹を探しているらしい。

それはつまり、リスティアには生き別れ――もしくは死に別れの妹がいると言うこと。軽々しく『お姉ちゃんって呼んでも良いですか？』なんて、言えるはずがない。

もちろん、完全に誤解――と言うか、もし尋ねていたら、リスティアは飛び跳ねながら喜んで頷いたのだが、それを知り得ないナナミは、そんな風に考えた。

不幸なすれ違いの始まりである。

ともあれ、ナナミとリスティアは通常ではありえない速度で森を進んだ。けれど、徒歩で三日の距離を、午後から歩き始めて抜けるのはさすがに無理。森のさなかで日が沈み始めた。

そしてちょうどその頃、ナナミは重大なことを思い出した。

「リスティア様、すみません。食料が残ってないのを忘れていました」

迷宮で予定外の日数を食ったことに加え、魔物から逃げるのに荷物を軽くしたりで、食料は残っていない。

自分は我慢できるけど、リスティア様に我慢なんてさせられないと慌てるけど——

「ん、夕食？　そうだね、そろそろ夕食にしようか——っと」

リスティアが右手を振るうと、目の前が空き地に変わった。

「……はい？」

その超常現象に、ナナミは呆然となった。目の前にあった草木を消滅させ、瞬時に空き地を作り出す。そんな魔法は聞いたこともなかったからだ。

なにより、リスティアは魔法陣を描いていない。

普通、魔法を使うには、詠唱とともに魔法陣を描く必要があるのだが……自分の使える最高の魔法から、二つ下の階位くらいまでは、詠唱や魔法陣を省略できると言われている。

リスティアは第四階位のアイテムボックスを、魔法陣を省略して使っているので、少なくとも第六階位までは使えるだろうと予想していた。

だけど、さきほどの魔法は無詠唱で、明らかに第四階位を超えている。

もしかしたらリスティア様は、真祖の一族が姿を消す前に到達したと伝えられている、第七階位まで使えるのかもしれない――と、ナナミは思った。

「アイテムボックス、オープン――だよぉ～」

ナナミが驚いているあいだに、リスティアは間延びした声でアイテムボックスを使用。先ほど出来た空き地に小さなお家をぽんと置いた。

「な、ななな、なんですか、そのお家は！」

「ふえ？　あんまり大きいと、たくさん森を壊しちゃうから、小さめにしたんだけど……もしかして、大きいお家の方が良かった？」

「いえ、そうではなくて……はあ、もう良いです」

アイテムボックスの収容量は本人の魔力や魔法の熟練度に比例したと伝えられている。

そして、ナナミが伝え聞く最大収納量は、人が抱えられる程度の木箱くらい。常識的に考えて、家が出てくるだけでありえない。

なのに、大きいお家の方が良かったかと聞くと言うことは、他にも家が入っている可能性があるんだけど……考えたら負けなんだろうなぁと、ナナミは遠い目をした。

「それじゃ、中に入ろう～」

可愛らしく言い放ち、迷わず部屋の中へと入っていく。そんなリスティアの後に恐る恐る続く。

「お、おじゃましま～す。……ふわぁ」

部屋の中を見て、ナナミは思わず息を呑んだ。可愛らしくもシンプルな装飾で彩られた部屋には、大きなベッドとテーブルが置かれている。

「台所はないんだけど、奥にはシャワーとトイレがあるよ」

「シャワー……ですか？」

「うん。お湯で身体を洗えるよ～」

「えぇぇっ」

平民は桶に汲んだ水で身体を清めるのが普通で、水浴びは贅沢。貴族であれば、お風呂に入ることは可能だが、森のキャンプでお湯を使って身体を洗うなんて聞いたこともない。

本当に規格外なんだなぁと、ナナミは感嘆と、ちょっぴり呆れの入ったため息を吐いた。

「あ、でも、お家があっても、食料がないんです。そのへんで少し探してくるので、ここで待っててもらっても良いですか？……と言うか、リスティア様ってなにを食べるんですか？」

「なにって……普通の料理だけど？」

「血は必要ないんですか？　もし必要なら、その……私の血を飲みます？」

なお、眷属になる場合は血を吸われるのではなく、吸血鬼の血を飲む必要がある。なのでこの場合は、純粋に食料を提供するという意味である。

最初の頃のナナミなら絶対にそんなことは言わなかったが、この短い時間でリスティアが心優しい天使だと実感。

今や、リスティアになら血を飲まれても良いと思うほどに心酔していた。

「ありがとう、でも、大丈夫だよ」

「……そう、なんですか？」

「うん。人の生き血を飲めば、数日は身体能力が倍くらいに上昇するらしいんだけどね」

「……らしい、ですか？」

ナナミが首を傾げる。

「うん。さっきも言ったけど、あたしは数％の力しか使わないから」

「あぁ……力は必要ないってことなんですね。なら、吸血衝動とかってないんですか？」

吸血鬼と言うくらいなのだから、血を吸うのが当たり前。むしろ、血を吸わなければ吸血鬼と言えないだろうと思って尋ねる。

「思春期になったりしたら、衝動が起きたりするとはお母様から聞いてるんだけど……今のところ、そういったことはないんだよね」

「へぇ、そうなんですね。なら、もし血を吸いたくなったら言ってくださいね。私の血でよければ、いつでも飲んでくれてかまわないので」

「ありがとう。でも、もしそうなってもナナミちゃんの血は飲みたくないかなぁ」

「えっ、私の血って不味そうですか⁉」

もしそうだったらちょっとショックかも――とナナミは思ったのだけれど、リスティアはそうじゃないよと苦笑いを浮かべた。

「吸血行為って、食事なんだよね。だから、ナナミちゃんを食料とは思いたくないから」

「……リスティア様」

大切だから――と言われたわけではないけれど、大切に思われているような気がして、ナナミは少し嬉しかった。

「とにかく、あたしの食事は普通の料理で大丈夫だよ」

「そうなんですね。それじゃ、動物かなにかを狩ってきますね」

そういって家から出ようとしたのだけれど、リスティアにちょっと待ってと引き留められた。

「ちゃんと出来たての料理があるから、心配しなくて平気だよ」

リスティアはふわりとテーブルクロスを広げ、その上にスープやお肉。それにサラダやパンと、手際よく並べていく。

湯気が上がっていて、どう見ても出来たてだが――アイテムボックスはただの倉庫であって、中の物の時間が止まるなど聞いたことも以下略。

さすがリスティア様だなぁ……と、ナナミは順応しつつあった。

「それじゃ、冷めないうちにいただこうか」

「私もいただいてよろしいんですか？」

「もちろんだよ～。ほらほら、隣の席に座って？」

ナナミは勧められるがままに、リスティアの隣に座った。凄く距離が近くて、リスティアの綺麗な横顔がすぐ側にある。ナナミは思わず顔を赤らめた。

「それじゃ……いただきまーす」

「い、いただきます」

そうは言ったものの、テーブルの上にはスプーンやフォークがたくさん。平民であるナナミがカトラリーの作法なんて知っているはずもなく、あわあわと慌てふためいた。

「大丈夫だよ。あたしは、ナナミちゃんが一緒に食べてくれるだけで嬉しいから。作法なんて気にせず、食べてくれて良いんだよ」

「あ、ありがとうございます。それじゃ……んっ、美味しい！」

ナナミはお肉を一口。そのあまりの美味しさに目を丸くした。

「す、凄く美味しいです。こんなに美味しいお肉、食べたことないです！」

「えへっ、ありがとね」

リスティアは、凄く凄く嬉しそうに微笑んだ。

内心で『うわぁい、ナナミちゃんが褒めてくれたよ、嬉しいよ！』と大はしゃぎしていることまでは知り得ないが、リスティアが喜んでいるのはナナミにも分かった。

「もしかして、リスティア様が作ったんですか？」

「うん。そうだよ。いつか、妹に食べてもらおうと思ってたの」

「……妹。リスティア様には、妹がいるんですね」

気になっていたことを切り出してくれたので、これ幸いと尋ねる。

だけど――

「……うぅん、今はいないよ」

リスティアは寂しげに微笑む。

まさか、妹が欲しくて欲しくてたまらないリスティアが、妹が生まれる前から料理を作って、魔法で保存していた――なんて想像もしなかったナナミは思いっきり後悔した。

妹のために料理を作っていたけど、今はその妹がいないと寂しげに言う。それは、つまり、妹とは死に別れたという意味に他ならない――と思ったから。

命の恩人で、優しい。年上のはずなのに、どこか放っておけない。そんなリスティアを、ナナミは支えてあげたいと思う。

リスティア様……私じゃ、妹の代わりになれませんか？……なんて、ただの人間である私が、そんな厚かましいこといえないよね。

だけど、もしもリスティア様から妹になって欲しいと言ってくれたなら、そのときは……

ナナミは、リスティアの作った料理を食べながら、そんな想いを胸に秘めた。

◇◇◇

一方、ナナミと一緒に食事をしていたリスティアは感激していた。

年下の女の子と一緒に食事をするなんて初めてだったからだ。

両親や姉達としか食事をしたことがなかったリスティアは、いつも可愛い可愛いと愛を与えられる側で、愛を与える側になったことがなかった。

だから――お姉ちゃんになりたい、あたしも妹を可愛がってみたい！　そんな興味ばかりが先行して、妹が出来たらどうしたいのかとか、具体的なことはなにも考えてなかった。

だけど――

「リスティア様、この料理、凄くすっごく美味しいですっ！」

リスティアの作った料理を、無邪気に美味しいと喜んでくれる。そんなナナミが可愛くて仕方がない。この子を護って上げたい。眷属にして永久に等しい時間を過ごしたい。

そんな想いが胸の内からあふれてくる。だから『あぁ、お姉ちゃん達はきっと、こんな気持ちだったんだ』と、リスティアは想像した。

そして、妹ではないナナミが相手ですら、こんなにも幸せな気持ちになれるのだから、妹となったナナミとなら、もっと幸せな気持ちになれるだろうとも思った。

妹が欲しい。ナナミちゃんを妹にしたい。ナナミちゃん、あたしの妹になって！　と、胸の内の想いが言葉になって口をついて出そうになる。

けれど、ナナミはリスティアに恩返しをしたいと、案内を申し出てくれた。血が必要なら、飲んでも良いとまで言ってくれた。

ナナミは、リスティアに恩を感じている。そんなナナミにお願いしたら、『リスティア様が望むのなら喜んで』と二つ返事で妹になってくれるだろう。

だけど……それは違う。リスティアが欲しいのは、姉に心から甘えてくれる女の子であって、恩人のために妹を演じる女の子ではない。

だから、あたしから妹になって欲しいとは言えない――と、リスティアは妹になって欲しいというセリフを飲み込んだ。

けれど、それはナナミを妹にすることを諦めると言う意味じゃない。ナナミから、妹になりたいと言ってくれるように、出来る限りの努力をしよう。

リスティアは、幸せそうな顔で料理を食べるナナミを見て、そんな決意を胸に秘めた。

―― 2 ――

翌日の午後、リスティア達は石の壁で囲まれた街が見えるところまでやって来た。

「リスティア様、あそこに見えるのが私の暮らしている街、シスタニアですよ！」

ナナミがはしゃいでいる。最初は引っ込み思案な大人しい女の子と言うイメージだったのだけど、この二日でずいぶんと明るくなった。

ただ、お姉ちゃんとして慕われているのではなく、天使のようにあがめられている辺りが、リスティア的には不満なのだが……ナナミは気付いてくれない。

慕ってくれるのは嬉しいけど、ちょっと違う！　と、嘆かずにはいられなかった。

ともあれ、リスティア達は街の入り口へとたどり着いた。出入りのチェックをしている兵士の格好をしたおじさんが、リスティア達のもとへとやってくる。

「シスタニアにようこそ、嬢ちゃん。この街に来た目的はなんだ？」

「人助けだよ！」

「……はあ？」

迷わず答えたリスティアに対して、兵士のおじさんが間の抜けた表情を浮かべた。

「だから、困ってる子供を助けに来たの」

「それは……本気で言っているのか？」

「リスティア様は天使なんです！」

「天使？　なにを……って、ナナミじゃないか。無事だったのか！」

兵士のおじさんはナナミの前に駆け寄った。

「おぉ、本当にナナミだ。良かった、無事だったんだな。調査隊が予定日になっても帰ってこないから、みんな心配してたんだぞ！」

ナナミは唇を噛み、悔しげに顔を伏せた。そんなナナミの態度に、兵士のおじさんはいぶかるような表情を浮かべた。

「そう言えば、他のメンバーはどうしたんだ？」

「……みんな殺されました」

ナナミの言葉に、兵士のおじさんは息を呑んだ。けれど、すぐに表情を引き締める。

「……なにがあったんだ？」

「魔物が迷宮に巣くっていたんです。それで、一人、また一人とやられちゃいました。私が助かったのは、リスティア様のおかげなんです」

「リスティア様？　よく分からんが……とにかく、お前だけでも無事で良かった。先にギルドに連絡を入れるから、ちょっとここで待っててくれ」

兵士のおじさんはどこかへ走り去っていった。それを見届けたリスティアは、あらためて門の向こうに見える街並みへと視線を向ける。

表通りには石を積んだ建物が立ち並んでいた。リスティアがいた時代の人間と比べても、あまり代わり映えがない。むしろ、衰退しているように見える。

ただし、街の規模だけは、リスティアの知っているどの街より圧倒的に大きい。

「おっきな街だねぇ～」

「これでも、街としてはそんなに大きくないんですよ？」

「ふわぁ、本当に人間は増えたんだねぇ。この街には、どれくらいの人がいるの？」

「二～三万くらいって聞いてます」

「多いね～」

人間の寿命が百年としても、各年代に二百～三百人ほど。女性はそのうちの半分だけど、優に千人くらいの妹候補がこの街にいる計算だね！　なんてことをリスティアは考えた。

そして同時に、この街で妹を見つける計画を立てる。

「ナナミちゃんにお願いがあるの」

「任せてください」

「うん、まだなにも言ってないからね？　なにを言われるかも分からないのに引き受けたらダメだからね？」

「問題ありません」

「問題しかないよ……」

リスティアはわずかにため息を吐いた。ナナミに妹になって欲しいと言わなくて正解である。こんな調子で、恩返しで妹を演じられたら取り返しがつかなくなるところだ。

ナナミとの関係は焦らず、時間を掛けて少しずつ築き上げていこうと思った。

「それで、お願いってなにをすれば良いんですか？」

「お願いっていうのはあたしの正体についてだよ。他の人には出来るだけ秘密にして欲しいの」

「そんな、リスティア様が天使であることを隠せというんですか!?」

悲鳴じみた声でのたまった。そんなナナミの反応に、リスティアが戸惑う。

「分かってると思うけど、あたしは天使なんかじゃないからね？　と言うか、あたしが隠して欲しいといったのは真祖の方だよ。あたしは普通の女の子として過ごしたいの」

ナナミに真祖と打ち明けてしまった結果怯えさせ、眷属にはしないと約束してしまった。リスティアは、それを失敗だと思っているのだ。

だから、普通の女の子――つまりは、人間として普通の女の子として振る舞い、互いの信頼関係を築くまでは、自分の正体を知られないようにしたいと考えたのだ。

「普通の女の子として過ごす……ですか？」

ナナミが、そんなこと出来るのかなとでも言いたげな表情を浮かべる。

「真祖の一族とはいえ、あたしは基本的に普通の女の子だから、ナナミちゃんが黙っててくれたら大丈夫だよ」

「リスティア様はもう少し、自分の力を自覚した方が良いと思います」

呆れ顔で言われ、リスティアは「ダメ……かな？」と眉を落とした。その可愛らしさと言ったら、同性のナナミが虜になるほどだった。

「ダメじゃないです！　リスティア様の秘密は、私が全力で守ります！」

「……ホント？」

「任せてください！」

「わぁい、ありがとうね」

ナナミのハートを鷲づかみにしつつ、リスティアは無邪気に笑った。

そういう態度を取っているから、お姉ちゃんになれないのだ――という突っ込みをする者は、残念ながらこの場にはいない。

上機嫌でいるリスティアのもとに、先ほどのおじさんが戻ってきた。

「待たせたな。ギルドに使いを出したから、すぐに迎えが来ると思う」

兵士のおじさんはナナミに言い放ち、あらためてリスティアに向き直った。

「それで、ナナミを助けてくれたって言うのは、嬢ちゃんのことか？」

「えっと――」

「恩人のリスティア様です！」

ナナミが勢いよく肯定する。

「……と言うことだよ」

リスティアは苦笑いを浮かべた。

「そうか。なら、俺からも感謝する。ナナミを助けてくれてありがとう」

「うぅん、気にしないで。あたしが助けたくて助けただけだから」

リスティアはそう言って、今度は混じりっけのない微笑みを一つ。その純粋な微笑みを見た兵士のおじさんは、ほうっと感嘆の声を上げた。

「……どうやら子供を助けに来たというのは嘘じゃなさそうだな。もしかして、巡礼中の聖女様かなにかなのか？」

「うぅん、あたしは普通の女の子だよ。でも、子供を助けたいって言うのも本当だよ！」

「ふむ……よく分からんが、悪意はなさそうだな。ならば、身分証を発行しよう」

「身分証って？」

「ああ。俺達は日々、ここで怪しい人間がいないかチェックしている。身分証は、ここでのチェックを受けたという証明になるんだ」

「へぇ、そうなんだね」

真祖の一族は人数が少なく、全員が顔見知りと言っても過言じゃない。なので当然のことながら、そのような制度はなかったので、リスティアはなんだか新鮮だなと思った。

「タグに名前と職業を刻むから教えてくれるか？」

「名前はリスティア・グランシェス。職業は……普通の女の子だよ？」

「……ふむ。まあ、それでもかまわんが」

兵士のおっちゃんは魔導具を使って、タグにリスティアの名前と職業を刻み込んだ。

「これでよし——っと。登録料は銀貨一枚だ」

「銀貨……って、お金のことだよね？」

「そうだが……まさか、持ってないのか？」

「えっと……うん」

兵士のおっちゃんが驚いた顔をする。

銀貨一枚は、決して高い金額ではない。そこらの子供ならまだしも、旅人——それも、やたらと身なりの良い娘が持っていないだなんて想像もしていなかったのだ。

「リスティア様、私が出します！」

ナナミが助け船を出す。けれど、リスティアは更に困った表情を浮かべた。お姉ちゃんを目指す者としては、妹候補に甘えるなんて許されないと思ったからだ。

「ねぇ、おじさん。お金の代わりに、物じゃダメ、かな？」

「物か……嬢ちゃんはナナミの恩人だと言うことだしな。銀貨一枚になるようなものなら、引き取ってやっても良いが……なにを出すつもりだ？」

「えっと……こんなのはどう？」

リスティアはアイテムボックスから革袋を取り出した。

「ん？　今どこから……いやそれより、財布を持ってるんじゃないか」

「うぅん、これは財布じゃなくて、マジックアイテムに使う触媒が入ってるんだよぉ」

取り出したのは漆黒の小さな石。シングルカットと呼ばれる十七面のシンプルな――けれどこの世界においてはかなり繊細なカットが為されている。

「ちょ、ちょっと、リスティア様？」

ナナミにツンツンとワンピースの袖を引かれるが、甘やかされたくないリスティアは、「ごめん、後にしてね」と、ナナミのセリフを遮った。

そして、兵士のおっちゃんに漆黒の石を手渡す。

「これは……やたらと綺麗だが、宝石じゃないのか？」

「あたしが作った人工物だよ」

「ほう……嬢ちゃんが」

もしこの場に貴族がいれば、その石の美しさに心酔していただろう。そして、もしこの場に魔法使いがいれば、その石が秘めたる魔力量に度肝を抜かれていただろう。

……いや、魔法使いの卵であるナナミは、既に度肝を抜かれているのだが。幸か不幸か、兵士のおっちゃんには、それが綺麗な石としか認識できなかった。

「この石で、手数料を支払うって言うんだな？」

「うん、ダメ……かな？」

「ふむ……まあ、良いだろう。俺にはあまり価値が分からんが、銀貨一枚を下ることはさすがにないだろう。ペンダントにでもして、妻にプレゼントするよ」

兵士のおっちゃんが、優しい目をしてそんな風に呟く。

「……おじさん、奥さんがいるの？」

「ああ、妻一人、娘一人だ」

「娘一人……？　二人目は作らないの？」

「……そうできたら良いんだがな。妻の容態が良くなくてな」

「病気かなにかなの？」

「まあ……そんな感じだ」

「そう、なんだ……分かった、ちょっと待っててね」

アイテムボックスから素材を取り出し、魔法陣や詠唱を使わずに使える最大――第六階位の魔法を行使した。

ナナミと兵士のおじさんが注目するリスティアの手の中で、素材がみるみる形を変え、黒い魔石の付いたペンダントとなる。

「えへっ、ペンダント、かんせ～い、だよ」

「おいおい、今のは一体……」

「サービス、だよっ。容態が良くなるようなお呪いを込めたから、奥さんが元気になったら、二人目の子供を作ってあげてねっ」

「嬢ちゃん……ありがとよっ！　こいつは礼だ、取っておいてくれ」

手首を掴まれ、広げさせられた手のひらの上に、二枚の銀貨を乗せられた。

「……これは？」

「俺からの気持ちだ。それがありゃ、今夜一泊くらいはできるだろ」

「ありがとう、おじさんっ」

リスティアは無邪気な微笑みを浮かべる。

「ははっ、ナナミが天使と言ったのも、あながち嘘じゃなさそうだな」

「あたしは普通の女の子だよぅ」

「そうかそうか。なら、そんな普通の嬢ちゃんに頼みがある」

「うん、なぁに？」

「もしこの街に滞在中、俺の娘と会う機会があったら仲良くしてやってくれ。あいつは、姉妹を欲しがっていたからな」

「──っ！　うんうん、こちらこそ、だよ！」

わーい、妹ちゃん候補だよぉ～と、リスティアは満面の笑み。

「よし、それじゃもう行きな。日が暮れる前に宿を取らないと大変だぞ」

「うん、ありがとう～」

兵士のおっちゃんに見送られ、リスティア達は街の門をくぐった。

◇◇◇

しかし、妙な嬢ちゃんだったな。すれてなくて無邪気で……ナナミが天使だとか言ってたが、一体何者なんだろうな？

リスティア達を見送った兵士のおっちゃんことクルツは、旅人のチェックをおこないながら、そんなことを考えていた。

「クルツ、いるか？」

「はい、ここに。なにかありましたか？」

門番の隊長に呼ばれ、即座に駆けつける。

「いや、特になにもない。そろそろ上がっても良いぞと言いに来ただけだ」

「……よろしいのですか？」

定刻の鐘が鳴るまで、まだ少しだけ時間がある。

「今日は旅人も少ないからな。早く奥さんのところへ行ってやれ」

「……ありがとうございます、隊長」

クルツは隊長にお礼を言い、急いで帰路へと就いた。

街の片隅にある小さな一軒家の前。

クルツはそこで一呼吸、笑顔を取り繕って家の中に入った。

「あ、お父さん、お帰り。今日は早かったんだね」

「ああ、隊長が気を使って早く上がらせてくれたんだ。……アンナは？」

「お母さんは部屋で寝てるよ」

「……そうか。ちょっと様子を見てくる」

「うん、そうしてあげて」

娘のレミィに見送られ、クルツは妻の眠る寝室へと顔を出した。

ベッドにはクルツの妻、アンナが眠っている。

「……お帰りなさい、貴方」

「すまん、起こしてしまったか？」

アンナは首を横に振った。その仕草は弱々しい。

けれど、それは無理からぬことだ。

アンナは一ヶ月ほど前に、森で魔物に襲われて大怪我を負っているのだから。

魔法でも手の施しようのない大怪我で、一命を取り留めたのは奇跡。徐々に衰弱しており、長くは生きられないだろうと言われている。

「貴方、手になにを持っているんですか？」

「ん？　あぁ……これか、お前にプレゼントだ」

クルツはベッドサイドに歩み寄り、リスティアから買い取ったペンダントを見せた。

「まあ……凄く綺麗。これを……私にくれるんですか？」

「ああ。思えば、お前にプレゼントをしたことがなかったからな」

「ありがとうございます、貴方。良かったら……つけてくれますか？」

少し困った顔でアンナが問いかけてくる。それを見たクルツは、気の利かない自分をぶん殴ってやりたくなった。

アンナは大怪我で片腕を失い、もう片方の手も上手く動かせない。

クルツは唇を噛み、けれどすぐになんでもない風を装う。そうして「もちろん、俺がつけてやる。……ええっと、こう、か？」と、留め具を使ってペンダントをアンナの首にかけた。

「……うん。お前によく似合っているな」

「ふふっ、貴方がそんなお世辞を言うなんて」

「お世辞じゃないさ」

アンナは顔にも酷い傷を負っている。

けれどそれでも、アンナの気立ての良い性格が変わるわけではない。アンナは世界で一番の奥さんだと、クルツは心の底から思っていた。

「嬉しいわ、貴方。貴方の奥さんになれて、私は凄く幸せだった」

「……ばかやろう。そんな風に、終わったみたいに言うな」

「ごめんなさい。でも……これだけは伝えておきたかったの。あたしはきっと、もう長くないから。……ねぇ、貴方。あたしが死んだら、娘のことをお願いね」

「止めろ、止めてくれ」

アンナは心優しい女性で、周囲の人間からも慕われている。薬草を採りに行ったのだって、他人のため。本当に、思いやりのある女性だ。

そんなアンナがどうしてこんな目に遭わなきゃいけないんだと運命を呪う。

拳を握りしめて震えるクルツを前に、どこか寂しげな顔で微笑むばかり――だったアンナの表情が、不意に驚きに染まった。

「な、なに？　なんだか、顔が熱い……いえ、顔だけじゃなくて、全身が熱くなって……あぁ、傷口が、傷口が熱いわ！」

「なに？　アンナ、大丈夫なのか⁉――くっ、レミィ、ちょっときてくれ！」

急に苦しみだしたアンナを見てパニックになる。

そこへ、クルツの悲鳴を聞きつけたレミィが飛び込んでくる。

「――どうしたの、お父さん！」

「分からん。ただ、アンナが急に傷口が熱いと言い出して」

「熱い？　お母さん、大丈夫なの⁉」

レミィはアンナのもとへ駆け寄り――息を呑んだ。

「お父さん、これ……見て」

「なんだ、なにが――っ」

レミィが指さす部分を見たクルツは息を呑んだ。アンナの顔に刻まれていた酷い傷跡が、虹色の光に包まれ、みるみる消えていくのを目の当たりにしたからだ。

「お、お前……それ、どうなってるんだ？」

「なにって……あら、熱かったのがようやく収まってきたわね」

アンナは元気よくベッドから上半身を起こすと、すがすがしい顔で「んん〜っ」と両手を上げて伸びをする。

そのありえない光景に、クルツと娘のレミィはあんぐりと口を開く。

「あら、二人とも、そんな顔をしてどうかしたの？」

「ど、どうかしたのって、お前！　だ、大丈夫なのか？」

「え？　あ……そう言えば、なんだか気分が良いわ」

「い、いや、そういう問題じゃ……」

ないと言うセリフは、娘の素っ頓狂な声によって遮られた。

「お、おおおおっ、お母さんっ！　腕っ、腕が！」

「私の腕がどうかした……え？」

アンナが自らの両手を胸の前にかざして……目を見開いた。

そこにあるのは、傷一つない両腕——だけど、それは本来ありえない。アンナの右腕は、魔物に襲われたおりに失われていたのだから。

「ど、どうして私の腕が元に戻ってるの⁉」

「わ、分からない。でも、さっきの光で腕が生えたんだと思う！」

「は、生えた？　なにを言ってるの？　腕は生えたりしないわよ？」

「でも実際に生えてるじゃない！」

慌てふためく妻と娘を見ながら、クルツだけはこの奇跡の原因に気付いていた。アンナの傷口が光っていたとき、ペンダントも一緒に光っていたのを目にしていたからだ。

だから、クルツは思った。


……あぁ、あの嬢ちゃんは本当に、天使だったんだな——と。

—— 3 ——

リスティア達がやって来たのは、石造りの建物が並ぶメインストリートだ。馬車で商品を運ぶ人々や、仕事帰りとおぼしき人々で賑わっている。

「ふわぁ……人が一杯だよぉ」

リスティアが見たことあるのは人間の集落くらい。こんな風に、たくさんの人々が生活するのを見るのは初めてだった。

リスティアは、凄い凄いと両手を広げてくるくる回る。

――だけど、

「リスティア様、話があります」

「ふえ？」

「良いから、こっちです」

ナナミに腕を掴まれ、道の端っこに連れて行かれてしまった。

「どうしたの？」

「どうしたの？　じゃありません。さっきのペンダント、エンチャントしましたよね？」

「そうだけど？」

「そうだけど？　じゃないですよぉ……」

頭痛で頭が痛いと重複しまくる勢いで、ナナミは頭を抱えた。

「リスティア様は、普通の女の子として振る舞いたいんですよね？」

「最初から、あたしは普通の女の子だよ？」

「普通の女の子は、さらっとエンチャントなんてしません！」

「え？　じゃあ……頑張ってするの？」

「頑張っても無理ですって」

「じゃあ……たくさん頑張るの？」

「あのですね、リスティア様。人がどれだけ頑張っても自力では空を飛べないように、世の中には努力だけじゃどうしようもないこともあるんです」

「……え、あたしは空を飛べるよ？」

「だから、それが普通じゃないんですよ……」

呆れられてしまった。

なお、リスティアはまるで分かっていないが、千年前の人間ですら、使えたのは第四階位までと言われていて、この時代の人間は第三階位が使えれば一流と言われている。

むろん第三階位にもエンチャントはあるのだが、扱えるレベルがまるで違う。

つまりは、熟練の魔法使いが長い時間をかけてエンチャント品を作るのが普通。間違っても、ささっと数秒で作れるような代物ではないのだ。

「ちなみに、どんな効果を付与したんですか？」

「えっと、再生の魔法だね。持ってるだけで、あらゆる傷を癒やしてくれるよ」

みなまで口にする前に、ナナミの可愛らしい顔に収まる瞳が、ジトォと細められる。それを見て、さすがのリスティアも、やりすぎだったのかもと思い始めた。

「もしかして……不味かった？」

「どう考えてもおかしいです。もし回復系のエンチャントなら、普通は指先の切り傷が丸一日で塞がるとか、それくらいがせいぜいです」

「……え？　それって、エンチャントなしでも一瞬じゃない？」

「普通の人は、それでも数日はかかるんですよ」

「そ、そうなんだ……」

たとえ身体が消し炭になっても、数秒で回復するリスティアにとっては、指先の切り傷で数日というのはよく分からない世界だった。

「じゃあ、数秒であらゆる傷が治るのはやりすぎだったのかな？」

「やりすぎというか、アーティファクトの領域ですよ。もし売ったら、宿代どころじゃありません。お屋敷がいくつも建てられるレベルです」

「ふぇ……そんなに凄かったんだ」

あれくらいいくらでも量産できるのになぁ……なんて、とんでもないことを考えたが、さすがにそれを口にしないだけの分別はリスティアにもあった。

「今から戻って、ほかの物と交換してもらいます？」

「……うぅん、そうしないと不味いかな？」

「どうでしょう。エンチャントしたのは、本当に再生だけ——なんですね？」

「うんうん、それだけだよ」

「だったら……大丈夫だと思います。ちょっとした怪我や病気が治ったくらいなら、ちょっと御利益があったかなって思う程度でしょうし」

「ふみゅ。ちなみに、鑑定とかは？」

「方法がないわけではありませんけど、怪しまれてる様子もなかったので、わざわざ鑑定したりはしないでしょう。奥さんが大怪我とかを負ったら別ですけど、たぶん大丈夫です」

なお、クルツの奥さんが大怪我を負っているなんて知らないナナミは、そんな風に判断を下した。

そして、その判断に対して、リスティアがそうだねとうなずく。

その結果大騒ぎになるのだが——そのことにリスティア達が気付くのはもっと先の話。

「なら、そのままで良いよ」

「価値的なことは……気にしないんですか？　物凄い価値があるんですよ？」

「うん。親切なおじさんだったし、奥さんには元気になってもらいたいしね」

なお、リスティアは一人娘と自分の境遇と重ね、妹を作ってもらえるように手助けしただけなのだが……そうとは知らないナナミは、やはり天使ですねと尊敬を強めた。

「ナナミっ！」

不意に声が響き、青年がナナミに飛び掛かる。それを見たリスティアは、ナナミをお姫様抱っこでかっさらった。

「ナナミ——うおっ⁉」

目標を見失った青年は虚空を抱きしめ、頭から地面にダイブするかと思われたが、寸前のところで踏ん張ったようだ。

「リ、リスティア様⁉」

「……もしかして、知り合いだったのかな？　そうだったらごめんね、急に飛び掛かっていくのが見えたから、ガウェインさんのことを思い出しちゃって」

「い、いえ、それは良いんですけど……リ、リスティア様が、わた、私を、お、おおっお姫様抱っこ、して。その。はう～」

耳まで真っ赤にして、リスティアの腕の中で慌てふためく。そんなナナミの首筋を間近で見たリスティアは、とくんと胸が高鳴るのを感じた。

「おい、お前、何者だ！」

不意に、険のある声で誰何《すいか》をされる。

……あれ？　あたし、今なにを……？

我に返ったリスティアは、声のする方に視線を向ける。そこには、先ほどナナミに飛び掛かっていた青年がいて、リスティアを睨みつけていた。

歳はリスティアより少しうえ、二十歳くらいだろうか？　精悍な顔つきの青年だ。

「あたしはリスティアだよ？」

「ならリスティア、ナナミとはどういう関係だ？」

「どういう関係？」

リスティアはナナミを見下ろし、そして青年へと視線を戻した。

「……どういう関係なんだろう？」

「こっちが聞いてるんだろうが！」

「――止めて、リスティア様に突っかからないで」

我に返ったナナミが、二人の会話に割って入った。

「リスティア様、もう大丈夫だから下ろしてください」

「えっと……うん」

リスティアは、ナナミをゆっくりと下ろした。

「リスティア様は、私の命の恩人だから、失礼なことは言わないで、お兄ちゃん」

ナナミがきっぱりと言い放つ。

「――命の恩人？　命の恩人って、どういうことだ？」

「――お、お兄ちゃん？　ナナミちゃん、お兄ちゃんがいたの⁉」

戸惑う青年の横で、リスティアはとんでもない衝撃を受けていた。

そ、そんな、ナナミちゃんに、既にお兄ちゃんがいたなんて！　それじゃ、どんなにあたしが頑張ってもお姉ちゃんにはなれない⁉

お、おおおち、落ち着こう、あたし。お兄ちゃんがいたら、お姉ちゃんになれない、なんてことはないはずだよ。そうだよ、大丈夫、頑張れあたし！

「……リスティア様？」

「な、なんでもないよ。ただ、お兄ちゃんがいるって知らなかったから、驚いて」

「あぁ……えっと、リックお兄ちゃんは、身寄りをなくして奴隷商に買われそうになっていた私を拾ってくれた、義理のお兄ちゃんなんです」

「――拾った⁉　義理⁉　そ、それって……」

リスティアは、信じられないと目を見開き、リックと呼ばれた青年を見る。それに対して、リックはなぜか不機嫌そうな顔をした。

「言っておくが、俺がナナミを拾ったのは成り行きで、別にやましい理由なんて――」

「尊敬するよ！」

「……はぁ？」

「だって、路頭に迷ってる女の子を保護して、自分の義妹にしたんだよね！　凄く、凄く大変だったと思う。それをやりとげるなんて凄いよ！」

「お、おぉ、分かってくれるか？」

「もちろんだよ！」

リスティアはキラキラと目を輝かせた。

なお、そもそも路頭に迷っている女の子を探すのが大変で、見つけたとしても信頼を得るのが大変。更には妹になりたいと言ってもらうのが大変。

なのに、それを成し遂げてしまうなんて凄い、羨ましい！　という意味である。

「それで、えっと……リスティア様だっけ？」

「リスティアで良いよぉ」

「いや、しかし……」

リックはリスティアの着ている服に目を向けた。ナナミがリスティアを様付けで呼ぶ。それには相応の理由があると思ったようだ。

「ナナミちゃんにも、もっと砕けた話し方で良いよって言ってるんだけどね」

「そんな恐れ多いことは出来ません」

「――ってことらしいよ。あたし、普通の女の子なんだけどなぁ」

だから、お姉ちゃんと呼んで甘えてくれても良いんだよ？　という想いを込めて、ちら、ちらっと、ナナミにアピールする。が、恐れ多いですと一刀のもとに斬り伏せられてしまった。

リスティアは「む～」と唇を尖らせた。

「まぁ……よく分からんが、それじゃリスティアは――」

「ジロリ」

ナナミが外見からは想像できないような眼力で、リックにプレッシャーを与える。その視線に晒されたリックは頬から一筋の汗を流し、コホンと咳払いをした。

「――リ、リスティアさんは、ナナミの恩人だという話だけど、どういう意味なんだ？　調査隊が期日になっても帰ってこなかったのと、なにか関係があるのか？」

「それは……」

「――それは、私が説明するよ、お兄ちゃん」

ナナミが前置きを一つ、調査に入った迷宮に様々な魔物が巣くっていたこと、迷宮の最奥にはドラゴンが巣くっていて、調査隊が全滅したことを打ち明けた。

「ドラゴン、だと!?　それでナナミは無事だったのか!?」

「無事だから、こうして帰ってきたんだよ。と言っても、リスティア様が助けてくれなかったら、今頃は餌になってたかもしれないけど」

「それじゃ、まさか……リスティアさんが、ドラゴンを倒したって言うのか？」

信じられないと、リックがリスティアに視線を向けてくる。それに対してリスティアは少し困ったような顔で微笑んだ。

リスティアのエンジェルスマイルに、リックが顔を赤らめる。

「……お兄ちゃん？」

「お、おう、なんの話だっけ？」

ナナミに少し不機嫌そうな声で呼ばれ、リックは慌てて視線を戻した。

なお、リスティアは、リックが自分に見とれていたことに気がついている。

その上で、あたしはリックさんから見たら年下、妹対象だからね。既に妹のナナミちゃんが、焼き餅を焼いたり、心配するのは仕方ないね。

でも心配しなくて平気だよ。あたしがなりたいのは妹じゃなくて、お姉ちゃんだから！

――なんて感じで、完全に的外れなことを考えていた。

「だから、リスティア様の話――なんだけど、そのまえに。リスティア様、今日の宿がまだ決まってないの。だから……ダメかな？」

「ん？　あぁ、俺はかまわないけど……うちに泊まってもらって大丈夫なのか？」

「それは大丈夫だと思う」

「なら、俺は問題ないぞ」

「ありがとう、お兄ちゃん！」

なにやら、自分のあずかり知らぬところで、この後の自分の行動が決まっている。リスティアは、ナナミに「なんの話？」と視線を向けた。

「リスティア様、今日は私の家に泊まりませんか？」

「ナナミちゃんのお家？」

「はい。正確には、私は居候なんですけど……部屋は余ってるので」

「気持ちは嬉しいけど、迷惑じゃない？　あたし、宿代を持ってるよ？」

「……そのお金使ったら、一文無しですよね？　それに……お兄ちゃんにどこまで話して良いかとか、色々と相談したいんです」

ナナミが顔を寄せて、背伸びをして耳打ちをしてくる。それが可愛くて、リスティアは思わず、ナナミを抱きしめた。

「ひゃ、リ、リスティア様!?」

「あ、ごめんね。ナナミちゃんが可愛くて思わず」

「か、かわ……はふぅ。え、えっと、それで……泊まっていただけますか？」

「あたしはありがたいけど……」

本当に良いのかと、リックへと視線を向けた。

「ナナミの恩人なら、俺にとっても恩人だからな。気兼ねはしないでくれ。それに、色々と話も聞きたいからな」

「そっか、ありがとう。そういうことなら、お世話になるね！」


――　4　――


やって来たのは、ナナミの家族が住んでいるというお家。表通りから少し外れた位置にある、小さなマジックアイテムのお店だった。

「ここが俺達のうちだ。狭い家だけど、入ってくれ」

リックが店の中に入り、その後ろにナナミとリスティアが続いた。

「いらっしゃい……って、なんやリックか。帰ってきたんやね」

「なんだはないだろ、母さん。ナナミが帰ってきたぜ」

リックがそう言って一歩横に退く。

それによって、リスティアとナナミから、店番をしていた女性が見えた。

リックは母さんと呼んだが、二十代後半くらいのお姉さんにしか見えない。リックが二十歳くらいなので、親子とみるには違和感がある。

ただ、真祖の一族は自立できる程度――つまりは少年少女の姿になってからは、極端に成長速度が遅くなるので、リスティアは二人を見ても特におかしいとは思わなかった。

「……ナナミ？　ナナミ！」

ナナミを見たお姉さんがガタッと立ち上がり、物凄い勢いでナナミのもとに駆け寄る。

「ナナミ、良かった、無事やったんやね！」

「わぷっ。うぅ～苦しいよぅ」

ぎゅううううっと豊かな胸に抱きしめられて、ナナミが息苦しそうに藻掻いている。

「はぁ……本当に無事で良かったわ。期日になっても帰ってこおへんから、うち、物凄く心配したんよ？」

「……あう。ごめんなさい、お母さん」

「ホントに心配かけて。……一体、なにがあったん？」

「それが、調査隊が全滅して……」

「調査隊が全滅!?」

ナナミが調査隊が魔物に襲われて壊滅、危ないところを救われたという事情を話す。それに対して、お姉さんは驚きつつも、とにかくナナミが無事で良かったと抱きしめた。

家族の愛情が感じられる光景。それを見たリスティアは、自分の家族のことを思い出した。

リスティアの家族は千年程度で老衰はしないし、他種族に滅ぼされるとも思えない。けど、それと同じくらい、自分を千年以上も放っておくとは思えない。

どこかで生きているはずだけど、一体どこでなにをしているのか。

そのうち探しに行ってみようかなと考える。

「それで、さっきからいるそこの嬢ちゃんはどこのどなたなん？」

「リスティア様だよ」

「……リスティア様？」

「さっき説明した恩人だよ。お礼をしたくて、家までついてきてもらったの。だから、今日はうちに泊まってもらっても……お母さん？」

ナナミが紹介の途中で首を傾げた。自分の母親の反応がないことに気付いたからだ。と言うか、お姉さんはリスティアを見てなぜか硬直していた。

どうしたんだろう？　と、リスティアはちょこんと小首を傾げた。

「な、な、な……なんなんこの子！　むっちゃ可愛い！　お人形さん？　お人形さんなん⁉」

「えっと、あたしはお人形じゃなくて普通の女の子だよ？」

「はあああああ、声も凄く可愛い！　うちが抱きしめても良い？　いや、ダメと言っても抱きしめるわ！　ぎゅううううううっ！」

擬音を発しながら、言葉どおり熱烈に抱きしめてくる。そんなお姉さんの胸に押しつけられながら、やっぱりお姉ちゃんとそっくりだよ。なんてことを考えた。

「おい、見ろよナナミ。リスティアさん、全然動じてないぞ」

「さすがリスティア様だよ！」

そして、よく分からないところで評価が上がっている。

その評価が上がって、お姉ちゃんと呼んでもらえるなら、喜んで評価を上げるのになぁ。なんてことを考えつつ、リスティアはお姉さんが満足するのを待った。

それからしばらく経って、ようやく解放された。

「はぁ〜最高の抱き心地やったわ。それで、貴方が……リスティア様なん？」

「リスティアで良いですよ〜。あたしは普通の女の子だから」

リスティアが無邪気に言い放つと、お姉さんは「へぇ……」と、小さく息を吐いた。

「いきなり失礼な態度を取られただけやのうて、抱きしめられても、まるで怒った様子はなし、か。鼻持ちならない貴族の娘かと思ったけど、どうやら違ったようやね」

「うん。あたしは貴族じゃないですよ」

真祖のお姫様ですから、なんてことはわざわざ言わない。

「おいおい、母さん。貴族と思って試したのかよ。怒られたらどうするんだ」

「はん、そんときは謝り倒すに決まってるやん」

にやりと笑う。それを見たリックはため息を吐いた。

「なんにしても気に入ったのなら良かった。俺とナナミはギルドに報告に行くから、母さんはリスティアさんの相手をしてやってくれ」

「えっ？　お兄ちゃん？　ちょっと待って、私、リスティア様とお話が」

「後にしろ」

「ふえぇ？　リ、リスティア様ぁ……」

ナナミが助けを求めるような視線を向けてくる。

ドラゴンを倒した件で、どこまで話しても良いかを話し合いたいと言っていたから、話を合わせる前に、ギルドに連れて行かれたら困ると言うことだろう。

だからリスティアは、ナナミちゃんに任せるよと微笑んだ。

「いえ、そうじゃなくて。いえ、それもですが、リスティア様が自重を、ですね」

「うん、大丈夫。ちゃんと大人しく待ってるよ」

「いえ、それは少しも大丈夫に聞こえません」

「ほら、早くいくぞ」

「ふえええ、分かった、分かったよぉ。いくよ、いくから引っ張らないで～」

ナナミはリックに連行されていった。なんと言うか……兄や姉が強引なのは、どの種族でも同じなんだなぁなんて、リスティアは暢気に思った。

「さて、リスティアちゃん……で良いんやったか？」

「もちろんですよぉ。えっと……」

「うちはエインデベル。ベルで良いよ」

「分かりました、ベルお姉さん」

「お、お姉さん⁉」

なにやらエインデベルは動揺している。

「……ダメでしたか？」

「い、いや、ダメなんてことはないよ。ただ、リックやナナミがあんな感じやろ？　だから、なんとなく、おばさん扱いされるのかなって、覚悟してたんよ」

「あんな感じ？」

よく分かっていないリスティアちゃんは小首を傾げる。

「ああ、リスティアちゃんは聞いてないんやね。うちは二人を拾って育ててるだけなんよ。だから、二人の本当の母親ってわけじゃないんよ」

「それなのに……お母さん、なんですか？　お姉さんじゃなくて？」

リスティアは凄く動揺した。年下の女の子を保護して慕ってもらえば、必然的にお姉ちゃんと呼んでもらえると思っていたからだ。

「年の離れた姉の方がしっくりくる年齢差ではあるんやけどね。まあ……あの子達は姉よりも、母親を求めていたってことなんやろね」

「それは……苦労してるんですね」

「分かってくれるんか⁉」

「ええ、もちろんです！」

珍しく、噛み合っている――かもしれない。

「リスティアちゃんは良い子やね。うちの妹になるか？」

「せっかくの申し出ですけど、お姉ちゃんは二人いるのでごめんなさい」

「へぇ、二人もいるんや」

「うん。今はどこにいるかも分からないですけどね」

「……っ、ごめんな」

「平気ですよ。気にしてないですから」

自分と同じように、どこかをうろうろしているんだろうと思っているだけのリスティアは、可愛らしく微笑んだ。

だが、事情を知らないエインデベルは、なにか深い事情があるのだと誤解。自分の方が辛いはずなのに、他人の気遣いが出来る優しい子なんやねと目元を拭った。

リスティアはまったくもって気付いていないのだが。

「話を戻すけど、ナナミの命を救ってくれたんやってね。ありがとう、心から感謝するよ」

「いえ、あたしは偶然居合わせただけなので」

「それでも、助けてくれたことには変わりないやろ。ホントにありがとうな」

リスティアがドラゴンを倒した話を、エインデベルはまだ聞いていない。けど、リスティアがいなければ危なかったとは聞いているので、心から感謝と頭を下げた。

「なにか困ってることはないか？　出来る限りのことはしてあげるよ」

「困ってること……そう言えば、お金がないです」

「それはまた……ストレートやね」

エインデベルが苦笑いを浮かべる。

もし口にしたのがリスティアでなければ、謝礼をせびられていると誤解しただろう。

「正確にはお金だけがないんです。どこか、買い取りをしてくれるお店は知りませんか？」

「ふぅん？　売りたいのは、どんな物なん？」

「エンチャントの触媒とか、完成品ですね」

「なんや、それならうちで代わりに売ってあげても良いよ？」

「え、良いんですか？」

この店に来たときからちょっぴり期待していた。

このお店がマジックアイテムを取り扱うお店で、陳列棚にはポーションの類いや、エンチャントされたアイテムが並べられていたからだ。

なので、お願いできるなら——と、兵士のおっちゃんにも見せた革袋を取り出した。

「——あれ？　いま、なにもないところから革袋が現れたような……気のせいなんか？」

エインデベルが戸惑っているが、リスティアはそれに気付かず、革袋に入っている触媒を、一つずつ、カウンターの上に並べていく。

「……葉っぱ？　見たことのない種類だけど……妙に魔力が多いなぁ」

「あぁ、それは世界樹の葉っぱですね」

「あ、あぁ、世界樹ね。…………は？　世界樹？」

エインデベルは、辺りにクエスチョンマークを飛ばしている。あまりに非常識すぎて理解が追いついていないのだが……リスティアは気付かない。

そんな彼女の横で、他の触媒を並べ始めた。

「……って、そっちは魔石やん！　しかも、なんやの、この魔力量は！　これ一つでも、十分な財産になるやん！」

「あ、そうですか。それなら、たくさんあるので安心ですね」

リスティアはあらたな革袋を取り出し、ジャラジャラっと、カウンターの上に同じような魔石をぶちまけた。

エインデベルの口があんぐりと開かれる。

「ちょ、ちょっと、待ちぃな！　なに、なんなん⁉　なんで、一つで家が建ちそうな魔石が、こんなに一杯出てくるん⁉　おかしいやろ！」

「魔石は自分で作ってるので、数はたくさんありますよ」

「つ、作ったぁ⁉　なにそれ、どういうことなん⁉」

「色々と練習してたんですよ～」

リスティアは可愛らしく言っているが、もちろん普通の人間は魔石を作れたりはしない。魔石が欲しければ、魔物を狩りまくるか、古代遺跡をあさらなくてはいけない。

だと言うのに、魔石を作ったとのたまうリスティアは、それがまるで当然のような態度で、アイテムボックスから別の革袋を取り出した。

「って言うか、気のせいかと思ったけど、アイテムボックスを使ってるやんね⁉」

「ええ、使ってますよ。便利ですから」

「いや、便利とかそういう問題じゃなくて、アイテムボックスやで？　伝説の魔法やよ⁉」

「ちなみに、あたしの最高傑作は、この魔石です。綺麗だと思いませんか？」

リスティアが取り出したのは、数百カラットはありそうな真っ黒な魔石。周囲の光を受けて、とんでもなくキラキラと輝いている。

「人の話を聞きぃや――って、な、なんなん、それは⁉」

「え？　ですから、あたしの作った魔石ですけど」

「嘘、やろ。こんな途方もない魔石、見たことも聞いたこともないよ」

エインデベルは呆然としていた。実のところ、エインデベルは第三階位の魔法を扱えるエンチャンターで、この時代の人間としては、かなり優秀な部類である。

だけど、だからこそ、エインデベルは自分の理解の及ばぬ魔石に戦慄した。従来の品とは桁違いの、まるで神話に出てくるような凄まじい魔石。

どう考えても国宝級の代物で、一介の少女が持ち歩くような魔石では決してない。

「……あんた、何者なん？」

「普通の女の子ですよ？」

「ふ、普通の女の子が、こんな魔石を持ってるはずないやろ⁉」

「ふぇぇ⁉　そ、そうなんですか⁉」

知らなかったよ――っ！　とばかりに驚く。その姿はひたすらに普通で、普通じゃないほど可愛い。ただそれだけの女の子にしか見えない。

にもかかわらず、その言動は明らかに異常。

そのアンバランスな少女に、エインデベルは言いようのない不気味さを覚える。

「もう一度聞くよ。……あんた、何者なん？」

「え、ええっと……その、ちょっと魔石を作るのが上手なだけの、普通の女の子ですよ？」

「いやいやいや、ちょっとってレベルやないからね⁉　そもそも普通の女の子はアイテムボックスなんて使われへんし、普通やなくても魔石は作れたりせぇへんから！」

「……しょんぼり」

普通じゃないの範疇ですらないと言われ、リスティアはしょんぼりした。

まるで捨てられた小動物のように、儚げで可愛らしい。そんなリスティアを見て、エインデベルは
「うぐぅ」とうめき声を上げる。

「な、なんでそんなに落ち込むんよ。なんや、うちが悪いことしたみたいやん」

「え？　そ、そんなことないですよ！　ベルお姉さんはなにも悪くないです。あたしが、勝手に落ち込んでるだけだから、だから大丈夫です！」

ちょっぴり目元に涙を浮かべ、一生懸命に健気なセリフを口にする。エインデベルは自分が極悪人になったような気持ちになり、大ダメージを受けた。

「ご、ごめんやで。リスティアちゃんは、普通の女の子なんやね」

「え？　本当ですか？　本当にそう思いますか？」

「う、うん。もちろんやよ。罪悪感で口にしてるとか、そんなことはあらへんよ」

「わぁい、やったぁ～。あたしちゃんと、普通の女の子出来てるよ！」

涙目でえへへとはしゃぐリスティアが可愛すぎて、エインデベルは「もう、リスティアちゃんは普通の女の子でいいわ。そういうことにしとこ」と悟りを開いた。

もっとも、心の中で、詳細は後でナナミを問い詰めれば良いしね。なんて計算もしているのだが、

はしゃいでいるリスティアは気付かない。

こうして、ナナミの気苦労が一つ増えた。


― 5 ―


「それで、これらの触媒を、このお店で売ってもらうことは出来ますか？」

「こ、これらを、うちのお店で売って欲しい、言うんか？」

エインデベルは額から一筋の汗を流しつつ、愛らしい見た目の、得体の知れない少女――リスティアに向かって聞き返した。

エインデベルの目の前につまれている触媒は、どれか一つとっても、エインデベルのお店で取り扱う全ての商品よりも価値が上回るようなものばかり。

軽い気持ちで代わりに売っても良いなんて言ったけど、これはさすがに無理やろと考える。

「そうだ。必要なら、これらをエンチャント品に加工しても良いですよ」

「なっ、その歳でエンチャントまで出来るんか⁉」

もはや何度目か分からないが驚愕の声を上げた。

魔石を作るのは、おとぎ話に出てくるような技能で実感が湧きにくかった。けど、エンチャントは、エインデベルにとって得意分野。

小さい頃から打ち込んでいるからこそ分かる。

リスティアのような十代半ばくらいの女の子が、目の前につまれているような触媒でエンチャント品を作れるなんて、天地がひっくり返ってもありえない、と。

だけど――

「……あ、そうでした。あたしは普通の女の子だから、エンチャントは出来ないです」

可愛らしく言ってのけるリスティアに、エインデベルは戦慄した。

どう考えても、出来るはずはない。出来るはずはないのだけど、その発言は出来るようにしか聞こえなかったからだ。

だから――エインデベルは一芝居打つことにした。

「なあ、リスティアちゃん。最近の普通の女の子は、エンチャントも出来たりするんよ？」

「え、そうなんですか？」

「ああ、そうなんや。うちかて女の子――やけど、エンチャントのお店を開いてるやろ？」

自分が出来るのは、幼少の頃から――それこそ二十年近く修行をした成果。その辺をごまかすために、女の子と自称したわけだが、さすがに苦しいか……と、エインデベルは思った。

けれど――

「たしかに……ここにあるエンチャント品は、ベルお姉さんが制作者だね」

なんでそんなことが分かるん？　という疑問は、目的を達成するために飲み込んだ。

次の瞬間――

「そっか、そうなんだ。じゃあ、ナナミちゃんが勘違いしてただけなんだねっ」

リスティアは天使のように微笑んだ。

それを見たエインデベルは、この子……チョロすぎひん？　なんてことを思う。

というか、今の言い様。ナナミが入れ知恵したってことやんね。そうなると、ナナミはこの子の正体を知った上で、黙ってるように言うたってこと、か？

当たらずとも遠からず。エインデベルはそう判断を下した。

その時点で、追求を控えることは可能だったし、無垢な少女を騙すことに罪悪感もあった。けれど、好奇心の方がまさった。

「リスティアちゃん、実はエンチャント出来るんやろ？」

「うん、出来ますよ」

やっぱりか！　と、エインデベルは興奮していた。ただ、エンチャントが出来るだけ、本当に出来るだけのレベルなら、凄い才能に恵まれた子供ってだけで終わる話だ。

けれど、もし、もしも、目の前につまれている触媒を扱えるレベルなら——

「良かったら、リスティアちゃんがエンチャントした品、うちに見せてくれへんかな？」

平然を装って、けれど内心はドキドキしながら尋ねる。それに対してリスティアは、なんの疑いもなく「良いですよぉ」と微笑んだ。

いったいどんな素晴らしいエンチャント品が出てくるのか——と、エインデベルの鼓動が一気に早くなる。

だけど、リスティアが取り出したのは、白い金属の塊だった。

「……それは？」

「これはプラチナですよ。これでブローチを作ろうと思って」

「……作る？　今から、ブローチを作る言うんか？」

それじゃ、何週間待たされるか分からない。出来れば既に完成しているエンチャント品を見せて欲しい――と、みなまで言うことは出来なかった。

リスティアを中心に、信じられないほどに緻密な魔法陣が浮かび上がったからだ。

「なん――っ、やの、それ、は……」

この世界における魔法とは、魔法陣――すなわち回路を魔力素子《マナ》で描き、そこに魔力を流し込むことで、望む効果を引き出すことが出来る。

基本となる第一階位の魔法は、一つの魔法陣で構成されている。

そして第二階位は、魔法陣の中に別の効果を及ぼす魔法陣が一つ。第三階位は、魔法陣の中に別の効果を及ぼす魔法陣が二つと、階位が上がるほどに複雑化していく。

リスティアがこともなげに書き上げた緻密な魔法陣は、七つの魔法陣を内包している。

それはつまり――

「第八階位の……魔法」

ありえない。ありえるはずがない。人類が到達できたのは第四階位まで。第五階位まで到達した魔法使いがいるという話もあるが、それはあくまでおとぎ話のレベル。

人間に、第八階位の魔法なんて使えるはずがないのだ。

いや、人間に限った話ではない。神話の時代に頂点に君臨していた真祖ですら、第七階位が限界だったと伝えられている。

第八階位を扱える生物なんて、この世界にいるはずがない。

けれど、リスティアは目前で魔法を起動。プラチナと呼ばれた金属は、左右のバランスが違うオープンハートに変形。その中心に、虹色の輝きを放つ魔石が固定される。

「エンチャントは少し控えめに、状態異常の無効化で良いかな。……ありとあらゆる荊棘《けいきょく》を払いのける加護を――エンチャント」

状態異常の無効化なんて、アーティファクトの領域やん！

そんな突っ込みは、かすれて声にならず――

「えへへ、完成だよぉ～」

エインデベルが戦慄していることにも気付かず、リスティアは無邪気に微笑む。

その手のひらの中には、オープンハートに宝石が収められたブローチ。アクセサリーとしての価値だけでも、とんでもない価値のつきそうな代物が収められていた。

エインデベルは、そのブローチを呆然と見つめる。

「これ、状態異常の無効化や、言うた？」

「うん。ありとあらゆる状態異常の無効化、ですよ」

「……ありと、あらゆる。……試させてもらっても、ええか？」

「うん、良いですよぉ」

無造作に、その芸術品を差し出してくる。エインデベルは恐る恐るに受け取った。

「えっと……これは、魔力を流せば良いんか？」

「うぅん、それは魔石を使ってるから、持ってるだけでも発動しますよ」

「あ、そ、そうやったね」

一般的なエンチャント品は使い捨て、もしくは魔力を使用者が流し込むことで発動する。

けれど、高出力の魔石の場合はその限りではない。定期的に魔石の魔力を充電する必要があるかわりに、魔石の魔力を消費して自動で発動させることが可能なのだ。

エインデベルも、ここまで凄まじい魔石ではないものの、魔石を扱うことはある。魔石付きのエンチャント品は、発動に魔力を注ぐ必要がないというのは常識。

どうやら、その常識を忘れるくらいに動揺しているようだ。

「そ、それじゃ、試すよ」

エインデベルは棚からしびれ薬の入ったポーションを取り出し、ブローチを手に持った状態で中身を少しだけ口に含む。

本来であれば、ピリピリとするはずなのだが……その感覚はまるでない。そして代わりとばかりに、ブローチが少しだけ虹色に輝いた。

エインデベルは口の中のポーションを嚥下し、更にポーションをこくこくと喉を鳴らして大胆に飲み干す。だけど、やっぱり、しびれることはなく、ブローチはまたもや輝きを放つ。

それを見たエインデベルは、ブローチがしびれ薬の効果を消しているのだと確信する。

実のところ、いまエインデベルが口に含んだ程度のしびれ薬を無効化するエンチャントを作ることは、エインデベルにも可能だ。

けれどそれは手間暇をかけなければ作れないし、効果もこんなに即効性はない。ましてや、全ての状態異常の無効化。そんな幅の広いエンチャントは作れない。

他の状態異常は試していないけれど、無作為に選んだしびれ薬を無効化した以上は、ほぼ間違いなく、全ての状態異常を消すというのも事実だろう。

つまり、ブローチはアーティファクトの領域で、それを一瞬で作り出したリスティアもまた、神話級の生き物だ。

――あんたは何者なん？

先ほどと同じ疑問が湧き上がるが、普通の女の子にこだわるリスティアを気遣って、その言葉は口にはしなかった。

代わりに「なあ、あんたはなにがしたいん？」と問いかける。その力があれば、この街――いや、この大陸を支配することすら可能だと思ったから。

だけど――

「あたしは、困ってる子供を助けたいんです。それで、そのためには生活費が必要で。だから、そのブローチを買ってもらえたら嬉しいなぁ……って」

無邪気に微笑むリスティアの口から紡がれたのは、予想とはまるで違う答え。そのあまりにも予想外なセリフに、エインデベルは目をぱちくりとさせる。

「それ、本気で言うてるん？」

「うんっ、本気ですよ！」

大粒の紅い瞳は、どこまでも澄み渡っている。少なくともエインデベルには、リスティアが嘘を吐いているようには見えなかった。

それ以前、第八階位の魔法を使うようなリスティアがなにかを企んでたとしても、エインデベルに――いや、人類に止める術はない。

そう考えれば、リスティアが嘘を吐く必要はない。それになにより、リスティアがナナミを傷つけないのならそれで良い――と、エインデベルは思った。

だけどそこに、ギルドへと向かったはずのリックが飛び込んでくる。

「母さん、無事か！」

「なんやの、急に」

「まずは、その子から離れてくれ。ギルドに行く途中で、ナナミからあれこれ聞き出したんだけど、どう考えてもその子は普通じゃない。だから慌てて帰ってきたんだ」

「……ふえ？」

リスティアが、普通じゃないと言われて驚いている。ここまで普通にこだわるのにも、なにか理由があるんやろうかね？　と、エインデベルは不思議に思った。

「聞いてるのか、母さん」

「ん？　あぁ、聞いてるよ。この子が普通やない言うんはどういうことなん？」

「ナナミを助けるときに、ドラゴンを倒したらしいんだ。それも、調査隊を全滅に追いやった、体長五メートルほどのドラゴンを一撃で」

「はぁ……それはまた、凄いねぇ」

この時代、そんなドラゴンを目撃するなんてことは滅多にない。

ドラゴンが生息していた事実には驚いたが、ドラゴンであれな調査隊が全滅するのも無理はないと思ったし、リスティアがドラゴンを倒したことにはまったく驚かなかった。

第八階位の魔法を使えるリスティアが、ドラゴン程度に苦戦するはずがないからだ。

「母さんっ、暢気に感心してる場合じゃないだろ。彼女はドラゴンを一撃で倒したんだぞ」

「うんうん。それは分かってるよ。それで、ナナミはなんて言うてたん？　リスティアちゃんが、危険な化け物や言うたんか？」

「いや……ナナミは、彼女は危険じゃない。彼女は天使だ……と」

困った顔をする。リックは義妹を溺愛しているので、ナナミの言葉は信じたいけれど、天使なんかがいるはずはないと葛藤しているのだろう。

けれど、エインデベルは言い得て妙だと思った。

「ナナミが天使や言うんやったら、リスティアちゃんは本当に天使なんやろ」

「母さんまで、なにを言い出すんだ⁉」

「リックも、リスティアちゃんと話してみたら分かるよ。まるで天使みたいや、ってな」

リスティアの無邪気さが演技とは思えない。

もしリスティアが演技派だったとしたら、エインデベルはもう、明日からなにを信じて生きていけば良いか分からなくなる。

だから――と、エインデベルはブローチを差し出した。

「このブローチは高価すぎて、うちで売りさばくのは無理や。だから、返しておくわ」

「そう、ですか」

残念だけど仕方がないといった面持ちでブローチを受け取った。だけど、しょんぼりするリスティアに、エインデベルがイタズラっぽく微笑む。

「――その代わり、うちのツテに買い取ってくれるように頼んだるわ。それと、当面の生活費も面倒を見てあげるよ」

「それは……嬉しいですけど、良いんですか？」

「あぁ、もちろんや。その代わり、ナナミと仲良くしたってな」

リスティアは瞳をぱちくり。嬉しそうに「うんっ」と笑顔を浮かべた。

それを見たエインデベルは、やっぱりリスティアは素直な良い子だと再認識する。そうして可愛さのあまりに抱きしめそうになったのだが、そこにリックが割り込んできた。

「ちょっと待ってくれ、母さん。本気で言ってるのか？」

「もちろん、本気やよ」

「でも――」

不満そうなリックがなにか言おうとするが、エインデベルは言葉を被せる。

「あのな、リック。リスティアちゃんがナナミになにかするつもりやったら、ここに連れてくる必要なんてないやろ？」

ナナミになにかするつもりなら、生存をエインデベル達に教える必要なんてない。調査隊が全滅しているのであれば、ナナミを連れ去られたとしても分からなかったのだから。

「それは……たしかに」

「ナナミを溺愛するのは良いけど、周りが見えなくなるのがリックの欠点やね」

「うっ……す、すまない」

「謝る相手はうちやないやろ？」

「そ、そうだな。えっと……リスティアさん、失礼なことを言ってすまなかった」

「うぅん、気にしてないから大丈夫だよ」

リスティアは微笑む。

けれど、さっきのやりとりを聞いていたときは、凄く所在なさげにしていた。気遣っての発言なのは明らかで、それに気付いたリックは罪悪感からかうめき声を上げた。

そして――

「――はぁ、はぁ、ちょっと、リックお兄ちゃん。置いてかないでよ」

「ナ、ナナミ⁉」

リックにとっては最悪のタイミングでナナミが帰ってくる。

「お兄ちゃん、リスティア様に失礼なこと、言ってないよね？　リスティア様に失礼なことを言ったら、いくらお兄ちゃんでも許さないからね？」

遅れて戻ってきたナナミのセリフに、リックはますます追い詰められていく。そんなリックを見て不審に思ったのだろう。ナナミはリスティアへと向き直った。

「リスティア様、なにか失礼なこと言われてないですか？」

リックは大ピンチで、汗をだらだらと流し始めたが――

「うん、大丈夫だよ。二人とも、ナナミちゃんのこと、大好きなんだね」

リスティアは告げ口をするどころか、リックやエインデベルのことを持ち上げた。

「リスティアさん……」

辛く当たった相手に優しくされたリックは、感銘を受けたかのようにリスティアを見た。その顔が少し赤らんでいると思うのは――決してエインデベルの気のせいではないだろう。

リックにもようやく春が来たんやね――って言いたいところやけど、相手はリックの手に負える相手やないと思うなぁ。

エインデベルはこれからのリックの苦難を思い、苦笑いを浮かべた。

――6――


ナナミちゃんのお家でお世話になった翌朝。リスティアは朝食のお相伴にあずかっていた。

「ところでリスティアちゃん」

「うん？」

食事も終盤にさしかかった頃、エインデベルに話しかけられて小首を傾げる。

「マジックアイテムを売るツテを紹介する話やけど、相手に連絡を取るから数日待ってもらってもええかな？　もちろん、そのあいだはうちに泊まってくれていいから」

「待つのは大丈夫です。でも、住むところは自分でなんとかするつもりです」

「えぇ、リスティア様、この家に住まないの⁉」

ナナミがびっくりしたような顔をしているけど、リスティアにそのつもりはない。いつまでもナナミの家にお世話になるなんて、お姉ちゃんを目指す者としては立場がないからだ。

「教えて欲しいんですけど、困ってる子供を助けられるようなお仕事ってありませんか？」

自分を姉と慕ってくれる子供を見つけるのと、取りあえずの生活費を稼ぐ、一石二鳥の手段はないかと考えて尋ねる。

「困ってる子供を助けるお仕事……なぁ。ぱっと思いつくのは孤児院やけど……」

エインデベルがなぜか言葉を濁す。

「孤児院って言うのはたしか……身寄りのない子供を育てる施設、ですよね？」

つまりは、困っている子供を集めた施設。

もしそこで働けるのなら、まさに一石二鳥だよと喜んだのだが——

「リスティアさん、孤児院で働こうと思ってるならやめておいた方が良いぞ」

斜め向かいの席で黙々と食事をしていたリックが難色を示した。

「どうして？」

「あの孤児院は、いくつか黒い噂があるんだ」

「黒い噂って言うと……どんなの？」

「孤児院を管理している院長が、領主から出ている補助金を横領しているとか、行方不明になる子供がいるとか、そういう類いの物だ」

「へぇ……そうなんだ。それで、その孤児院は、働き手を募集しているの？」

「黒い噂があるから、街の人間は寄りつかない。人手は足りていないはずだが……俺の話を聞いていたか？」

「もちろんだよ。つまり、子供達が困ってるかもしれないってことだよね？」

孤児院の管理人が悪人であるのなら、そこで暮らす子供達は凄く困っているはず。なら、なおさら行くしかないよねとリスティアは思ったのだが、エインデベルとリックは呆れ顔だ。

ただ、ナナミだけは「さすがです、リスティア様」とか言っているが。

「母さん、どう思う？」

「まあ……リスティアちゃんなら大丈夫やとは思うけど」

「それもそうか。ドラゴンを一撃で倒したのが事実なら、なにかあったとしても、そうそう後れは取らないだろう」

「そうやね。――という訳で、リスティアちゃんが行きたい言うなら、場所は教えてあげるけど、くれぐれも注意するんやよ？」

「はい、ありがとうございますっ！」

エインデベルから孤児院の場所を聞き出したリスティアは、満足気に微笑んだ。

「はいはい！　リスティア様が行くのなら、私も孤児院に行ってみたいです！」

「ナナミはダメだ」

リスティアが答えるよりも早く、リックがそんな風に言った。

「えぇ、どうして？」

「お前は、俺と一緒にギルドに報告に行かないとだろ。昨日、行かなかったから、今日行かないと怒られるだけじゃすまないぞ？」

「うっ、そ、そうだったよ。……うぅ、リスティア様ぁ～」

ナナミが縋るような目で見てくるが、それぱっかりはリスティアにもどうしようもない。

「報告しなきゃなら、仕方ないよ」

「でも……リスティア様、うちには戻ってこないかもしれないんですよね？」

「それは分からないけど、どこかに泊まるとしても、ちゃんとナナミちゃんには教えるよ？」

「……本当ですか？」

「うん。だってあたしは、これからもナナミちゃんと仲良くしたいって思ってるからね」

「リスティア様……ありがとうございますっ！」

嬉しそうなナナミを見て、慕われてる感じが嬉しいなぁとリスティアは微笑んだ。

その後、リスティアは街外れにある丘の上。孤児院の前へとやって来た。石造りの建物だが、ところどころが破損していて、そのうち壊れそうな雰囲気がある。

普通であれば、近づくのを怖がりそうなものだが、リスティアはここに困っている未来の妹がいるかも！　と興奮していた。

「すみませーん」

扉をトントントンと控えめにノックする。そうして少し待つと、ぎぃっと音を立てて木製の扉が開いた。そして姿を現したのはブルネットの少女。

身長から考えるとナナミよりも年下で、恐らくは十代半ばくらい。にもかかわらず、なにやら妖艶な雰囲気を醸し出している。艶めかしい少女だ。

「……お姉さんは誰かしら？」

「お姉さん！」

うわぁい、生まれて初めてお姉さんって呼ばれたよ！　慕われてる感じのお姉さん呼びじゃないけど、それでも嬉しいよ！

リスティアは孤児院に来て良かったと興奮する。だけど、少女が不審そうな目を自分に向けていることに気付いて、慌ててコホンと可愛らしく咳をした。

「驚かせてごめんね。あたしはリスティア。この孤児院で働きたいと思ってきたの」

「……働きたい？　どういうつもりかしらないけど、今すぐに帰った方が良いわよ」

ブルネットの少女に突き放されるが、リスティアは微笑みを一つ。小首を傾げて「どうして、そんなことを言うの？」と問いかけた。

それに対し、ブルネットの少女はどこか不機嫌そうな表情を浮かべ、続いて周囲を確認。少しだけ、リスティアに顔を近づけてきた。

「……この孤児院の噂、お姉さんは聞いたことないの？」

「噂って言うと……」

「――マリア、そこでなにをしている」

男の咎めるような声が響く。

視線を向けると、小太りした中年男性がこちらを睨みつけていた。

「――っ、なんでもないわ。この人が、道を聞きに来ただけよ」

「違います。あたし、この孤児院で働きたくて、ここに来たんです」

「ちょっと――っ」

「ほう、これはこれは。可愛らしいお嬢さんだ。貴方がうちで働きたいと言うんですか？」

「はいっ！」

リスティアは元気よく頷き、小太りした中年男性はそうですかと笑みを浮かべた。

その横では、ブルネットの少女が「……あぁもう、知らないからね」と顔を覆ったのだが、リスティアは気付かない。小太りした中年男性に、それでは奥の部屋でお話を伺いましょうと誘われ、孤児院の中へと足を踏み入れた。

案内されるに任せて廊下を歩き、一番奥にある部屋へと通された。

わりと古めかしい建物で、玄関先からもそれは伝わってきたのだけど、案内された部屋だけはずいぶんと整えられている。

来客のために気を使っているのか、それとも自分の生活空間にだけお金を使っているのか、果たしてどっちなんだろうと、リスティアは考えを巡らせる。

「どうぞ、そこにおかけになってください」

「はい、失礼しますね」

リスティアは自分で椅子を引き、優雅に腰を下ろした。続いて、小太りした中年男性も、リスティアの向かいの席に腰を下ろした。

「まずは挨拶をしましょう。私はこの孤児院の院長を務める、ゲオルグと申します」

「ご丁寧にありがとうございます。あたしはリスティアと申します、ゲオルグ院長」

「ふむ。ずいぶんと育ちが良さそうですが……素性をうかがっても？」

「あたしは、普通の女の子です」

値踏みをされている状況下で、平然と普通の女の子だと言ってのける。その精神だけでも明らかに普通じゃない。

もちろん、ゲオルグ院長もそう考え、探るような視線を向けてきた。

「……今まで、どこでなにをしていらしたか、うかがっても？」

「少し前に家を飛び出してきたんです」

「ほう……家を飛び出して。それはつまり、帰るところも住むところもないので、うちで働きたいと言うことですか？」

「いえ、衣食住が目的じゃありません。もちろん、住み込みで働かせて頂けるのならそれに越したことはありませんけど。あたしは、困っている子達を助けたいんです」

リスティアは、満面の笑みで答えた。それだけは、ゲオルグ院長にとって意外だったのだろう。驚きに目を見開き――続いて、小さく喉の奥でくくくと笑った。

「……あの、なにか？」

「いや、これは失礼。まだ幼いのに、立派な考えをお持ちだ。ぜひうちで働いてください」

「……良いんですか？」

あまりにもあっさりとしていて、リスティアは驚いてしまう。

「もちろんです。貴方のような方がうちで働いてくださるのなら歓迎です。ただ、住み込みで働いていただく代わりに、給金の方はそれほど多く出せませんが……大丈夫ですか？」

ゲオルグ院長が前置きを一つ、提示した金額は――正直、多いのか少ないのか、リスティアには分からなかった。

けれど、リスティアにとって給金は重要ではないので「問題ありません」と頷く。

「そうですか。では、これからよろしくお願いします」

「こちらこそ、よろしくお願いします！」

「はい。貴方が孤児院の役に立ってくれることを期待していますよ。リスティアさん」

ゲオルグ院長は笑顔を浮かべて、パンパンと手を叩いた。直後、玄関で出会ったブルネットの少女が姿を現す。

「……呼んだかしら？」

「ああ。彼女――リスティアさんは、今日からうちで働くことになった。今日は、子供達の紹介をしたり、なにをすれば良いか教えてやってくれ」

「――なっ。お姉さん」

マリアが、咎めるような顔でリスティアを見たけれど――

「――マリア」

ゲオルグ院長がマリアの肩を掴んだ。その瞬間、マリアはびくりと身を震わせる。

「……わ、分かってるわよ」

ブルネットの少女は早口に言い放つと、リスティアを一瞥。「案内するからついてきて」と、逃げるように部屋を退出していった。

「あ、待って。それじゃ、失礼します。ゲオルグ院長」

リスティアはそう断りを一つ。ブルネットの少女の後を追った。

もしかしたら置いて行かれているかもしれない。なんて思ったのだけど、幸いにしてブルネットの少女は部屋の外で待っていてくれた。

けれど――

「……こっちよ」

リスティアを確認したブルネットの少女は、さっさと歩き始めてしまう。

「……ねぇ、貴方の名前を聞いても良いかな？」

横を歩きながら問いかけるが返事をしてくれない。

「ねぇねぇ、貴方は――」

もう一度問いかける。けれど最後まで口にするより前に、ブルネットの少女は曲がり角で足を止め、険しい表情でリスティアを見上げた。

「お姉さん、私は帰れって言ったわよね？　どうして帰らなかったの？」

「帰らないよ。あたしは、困ってる子供を助けたいんだもん」

「……そう。なら、私もこれ以上は言わないわ。あたしも、子供達を助けたいから」

意味ありげな言葉を口にする。ブルネットの少女の表情は、十五歳くらいの見た目からは想像できないほど愁いを帯びていた。

まるで、見た目の何倍も生きているような雰囲気。もしかして人間じゃないのかな？　なんて思ったリスティアは、魔法でもってマリアの身体をスキャンする。

だけど、そうして示されたデータは、マリアが間違いなく人間であることを示していた。

ただ、他に気になる情報を見つける。

下半身にいくつかの小さな擦過傷。さらに、感染症にかかっていたのだ。

感染症は、主に大人が感染する種類で、子供が患っているのは少し珍しいが、その病の症状が、女性に現れることは少ない。少女に感染症にかかっている自覚はないだろう。

リスティアは、少女に治癒魔法をかけようと手を伸ばすが――

「――触らないでっ」

少女はリスティアの手を払いのけた。その予想外の反応に、リスティアは目を丸くする。

「えっと……ごめんね。急に手を伸ばしたりしたら驚くよね」

「う、うぅん、私の方こそごめんなさい。少し驚いてしまったの」

驚いただけと少女は言うが、今も触れられることを警戒しているように見える。リスティアはひとまず、治癒魔法を使うことは諦めた。

そして、まずはこの空気をなんとかするべきだと、別の話題を探す。

「そう言えば、貴方の名前を聞いてなかったわね。良かったら、自己紹介してくれるかな？」

「……私はマリアよ。今年で十五歳になるわ」

「マリアちゃん？」

「ええ。でも、ちゃん付けは必要ないわ」

「……分かった。それじゃマリアだね」

ブルネットの少女は、名前と年齢以外にはなにも答えてくれない。とても素っ気ない自己紹介に思えるけど、マリアの表情を見たリスティアは、そうじゃないと気がついた。

きっと、この女の子は他に語れるような過去を持ち合わせていないのだ。だからリスティアも、そんなマリアにあわせて「あたしはリスティアだよ。今年で十七歳だよ」と答えた。

「……それだけ？」

「他は、今から知ってもらえば良いかなって思って」

「……お姉さん、変わってるのね」

「そんなことないよ、あたしは普通の女の子だよ？」

「……ふふっ、面白い」

なぜか笑われてしまった。リスティアは笑わせたつもりはないのにと不満に思ったけれど、マリアが楽しそうなので、まあ良いかという気持ちになる。

「それで、マリア。案内してくれるんだよね？」

「うん、大丈夫だよ」

「それは……本当に良いのね？」

「……不思議よね。お姉さんなら本当に大丈夫かもなんて、ちょっと思っちゃうわね。……そんなこと、あるはずがないのに」

マリアがぽつりと付け加える。それは本当に小さな呟きだったけれど、真祖であるリスティアにはちゃんと聞こえていた。

「本当に大丈夫だよ？」

「……はぁ、分かったわ。それじゃまずは、孤児院に住むみんなに紹介してあげるわ」


――　7　――


「という訳で、今日からみんなのお世話をしてくれることになったお姉さんよ」

孤児院にある大部屋に案内されたリスティアは、孤児院で暮らす孤児、マリアを含めた総勢十二人と対面していた。

男の子が四人で、女の子が八人。

マリアを見たときは幼いと思ったけれど、他の子供達は更に年下の子供ばっかりだった。

マリアに聞いたところ、だいたい十二歳を過ぎた頃に〝卒業〟していくらしい。

ともあれ、磨けば光りそうな子供達が十二人。不安と期待が入り交じったような表情で、リスティアを見上げている。

リスティアは、みんなの前に膝をついて目線を合わせる。

「みんな、こんにちは。あたしはリスティアだよ。困ってる子供を助けたくて、この孤児院で働かせてもらうことにしたの。みんなのお名前、聞かせてくれるかな?」

天使の微笑みを浮かべる。

男を魅了し、お姉さんの保護欲を刺激。そして年下の子供を安心させる微笑みに、警戒していた大半の子供は籠絡されていく。

子供達は「ボクはミュウって言うの!」「あたしはアヤネだよ」「俺はグレンってんだ!」と、一斉に自己紹介を始めた。

「こーら、貴方達。そんなにいっぺんに言ったら、お姉さんが混乱しちゃうでしょ」

みんなを諭すように、マリアが声を上げる。

すると子供達は「はーい、マリアお姉ちゃん」と静かになった。

「ふわぁ……」

リスティアは、マリアを尊敬の眼差しで見つめる。

その内心では『マ、マリアお姉ちゃん! 凄いよ、マリア。みんなから、お姉ちゃんって慕われてるよ! あたしの先輩だよ!』なんてことを考えていた。

そして、あたしも負けてられないよとやる気を出す。

「ありがとう、マリア。でも、大丈夫だよ」

「え、大丈夫って……?」

「みんなの名前、ちゃんと覚えたから」

「なにを言ってるの？　あんな一斉に言われて覚えられるはず……」

ないと、マリアが口にするより早く、リスティアは一番前にいた女の子に視線を向けた。

「可愛らしいイヌミミ族のボクっ子が、ミュウちゃん」

リスティアは微笑んで、ミュウちゃんの青い髪に覆われたイヌミミを撫でつける。ミュウちゃんは、

「わふぅ」と気持ちよさそうに目を細めた。

「でもって、こっちのスレンダーな女の子がアヤネちゃん。紫の瞳がとっても綺麗だね」

ミュウの時点では、子供達はまだよく分かっていない感じだったが、リスティアが続けて名前を言い当てたことで、徐々に驚きの表情を浮かべ始める。

「じゃ、じゃあボクは？」

「あたしと同じ黒い髪のキミは、グレンくんだね」

リスティアはごく自然に、グレンの頭を撫でつけた。まだ十歳くらいの男の子だが、リスティアに微笑まれ、その頬を赤く染めた。

そして――

「「「お姉さん、すごーいっ！」」」

子供達から拍手喝采を受けたリスティアは、こんなにたくさんお子供からお姉さんって呼ばれちゃったよ！　と歓喜した。

そして、更にみんなに慕われるように頑張って、『年上のお姉さん』から、『私のお姉ちゃん』的存在にランクアップを目指すよ！　と、気合いを入れる。

という訳で、リスティアは十一人中、十人の名前を言い当てた。

「最後に、キミは……名乗ってなかったよね」

少し離れた位置に一人、そっぽを向いている男の子に話しかける。けれど、ブラウンの髪の男の子はピクリと反応しただけで、こちらを向いてくれない。

「こーら、アレン。ダメでしょ」

見かねたのか、マリアが男の子の両肩を掴んで、その顔を覗き込んだ。

「マリア姉ちゃん……どうしてそんなことを言うんだよ？　こいつ、院長の仲間なんだろ？」

それがどういう意味を含んでいるのか。普通に孤児院で働く同僚という意味では仲間で、それは当然のことのはず……なんだけど、マリアは首を横に振った。

「少なくとも、私は違うと思ってるわよ」

「どうして言い切れるんだよ！」

「どうして……」問われたマリアはリスティアをチラリ。「そうだね……ぽやぽやっとしてて、頼りなさそうだから、かな」

頼りなさそう⁉　あたし、マリアに頼りなさそうって思われてるの⁉

リスティアは床の上に突っ伏した。

うぅ、ショックだよぅ。まだ出会ったばっかりだから、頼りにされないのは仕方ないけど、まさか初対面でそんな風に思われるなんて。

こ、こうなったら、あたしも本気だよ！　もう自重なんてしない！　マリアに、お姉ちゃん凄い！って慕われるように、全力全開で頑張るよ！

リスティアが、密かな誓いを立てる。

後から考えればきっと、この瞬間に孤児院――いや、街の命運は決していたのだろう。

けれど、そのことに気付いた者は一人としていない。『このお姉さん、急に項垂れたと思ったら、今度は拳を握りしめたりしてどうしたんだろう？』などと思った子供がいただけだ。

「……お姉さん、大丈夫？」

「あ、ありがとう。アヤネちゃん、大丈夫だよ」

これ以上頼りないと思われたくないと、リスティアはなんでもない風を装った。

……ちょっぴり涙目だったけれど。

「それよりも、院長の仲間って、どういう意味か分かる？」

言い争っているマリアやアレンを横目に問いかけると、アヤネは首を横に振った。けれど小声で「アレンは、院長先生のことを嫌ってるのと関係あるかも」と教えてくれた。

「……どうして嫌ってるの？」

「あのね。アレンは、マリアお姉ちゃんのことが好きなの。でも、マリアお姉ちゃんは、院長先生と仲が良いから」

「……仲が良いの？」

リスティアは、二人のやりとりを思い返して小首を傾げる。険悪という感じではなかったけれど、とても仲良しという感じではなかったからだ。

「あのね、夜中におトイレに行ったときのことなんだけど、院長先生がマリアお姉ちゃんの部屋から出てくるのを見たことがあるんだ」

「……へぇ、そうなんだ？」

心当たりのあるリスティアは、もう少し詳しく聞きたいと思ったのだけれど――

「あ～アヤネちゃん、ダメだよ。その話はしちゃダメだって、言われたでしょ」

「あっ、そうだった。そういう訳だからお姉さん、ごめんね？」

「うぅん、こっちこそごめんね」

リスティアは素直に引き下がり、口論を続けているアレンとマリアへと視線を戻す。

「とにかく、俺はそんな、なんとなくなんて、あやふやな根拠は信じないからな」

「だから、お姉さんはアレンの思ってるような人じゃ――」

リスティアは、マリアの肩に手を触れて「ありがとう」と微笑んだ。

「……お姉さん？」

「庇ってくれてありがとうね。でも、大丈夫だから」

疑われても気にしないという意味ではなく、一人で出来るから頼りなくなんてないよ！　的な意味だが、それはともかく、リスティアはアレンと向き合った。

「な、なんだよ？　俺は他のみんなみたいに騙されないからな？」

「うん、今日が初対面だもん。アレンくんが、あたしを信用できないのは仕方ないよ」

リスティアはそこで一度言葉を切り、アレンの碧眼を覗き込む。

その瞳は、リスティアを睨みつけている。けどそれは、マリアが心配だからだと理解する。

「大丈夫だよ。あたしは、大切な人に酷いことをしようとする相手には容赦しないけど、そうじゃない人に酷いことをしたりしないから」

そう言って、リスティアはアレンを自分の胸もとに抱き寄せた。リスティアのそれなりに豊かな胸に押しつけられ、アレンは耳まで真っ赤になる。

「うわぁっ!?　ちょ、な、なにするんだよ!?」

「なにって……こうしたら安心するかなって思って」

「あ、安心って、そういう問題じゃ――っ」

正気に返ったアレンがリスティアを突き飛ばすようにして離れる。

「そ、そんなに簡単に信じないって言ってるだろ！」

アレンは捨て台詞を残して、部屋から飛び出してしまった。それを見送ったリスティアは、嫌われちゃった……と傷つきつつも、放っておいたらダメだと後を追おうとする。

だけど、それはマリアに止められた。

「アレンには、私から言っておくわ。だから、お姉さんはみんなと遊んであげて」

「でも……」

「大丈夫。あれはちょっと照れてるだけだから」

「……照れて？　どうして？」

「良いから。お姉さんはこっちをお願い」

「……良く分からないけど分かった。それじゃ、アレンくんのことはお願いね」

色々と考えた結果、リスティアはマリアの言葉に従うことにした。マリアは少女とは思えないほどにしっかりしているし、みんなのこともよく分かっていそうだと思ったからだ。

という訳で、アレンのことはマリアに任せ、リスティアはみんなと遊ぶことにした。

その後、みんなから色々なお話を聞いたリスティアは、夕食後――

「この孤児院を建て直して良いですか？」

直談判をしに、ゲオルグ院長のもとを訪れていた。

「……リスティア、貴方はいきなりなにを言い出すんですか」

「ですから、孤児院の建て直しです。子供達に話を聞いたら、隙間風などが酷いと言いますし、色々とボロが来ているようなので……あの、ダメですか？」

ゲオルグ院長が呆れ顔なのを見て、リスティアはトーンダウンする。

まずは建て直しの許可をもらい、そこからどんな風に建て直すかを話し合うつもりだったので、最初で躓くのは予想外だったのだ。

「良いですか、リスティア。貴方の子供に対する愛情は、今日一日で十分に伝わりました。けれど、世の中には出来ることと、出来ないことがある。まずは貴方の出来ることをしなさい」

「……はい、すみませんでした」

ここで、家を建て直すくらいあたしにも出来るもん。なんて反論するほど、リスティアは子供ではない。もっとも、はいそうですかと諦めるほど大人でもないのだけれど。

「とにかく、今日はお疲れ様でした。どうですか、今日一日働いた感想は」

「子供達と過ごすのは凄く楽しかったです！」

リスティアは満面の笑みで答えた。

それに対して、ゲオルグ院長は面をくらったような表情を浮かべる。

「そうですか。……どうやら、貴方はこの仕事に向いているようですね」

ゲオルグ院長は朗らかな笑みを浮かべて、棚から瓶とグラスを二つ取り出した。

「リスティア、貴方はお酒を飲める口ですか？」

リスティアはお酒を飲んだことはなかったが、そもそもアルコールで酔うなどという概念がない。なので、飲めますと答えた。

ちなみに、リスティアの年齢は十七歳だが、この世界に未成年はお酒を飲めないという法律はないので、そっちの理由でも問題はない。

というか、そもそも真祖の姫君に、人間の法など意味はないのだけど。

「では、ささやかですが、貴方がここに来たお祝いをいたしましょう」

ゲオルグ院長は背中を向け、二つのグラスに瓶の中身を注ぎ始めた。そうして、再びリスティアに向き直ると、グラスを手渡してくる。

リスティアはグラスに注がれた、ワインらしき飲み物を受け取った。

「貴方の新しい未来に乾杯しましょう」

「新しい未来、ですか？」

「ええ。子供達のために、その身を捧げてください」

「はい、ご期待に添えるように頑張りますっ」

グラスを掲げ、ゲオルグ院長の所作を真似て、ワインを喉に流し込んだ。芳醇な香りと、わずかな渋みがリスティアの口の中に広がっていく。

お酒を飲むのは初めてだけど、リスティアはワインがちょっと気に入った。

「えへへ、美味しいですね」

幸せな気持ちで、ワインを飲み干していく。

ホントに美味しいなぁ。お酒は造ったことなかったけど、今度作ってみようかなぁ——なんて考えたリスティアは、舌でワインの成分を分析していく。

ん〜っと、ワインってブドウをアルコールで発酵させたものだったよね。

……うん、たしかに、ブドウとエタノールが主成分みたいだね。後は……渋みがあるのはタンニンかな。後はアミノ酸とか……ん？

これは……睡眠作用のある薬草のエキス？　かすかな苦みはこれのせいだね。味的には必要なさそうなんだけど……夜にぐっすり眠るためにに入れてあるのかな？

どっちにしてもあたしには効かないし、純粋にワインを楽しむのには必要ないかなぁ。

普通の女の子なら、なにをされても目覚めないレベルの成分だが、鎮静作用のあるハーブほどの効果も感じない自称普通の女の子リスティアは、まるで気にしなかった。

という訳で、ゲオルグ院長と雑談を続けながら、勧められるままにワインを空けていく。

「まだ若いのに、なかなかの飲みっぷりですね」

「ありがとうございます。ワインは初めて飲んだんですけど、想像以上に美味しかったです」

「それはそれは……ですが、今日はそろそろ止めておきましょう。仕事に支障を来しては困りますからね」

「そうですね。それじゃ……えっと」

住み込みと聞いていたが、部屋に案内されたわけではないことを思い出した。けれど、ゲオルグもそれは覚えていたようで、ご心配なくと答えた。

「部屋は隣に用意してあります。どうぞ、今日から使ってくださって結構ですよ。部屋に戻って、ぐっすりとおやすみなさい。……ぐっすりとね」

部屋の鍵を手渡される。今日はナナミちゃんのお家に戻って、あれこれ報告をしようかな——なんて思ったのだけど、今日はもう遅いし、今度で良いよねと思い直した。


「ふみゅ……ここが、あたしのお部屋」

リスティアは、言われたとおりの部屋に足を踏み入れ、感慨深そうに呟いた。

考えてみれば、リスティアはずっとお城——それも、この時代の人間とは比べものにならないほど優れた技術で建てられたお城に住んでいた。

こんなことを言えば相手の気分を害してしまうだろうが、リスティア的には田舎に遊びに来たような感じで、ちょっと楽しかった。

——あぁでも、この硬そうなベッドでは眠れないかも。部屋もなんだかかび臭いし……ちょっと、内装を弄っちゃおうかな。

リスティアは魔法を使って、部屋の除菌とホコリの除去を実行。

古いベッドをアイテムボックスに片付けて、床にはふかふかの絨毯。窓にはレースのカーテンを取り付けて、部屋の真ん中に愛用のお姫様ベッドを置いた。

そして天井には魔石の魔力で光る魔導具のシャンデリアを設置。壁には室温と湿度、それに空気洗浄機能を兼ね揃えた魔導具を取り付けた。

これでよし。後は……そう言えば、お風呂とかってあるのかな？

リスティアは可愛らしく首を傾げるが、もちろん答えは返ってこない。と言うか、返ってきたとしても、あるという答えが返ってくることはないのだけれど。

なかったら作ろうかな？　などと考えたリスティアだが、さすがに今から作業しては、子供達を起こしてしまうかもしれないと思い直す。

今日は早めに眠って、本格的に部屋の改装をするのは明日にしよう。

そんなわけで、今日のところは魔法で自分の身体を浄化。寝間着代わりに可愛らしいキャミソールに着替え、ランプを消してベッドに寝っ転がる。

だけど、それからほどなく。

「……部屋の外に、誰かいる？」

ベッドで横になっていたリスティアは、扉の前に招かざる客がいることに気がついた。

エピソード3　自称普通の女の子、孤児院をあれこれする

孤児院で貸し与えられた自室のベッドで横になっていると、部屋の扉がわずかに軋む音を立てて開き、そこから二人の男達が踏み込んできた。

片方の男が、ランタンで部屋の中を照らしてくる。

「……おい、部屋を間違ったんじゃないか？」

「なにを言ってるんだ、この部屋で間違いない」

「だが、貴族の娘でも住んでそうな部屋だぞ？」

「それこそ、なにを言ってるんだ。この孤児院にそんな部屋は――あったあああ!?　な、なんだこれは！　こんなもの、さっきまでなかったはずだぞ!?」

「娘が持ち込んだのか？」

「いや、リスティアは手荷物すら持っていなかったはずだ」

部屋の入り口付近で、男達がひそひそと話している。リスティアは、なんだか知らないけど、寝ている女の子の部屋に入ってくるなん失礼だなぁと起き上がった。

「……こんな夜更けに、なにかご用？」

「なっ、リスティア！　お前、薬が効かなかったのか!?」

荒っぽい口調でそんなことを言う。

なんだか聞き覚えのある声だなと思ったら、その声の主はゲオルグ院長だった。

「……どうしたんですか、ゲオルグ院長。なんだか口調が違いますが」

「むっ。いや、これは……その、と言うか、キミはなぜ起きているんだね？」

「なぜと言われましても……」

強力な睡眠薬をお酒と一緒に飲んで、なにをされようとも朝までぐっすりな状態のはずなのに！

なんてゲオルグ院長の内心が分かるはずもなく、リスティアは困惑顔で首を傾げた。

「おい、ゲオルグ、どうするんだ？」

「どうもこうも、どうせ、抵抗なんて出来るはずがない。たまには強引なのも良いだろう？」

「ふっ、まあそうだな。いつも無抵抗ばかりではつまらんからな」

ゲオルグ院長と一緒にいる、屈強そうな男がいやらしい笑みを浮かべた。それでゲオルグ院長達の目的を確信したリスティアは、凄く不快そうな表情を浮かべる。

「ふっ、ようやく自分の状況が分かったようだな。だが、もう遅い。せっかくの院長の申し出だ、その美しい身体を存分に楽しませてもらおう！」

屈強な男がいやらしい笑みを張り付かせ、リスティアが座るベッドまで詰め寄ってきた。そして問答無用でリスティアの胸を触ろうとしたので——

——取りあえず、手刀を振るった。

「……は？　な、なんだ？　どうして腕が、腕が動かないんだ!?」

「お、おい、お前、そ、それ……」

ゲオルグ院長は、男の足下を指さしている。

真っ赤に染まった絨毯の上には、彼の一部だったものが転がっている。

「ひ、ひぃ、なんで、なんで俺の腕が⁉」

「ダメだよ。そんなに大声を上げたら、子供達が起きちゃうじゃない」

リスティアは魔法を使って部屋の声が外に漏れないように遮断する。そうしてゲオルグ達を睨みつけたリスティアの紅い瞳は、ランタンの炎で爛々と輝いていた。

「――ま、魔法使いか！」

「お、おい院長！　魔法使いだなんて聞いてないぞ！」

「俺だって聞いてない！　くっ、仕方ない、逃げるぞ！」

ゲオルグ院長が踵を返し、扉から逃げようとする。けれど、ドアノブをガチャガチャと回すだけで、扉を開くことが出来ない。

「おい、なにをやっているんだゲオルグ！　さっさと扉を開けてくれ！」

「やってるが開かないんだ！」

「無駄だよ、さっき部屋の音を遮断するついでに、扉が開かないようにしたから」

ベッドから降り立ったリスティアが応え、魔法でもってその意識を奪い去った。

直後、男はバタリと絨毯の上に倒れ伏す。

ただ、切断された腕から、止めどなく血があふれている。そのままだと出血死しそうだと思ったので、取り敢えず止血だけはしておく。

「お、お前は何者なんだ？　領主のよこした密偵かなにかか⁉」

ゲオルグ院長が震える声で、けれど荒々しく叫んだ。恐怖に負けぬように、精一杯の虚勢をはっているのだろう。

対して――

「あたしは普通の女の子だよ？」

「ふざけるな！　どこの世界に、お前みたいな普通の女がいる！」

「……しょんぼり」

普通じゃないと言われて、しょんぼりとするリスティアは平常運転である。

けれど、そんなリスティアの態度に、ゲオルグ院長は狂気以外のなにかを感じ取ったようで、「俺達をどうするつもりだ？」と問いかけてきた。

「どうする……って、うぅん。それはこっちのセリフだよ。あたしの部屋に入ってきて、なにをするつもりだったの？」

「そ、それは……」

「噂の方は半信半疑だったんだけど……マリアに、なにか、したよね？　うぅん、なにか、してるよね？」

「あいつが話したのか⁉」

「その反応……やっぱりゲオルグ院長の――うぅん、ゲオルグ院長達の仕業だったんだね。いったい、どんな非道を、働いたの？」

「そ、それは……」

「それは？」

「――くらいやがれ！」

しょぼん……

不意に、ゲオルグ院長が右腕を閃かせた。小さな魔導具を投げたらしいと思った瞬間、その魔導具が凄まじい光を放ち、部屋を真っ白に染める。

「くははっ、油断したな！　魔法使いと言えど、目が見えなければなにも出来まい！　俺を侮ったこと、後悔するまで泣かせてやる！」

ゲオルグ院長はいやらしい笑みを浮かべると、腰に隠し持っていたナイフを引き抜く。そうして側面に回り込むと、リスティアに躍りかかってくる。

それを普通に目視していたリスティアは、ナイフの切っ先を指で挟んで止めた。

「なんだとっ⁉　なぜ俺の攻撃に反応出来る⁉」

「なぜって……普通に見えてるからだよ？」

「馬鹿なっ！　閃光をまともに食らったはずだ！」

「閃光を喰らったくらいで、どうしてあたしの目が見えなくなると思ったの？」

急に明るくなってびっくりしたけど、それで目が見えなくなったりはしないよね？　と、リスティアは不思議そうに小首を傾げる。

「お、お前は本当に何者なんだ？」

「さっきも言ったけど、あたしは普通の女の子だよ？」

「お前みたいな普通の女がいてたまるかっ！」

「むぅ……普通の女の子なのに」

またもや普通じゃない宣言をされたばかりか、ナイフでお気に入りのキャミソールまで切り裂かれそうになったリスティアは、思わず指で挟んでいたナイフを圧壊させてしまった。

砕けた破片が飛び散り、ゲオルグ院長の頬を切り裂く。

「お、お、お……お前みたいな普通の女がいてたまるか――っ！」

魂からの叫びだった。この状況でそんなツッコミが出来るなんて、わりと余裕がありそうだが、実際は恐怖が限界を振り切ってしまっただけである。

そうして動揺するゲオルグ院長を、リスティアは引きずり倒した。

「ちくしょうっ！　俺をどうするつもりだ⁉」

「それは……貴方がなにをしたか聞いてから決めるよ。……マリアになにをしたの？」

「お、俺が素直に話すと思うのか？」

「もちろん、話すと思ってるよ」

リスティアは瞳を細め――吸血鬼が持つ、魅了の力を使った。

その直後、ゲオルグ院長の瞳から理性の光が消えていく。

「さぁ、みんなになにをしたのか……洗いざらい話して」

「俺がしたのは……」

下僕と化したゲオルグ院長の口から紡がれたのは、おぞましい行為の数々。マリアは他の子を護るために、その被害を一身に受け止めていたようだ。

けれど、非道な行為はそれだけじゃない。孤児院にいる子供達が、マリアを除いて十二歳以下なのは、その年齢を境に強制的に〝卒業〟させられていたから。

ゲオルグ院長は孤児院を隠れ蓑に、非合法の奴隷を斡旋していたのだ。

一緒にいる男も仲間で、他にも色々と罪を犯していたようだ。それらの話を聞き出したリスティアは、怒りで我を失いそうになる。

だけど、ガウェインを殺したときのナナミの反応を思い出して冷静さを取り戻し、ゲオルグ院長にかけていた魅了を解除する。

ほどなく、ゲオルグ院長が我に返った。自分がなにか得体の分からない能力に操られ、自分の罪を洗いざらい吐いたことを理解し、その顔を引きつらせる。

「た、たのむ、助けてくれ！　もうお前には逆らわない。この孤児院はお前にくれてやる」

「え、孤児院をくれるの？」

予想外の申し出に、リスティアは思わずまばたきをした。

「ああ、お前が院長を名乗って好きにすれば良い。それに、俺はお前達には二度と関わらないと誓う。だから、見逃してくれ！」

「二度と悪さもしない？」

「しない、約束する」

「それが本当なら、あたしは貴方を殺さないよ」

「本当か⁉」

ゲオルグ院長の問いかけに、リスティアはこくりと頷く。

それは子供達の幸せを考えて出した結論だ。リスティアが子供達のためにするべきなのは、ゲオルグ院長を殺すことではなく、安心して暮らせる場所の確保だと思ったからだ。

だからリスティアは、ゲオルグ院長と交渉。

孤児院を譲り受けることを条件に、反省して二度と悪事を働かないのなら、命だけは助けるという契約を交わした。

そんなわけで、リスティアはゲオルグとともに院長の部屋に行き、孤児院の権利書をもらい受け、更に院長の座を譲り受ける委任状を書いてもらった。

「これで、孤児院は間違いなくお前のものだ。だから、お前も約束を守れよ！」

「うん、契約だからね。あたしはその契約を絶対に破らない。ただし……そっちが契約を破るつもりなら、死んでもらうよ？」

「ああ、もちろんだ、約束する！」

「……聞いたよ。それで……本心は？」

再び魅了の力を使い、その本心を曝け出せと命じた。

「はっ、口から出任せに決まってるだろ。あんなに楽しいことを止められるか。それに、お前にも必ず復讐してやる」

「……だよね。貴方が心を入れ替えてなくて安心したよ。子供達のためを思って取り引きしたけど、あたしは貴方を許せなかったから」

「なに……を？——っ、い、いまのは、その、誤解だ！」

魅了から解放されたゲオルグ院長が慌てふためくが、リスティアは紅い瞳を爛々と輝かせ、攻撃系の魔法を起動した。

「やめろっ！……って、なんだ？　なにも起きないじゃないか。ははっ、脅かすなよ……っと」

恐怖から一転、安堵の表情を浮かべたゲオルグ院長は尻餅をついた。

「なんだ？　急にバランスが……って、足の先が、なんだこれはっ！　どうなっている⁉」

ゲオルグ院長の足先が、光の粒子となって消え始めている。それに気付いたゲオルグ院長が悲鳴じみた声を上げる。

「手足の先から徐々に消滅させ、最後は魂すらも消滅させる攻撃魔法だよ。死ぬまで……十分ってところかな。そのあいだに、今までのおこないを反省してから死んでね」

リスティアは委任状と権利書をアイテムボックスにしまい、クルリと身をひるがえした。そうして部屋の外へ出ようとすると、ゲオルグ院長が情けない声を上げる。

「ま、待て、待ってくれ！　俺はちゃんと孤児院をやったのに、約束が違うだろ⁉」

「なにを言ってるの？　反省して二度と悪事を働かないのなら、ゲオルグ院長を殺さないって契約、あたしはちゃんと守ったでしょ？」

ゲオルグ院長との契約は、孤児院をもらう代わりに、ゲオルグ院長が反省して二度と悪事を働かないのなら、その命だけは奪わないというもの。

ゲオルグ院長が契約を守るのなら、契約どおりに命は奪わず、街の役人に突き出すつもりだったのだけど……契約を破ったのはゲオルグ院長だ。

リスティアに譲歩する理由はこれっぽっちもない。

「貴方が契約を破ったら殺すって言うのは、契約のうちだよ」

「そん、な……ま、待ってくれ！　俺が悪かった。今度こそ心を入れ替える！　だから、頼む、助けてくれ！」

「……マリアが懇願したとき、どうせ貴方は笑ってたんでしょ？　大丈夫。外に声は聞こえないようにしておくから、好きなだけ叫べば良いよ」

リスティアは冷たい声で言い放ち、院長室の扉をパタンと閉めた。ついでに、しばらくは扉が開かないように魔法をかけておく。

「……さて、残りは一人だね」

リスティアは自分の部屋に戻ると、気絶している男を強制的に目覚めさせ——ゲオルグと同じ尋問を繰り返した。その男の身体、そして魂すらも残さず消滅する、その瞬間まで。


——　2　——


「あぁ……気が重いわね」

質素なベッドで目を覚ましたマリアは、低い天井を見上げて深いため息を吐いた。

昨夜は、マリアに課せられていた奉仕活動のある夜だった。にもかかわらず、昨夜はその悪夢が訪れることはなかった。

もちろん、決まった日に必ず奉仕活動があるとは限らない。けれどその逆、決まった日以外にもおこなわれることもあり、奉仕活動の予定がなくなることは滅多になかった。

その滅多にない一日が、リスティアが現れた日の夜に訪れた。つまり、あの天使のようなお姉さんの笑顔が、今日は曇っているかもしれないと言うこと。

何度か忠告してみたのだが、リスティアは聞き入れてくれなかった。

それ以上は、ゲオルグ院長に逆らう行為と取られかねず、他の子供達に危険が及ぶ。

それが直接的に警告できなかった理由——だけど、だからといって、マリアがリスティアが酷い目に遭うことを黙認したことに変わりはない。

その事実は、まだ十五歳のマリアの心を苛んでいた。

――せめて、水桶とタオルを持って行こう。マリアはそんな風に考える……けれど、それは、罪滅ぼしの気持ちだけではなかった。

もし、〝穢れた〟リスティアが孤児院を歩き回ったりしたら、マリアが必死に隠していた孤児院の闇が、他の子供達に知られてしまうかもしれない。

それに、他の子供達に秘密が漏れないように一人で抱え込んでいたマリアは孤独だった。けれど、自分と同じ苦痛を味わったリスティアとなら、痛みを分かち合えるかもしれない。

それらの理由により、水桶とタオルを持ってリスティアの部屋を訪れたマリアは――お姫様ベッドですやすやと眠る天使を目の当たりにした。

「……え、なに、どういうこと？」

心の底から混乱した。もちろん、リスティアが眠っていること自体は想定のうちだけれど、想像していたのは、意識を失って泥のように眠っているとか、そんな感じ。

よもや、なんの痕跡もないベッドで、すやすやと眠っているなんて思ってもみなかった。

そもそも、部屋からしておかしい。天井には豪華なシャンデリアが吊されており、部屋は暖かくて空気は澄んでいる。

しかも、床にはふわふわの絨毯が敷き詰められているし、窓にはレースのカーテンがかけられ、質素で硬かったはずのベッドは、まるでお姫様が眠るようなベッドに変わっている。

「……一体なにが起きてるの？」

ぽつりと呟く。それはマリアにとって、心からの疑問だった。

けれど——

「おはよう、マリア」

寝息を立てていたはずのリスティアに問い返され、マリアは飛び上がらんほどに驚いた。

「リ、リスティアお姉さん、起きてたの!?」

「うぅん。いま目が覚めたの」

「えっと……それはもしかして、私が起こしちゃったってこと？」

「そうだけど、気にしなくて良いよぉ。あたしは本来、数日くらい寝なくても平気だから」

よもや、言葉どおり睡眠をあまり必要としない——なんて想像もしなかったマリアは、リスティアが慰めてくれているのだと思って表情を曇らせた。

「本当に気にしてないよ。それに、あたしの心配をして、様子を見に来てくれたんだよね？」

「え、それは、もしかして……？」

昨夜、ゲオルグ院長がこの場に来たのかと、言外に問いかける。

「うん、来たよ。ゲオルグ院長ともう一人、屈強そうな見た目の男が」

「——っ」

マリアは思わず唇を噛んだ。

ゲオルグ院長も問題だが、もう一人の男の方は特に乱暴で、マリアは苦手としている。最初からそんな二人を相手にさせられた、リスティアの不幸を嘆いたのだ。

……あれ？　でも、そうしたら、どうしてリスティアお姉さんは、こんなに平然としてるんだろ？

もしかして、こう見えてすっごく経験豊富なのかしら？

「お姉さんってもしかして、そっちのお仕事の人なの？」

「あたしは普通の女の子だよ？」

「なら……どうして元気なの？」

「それは、マリアちゃんが思うようなことにはなってないからだよ」

「それは、一体どういう……」

ちなみに、マリアの十五歳とは思えない大人びた言動は、一種の自己防衛である。

自分はお姉ちゃんなのだから、他のみんなのために頑張らなくてはいけない。

そんな風に自分を騙し続けた結果、今のしゃべり方が定着してしまっただけ。中身がまだ子供のマリアは、リスティアの言葉に混乱を来していた。

だと言うのに——

「結論から言うとね。孤児院《ここ》は今日から、あたしが管理することになったの」

リスティアは更に意味が分からないことを口にする。

「えっと、えっと……それはどういうこと、なの？」

「言葉どおりの意味だよ。ゲオルグ院長——元院長が、孤児院の院長という立場を、あたしに譲ってくれたの。だから、今日からここは、あたしの管理下にあるんだよぉ」

「……そう、なんだ」

混乱するマリアは、その事実だけを受け止めた。

次に、リスティアが院長であれば、今までのような非道はおこなわれないかもしれない。少なくとも、今よりはずっと快適になるだろうと安堵した。

そうして、それらを理解したマリアはホッと一息。

「…………………………え、リスティアお姉さんが院長？」

ようやく、院長の座を譲り受けたという言葉自体が、意味不明である事実に気がついた。

そもそもマリアは、リスティアがひどい目に遭っていると予想してフォローしに来たのだ。

それがなぜ、リスティアが院長の座を譲り受けたという話になっているのか、まったくもって意味が分からない。

「ええっと、ごめん。よく分からないんだけど……リスティアお姉さんが院長になるの？」

「そうだよぉ。委任状も、ほら」

「たしかに、院長の字みたいだけど……いやいやいや、そうだよぉ――じゃなくて。一体なにがどうなったら、そんなことになるの⁉」

「なにがどうなったら……相方の腕がなくなったら？」

「……はい？」

まさか本当に、腕を物理的に切り落としたなんて想像もしなかったマリアは、ゲオルグ院長の右腕だった男の弱みを握ったとか、そういう意味なのかなと考えた。

「とにかく、孤児院があたしのものになったのは事実だよ。引き継ぎで、誰かがなにか言ってくることもあるかもしれないけど、そのときはあたしが対処するから心配しないで」

「……本当に？」

「うん、本当の本当だよ」

その言葉が真実なのかどうかを確かめるため、マリアは部屋を飛び出し、隣にあるゲオルグ院長の部屋をノックした。

けれど――

「返事がないでしょ？　その部屋はもう空室だよ」

追いかけてきたリスティアに言われるが、簡単に信じられるはずがない。だってマリアは、もう何年も、院長に苦しめられてきたのだから。

だから、マリアは思いきって部屋の中に飛び込む――が、部屋には誰もいない。

少し家具などが散らばっているだけだ。

「院長は……どこに行ったの？」

「ゲオルグ院長はいままでの罪を悔いて旅立ったよ」

「罪を悔いて旅立った……？」

あの院長が罪を悔いるなんて、とてもじゃないけど信じられない。けれど、ゲオルグ院長がこの時間、部屋にいないなんて普通では考えられない。

理由はともかく、旅立ったというのは事実なのかもしれない。――と、そこまで考え、マリアはようやく、リスティアの言葉が本当かもしれないと思い始めた。

「それじゃ……リスティアお姉さんが、ここの院長？」

「うん、そうだよ」

「じゃ、じゃあ……その、私が、今までさせられていた、その……奉仕活動は？」

「奉仕活動と言うのが、ゲオルグ院長に強要されてたことなら、もう二度とする必要はないよ。他の誰に言われても、そんなことはあたしが許さないから」

「で、でも、あたしが頑張らないと、他のみんなを食べさせるお金がないって……」

――お前が働かなければ、子供達の食事代を稼げない。そうなったら他の子供に働かせるか、他の子供を捨てるしかない。

そう脅されたから、マリアはゲオルグ院長の言いなりになっていたのだ。

そして経営状態が苦しいのは、院長が変わろうとも、変わることのない事実のはずだった。

けれど――

「大丈夫。たとえ今までがそうだとしても、あたしがなんとかしてあげるから」

天使のまばゆいばかりの微笑みが、マリアの闇を照らした。

「……本当の本当に、私はもうあんなことをしなくても良いの？」

「本当の本当の本当だよ」

リスティアが右腕を伸ばしてくる。それを見たマリアは、最初の時と同じように、リスティアの手を払いのけてしまった。

マリアは別にリスティアを嫌っているわけじゃない。ただ、夜な夜なおこなわれていたおぞましい行為を思い出し、反射的に手が動いてしまうのだ。

「ご、ごめんなさい。でも、その……私には触れない方が良いわ。私は、その……お姉さんと違って、穢れちゃってるから」

「……大丈夫だよ」

「大丈夫じゃない。お姉さんは知らないかもしれないけど、私は――」

マリアは最後まで言うことが出来なかった。リスティアの細くてしなやかな指が、マリアの頭を優しく撫でつけたからだ。

そしてそれと同時、暖かい温もりがマリアの身体に染みこんでくる。

「……リスティアお姉さん？」

「ほーら、もう大丈夫。怪我も病気も、ぜんぶ、ぜぇんぶ、悪い痕跡はみんな消したから。だからもう、マリアちゃんは穢れてなんていないよ」

言葉の意味は分からない。だけど――理解させられた。ここ最近ずっと苛まれていた気怠さも、下半身にあったわずかな痛みも、全て消えてしまっていた。

まるで――いや、文字通り生まれ変わったかのような気分だった。

「……お姉さん、一体何者なの？」

「あたしは普通の女の子だよ？」

明らかな嘘。それは真実を打ち明けるつもりはないという意思表示だろう。だからマリアは、リスティアが普通の女の子を自称する、普通じゃない女の子だと理解する。

だけど、リスティアが何者でもかまわない。

少なくともマリアにとって、リスティアは自分を救ってくれた天使様だと涙を流す。

「あり、がとう。ありがとう、リスティアお姉さん」

マリアがポロポロと涙をこぼしていると、リスティアがそっと抱きしめてくれた。優しい温もりが、マリアの中に残っていた不安な気持ちを全て洗い流していく。

そうして、嫌な気持ちを全部吐き出して、マリアはようやく泣き止んだ。

「そ、それで、リスティアお姉さんはこれからどうするつもりなの？」

たくさん泣いて落ち着きを取り戻したマリアは、リスティアから身を離して問いかける。頬が少し赤いのは、先ほど泣いて恥ずかしかったからだ。

「孤児院の建て直しかなぁ……」

「孤児院の立て直し……それはたしかに必要よね」

マリアが奉仕活動をして回らなくてはいけないほどに貧窮している。そんな孤児院を上手く回すには、経済状況の立て直しが必要なのは明らか。

まさか、その状態で建物を建て直すなんて言うとは思わなかったマリアは完全に誤解した。

「建て直しについては、既に色々考えてあるの。あたしが手配するから心配しないで」

「……立て直す手段まで考えてあるの？　この街の管理を貴族から任されている市長はケチで有名だから、資金援助なんてしてくれないと思うよ？」

「資金援助？　うぅん、お金はこっちで用意するから大丈夫だよ」

「……本気で言ってるの？」

孤児院を立て直すには、資金をどこかから引っ張ってくる必要がある。

つまりは、立て直しに必要なのは、資金を引っ張ってくる手段そのもののはず——なのに、リスティアは、資金は最初から問題にしていないという。

まさか、子供達に私と同じような仕事をさせるつもりじゃないわよね？

奉仕活動をしなくて良いと言った。それがリスティアの本心だと思いたいけれど、それ以外の手段がどうやっても想像できない。

あまりにも楽観的なリスティアを前に、マリアは不安を覚えた。

「とにかく、建て直しの件は心配しなくて良いよ。それよりも、あたしは一つ、マリアに聞きたいことがあるの」

「……なにかしら？」

「貴方の身体は、あたしが完全にまっさらにした。それは紛れもない事実だよ。けど、貴方の心にはまだ、嫌な記憶が残っているでしょう？」

「……そう、ね」

ずいぶんと気持ちが軽くなったとは言え、そうやってほのめかされるだけで、奉仕活動の光景が思い浮かぶ。マリアは無意識に自分の身体を抱きしめた。

「マリアが望むなら、その記憶も全て消してあげるよ」

「……記憶を、消す？」

マリアは不思議そうにリスティアを見上げる。

「うん。魔法を使って、貴方の中にある嫌な記憶と、それにまつわる記憶を消去するの」

「……お姉さん、魔法使いなんだ？」

「うん、秘密だよ？」

イタズラっぽい微笑み。

天使の微笑みを見たマリアは、リスティアは正義の魔法使いなのかな？　なんて思った。

だけど、もしこの場に魔法に携わる者がいたのなら、こう叫んだだろう。

他人の記憶を消すなどと、そんな悪魔じみた魔法があってたまるか！　と。

しかし、実際にあるのだから、叫ぼうがなにをしようが、仕方ないのだが。……人間に扱える領域の魔法かどうかはともかく。

「お姉さんの魔法なら、私の嫌な記憶を消せるってこと？」

「嫌な記憶も消せる――っていう方が正しいかな。ちゃんと消すには、矛盾が生じないように多く消すことになるから、関連する他の想い出も消えてしまうと思う」

マリアには、そのデメリットを完全に理解することは出来なかった。

だけど、一つだけ理解する。

もしここで記憶を消されたら、リスティアに助けられたことも忘れてしまう――と。

「……記憶を消すのは、なしでお願い」

「良いの？」

「ええ。記憶が消えちゃったら、お姉さんに助けられたことも忘れちゃいそうでしょ？」

「……そうだね」

「なら、やっぱり、記憶は消さないで」

「マリア……」

自分への恩を忘れたくないと、マリアが言っていることに気付いたのだろう。リスティアがとても嬉しそうな表情を浮かべる。

「か、勘違いしないでよ。私が記憶を消されたら、お姉さんが約束を守るか、確認する人がいなくなるでしょ？　だから、私がお姉さんの側で、みんなを護ってるか見張るってだけだからね！」

照れ隠しに、つっけんどんに言ってしまう。

「うん。あたしは、これから孤児院をより良くしていくつもりだよ。だから、マリアも協力してくれると嬉しいな」

リスティアは微笑んで、無造作に手を差し出してきた。

白く細い、シミ一つない手を見て、マリアは考えを巡らす。

本音を言えば、朝起きたらリスティアが院長になっていたというのはよく分からないし、本当に大丈夫なのかという不安もある。

けれど、もしあと半年、ゲオルグが院長を続けていたら、マリアだけではなく他の女の子達も奉仕活動に駆り出されていたかもしれない。そうでなくても、何人もの子が確実に〝卒業〟させられていただろう。それをリスティアに救われたのは事実。

だから――

「私も協力するわ。これからよろしくね、リスティア院長」

精一杯の敬意を込めて、リスティアを〝院長〟と呼んだ。それは、リスティアを孤児院の院長と認め、これからずっとついていくという意思表示だったのだけれど――

なぜか、リスティアは床の上に突っ伏した。


――　3　――


「しょんぼりだよ……」

リスティアはいつになくしょんぼりしていた。

孤児院の子供達に、お姉さんと呼ばれていた。それは年上のお姉さんという意味だったけれど、もっと頑張れば自分のお姉ちゃんと言う意味に昇格できると信じていた。

だと言うのに、頑張って孤児院を所有した結果、院長と呼ばれてしまったからだ。

しかも、マリアだけではなく、事情を知った孤児院の子供達全員から。

リスティアが子供達に慕われ、受け入れられている証拠なのだが、ただひたすらにお姉ちゃんと呼ばれたいリスティアに取ってはショックな結果だった。

という訳で、朝食後のリスティアは非常にしょんぼりしていた。

でも、いつまでも落ち込んではいられない。マリアに孤児院の建て直しを宣言したし、早急に計画を立てる必要がある。

だから――と、リスティアは孤児院の敷地を確認することにした。


やって来たのは、孤児院の裏手。

孤児院は街外れにあるせいか、敷地はかなり広い。

孤児院が二つ三つは建つだけの敷地面積があるのだけど……まったく手入れはされていなかったのだろう。雑草が生えて、荒れ放題となっている。

うぅん……建て替えてるあいだ、どこに住むか考えると、隣に建てた方が良いかな？　そんな風に考えながら、目の前に広がる雑草を魔法で全て刈り取って一所に集めた。

リスティアの魔法をもってすれば一瞬で可能だ。それどころか、穴を掘ったり、木材を加工したり、家を建てるのだって不可能じゃない。

けれど、一人で家を建てるなんて、明らかに普通ではないと思われてしまう。

なので、建て直しには大工を雇って建ててもらう。そのためには、エインデベルのツテでエンチャント品を売らなきゃいけないという結論に至った。

「あたしはちょっと出かけてくるから、子供達のことをお願いして良いかな？」

玄関先にマリアを呼び出し、留守中を頼んでおく。

なお、マリアは孤児達の中では一番年上で、今までもみんなの面倒を見ていたらしい。

前院長は一切そういう仕事をしなかったそうなので、必然的に面倒を見るしかなかったというのが正解かもしれないけれど。とにかく、マリアなら安心して任せられるとお願いした。

けれど、マリアはどうしてだか不安そうだ。

「……マリア、どうしたの？」

「えっと……昼食までには帰ってくるのよね？」

「うぅん、孤児院を建て直すための資金を調達しに出かけるから、お昼までに戻るのはちょっと難しいかなぁ。夕食までには戻ってくるつもりだけど」

「そう、なの？」

「うん。厨房に食材を置いておいたから、それでなにか作って食べておいてくれるかな？」

「それは……うん。分かったわ。だけど……その」

昨日働いたので、孤児院の一日の流れはだいたい理解している。

食事を子供達が作っていたのも知っているので、事前にアイテムボックスに入っていたお肉やら野菜やらを厨房に置いてきた。

それで問題ないはずなのだけど、マリアはやっぱり不安そうだ。

「本当にどうかしたの？」

「えっと……その、ゲオルグ院長が帰ってきたら、とか」

「そっか、そうだよね」

ゲオルグ院長は、魂も残さず輪廻の理《ことわり》から旅立った。けれど、マリアにはゲオルグ院長は旅立ったとしか教えていない。戻ってくるかもと不安がるのは当然だろう。

だから、どうしてあげるのが良いかなと考えていると、マリアがぎゅっとしがみついてきた。それはリスティアにとって初めての体験で、思いっきり動揺してしまう。

「マ、マリア!?」

「えっと……その、リスティア院長にも用事があるのは分かるけど、出来たら側にいてくれたら、その嬉しいかな……って」

リスティアにしがみついたまま、不安な胸の内を打ち明ける。

普段は大人びた言動が目立って、みんなのお姉ちゃんをしているのに、いまは自分の弱さを見せてくれる。そんなマリアが可愛くて仕方がない。

リスティアのハートは思いっきり打ち抜かれた。

マリアを妹にしたい。ナナミちゃんとはまた違った可愛さのあるマリアを妹にしたい——と強く思った瞬間、ナナミをお姫様抱っこしたときに感じたのと同じ衝動がリスティアを襲った。

ナナミのときは一瞬で分からなかったけれど……今のリスティアは、その衝動がなにか理解した。

それは、本来はマリアに抱いてはいけない感情、食事としての吸血衝動だった。

——どう、して。今までこんな衝動に駆られることはなかったのに。

リスティアは唇を噛んで吸血衝動を抑え込み、マリアの身体をそっと引き剥がした。

「……リスティア院長？」

マリアが不安げな視線を向けてくる。

「う、うぅん、なんでもないよ」

リスティアは吸血衝動を振り払い、なんでもない風を装う。そうして、不安がっているマリアをどうすれば助けてあげられるかを必死に考えた。

「……えっと、そうだ。ちょっと待ってね」

アイテムボックスから素材をいくつか調達。歯を食いしばってエンチャントの魔法を使い、念話が可能なマジックアイテムを作り出した。

「え、あれ？　いまなんか、なにもないところから色々と出てきたような？」

ゴシゴシと目を擦るマリアの手を取って、手の平に小さな髪飾りを乗せた。

「えっと……？」

「手に触れている人の考えてる内容をあたしに伝える魔導具だよ。マリアにあげるから、髪につけておくと良いよ。マリアが呼んでくれたら、あたしはいつだって駆けつけるから」

「……ありがとう」

マリアはそう言って苦笑いを浮かべる。

――ふふっ、人に想いを伝える道具なんて、おとぎ話でも聞いたことないわよ。でも、あたしが心配してるから、こうして安心させようとしてくれたのね。

やっぱり、リスティア院長は優しい。

髪飾りはマリアの手の内にあるので、考えていることがリスティアに伝わってくる。今のリスティアにそれを指摘する余裕はないけれど、マリアが少し安心してくれたのは分かったので、ひとまずはそれで良しとする。

「それじゃ、行ってくるね」

「うん、行ってらっしゃい」

マリアに見送られ、リスティアは孤児院に背を向ける。その直後、「ふえっ⁉　いつの間にか敷地の雑草が全部刈り取られてる⁉」と、マリアの驚く思念が伝わってきた。

なので、リスティアは問い詰められる前にと逃げ去った。


そうしてやって来たのは、エインデベルの経営するお店。

「いらっしゃい……って、リスティアちゃんやない」

「こんにちは、ベルお姉さん」

店番をしていたエインデベルに微笑みかける。直後、奥からバタバタと足音が聞こえた。そうして飛び出してきたのはナナミだった。

「リスティア様、無事だったんですね！」

リスティアの顔を見るなり声を上げ、リスティアに飛び掛かってくる。リスティアはその小さな身体を受け止めた。

「こんにちは、ナナミちゃん。もしかして、心配させちゃった？」

「それはしますよ。孤児院は色々と悪評がありますし、そんなところに行ったきり、夜になっても帰ってこなかったんですから」

「そっか……心配してくれてありがとうね」

ナナミはリスティアが真祖であることを知っている。人間では到底太刀打ちできない最強の生物。それを理解した上で、リスティアのことを心配してくれた。

もし妹がいたらこんな感じなのかな——と、リスティアは幸せな気持ちになった。けれど、腕の中でリスティアを見つめるナナミがふくれっ面になっていく。

「リスティア様、心配したって言ってるのに、どうしてそんなに嬉しそうなんですか？」

「え、それはその……ごめんね？」

リスティアは謝罪するが、その顔はやっぱり微笑んでいて、ナナミはぷくぅと頬を膨らませて拗ねてしまう。それを見ていたエインデベルが笑い声を上げた。

「ナナミ。リスティアちゃんは、ナナミが心配してくれたのが嬉しくて笑ってるんよ」

「え……そうなんですか？」

ナナミが、リスティアの目を覗き込んでくる。

「うん、ナナミちゃんに心配されたのが嬉しくて……ごめんね」

リスティアは今度こそ申し訳なさそうな顔で謝罪する。

そしてお詫びとばかりに、アイテムボックスから素材を取り出し、マリアにプレゼントしたのと同じタイプの髪飾りを作り出した。

「触れて思えば、あたしに言葉が伝わるマジックアイテムだよ」

「え、ありがとうございます――って、リスティア様⁉」

ナナミが慌ててエインデベルを盗み見る。

リスティアがエインデベルの前でエンチャント品を作り出したことを、ナナミは知らなかったので、またやらかしたと思って心配したのだ。

けれど、昨日も見ていたエインデベルは感心こそすれ、驚愕はしていなかった。

「はぁ……相変わらずとんでもない腕やね」

「相変わらずって……もしかしてお母さんも?」

「ん? あぁ、リスティアちゃんの魔法の腕なら知ってるよ」

「リスティア様……普通の女の子になるとか言ってませんでした?」

呆れた視線を向けられるが、リスティアは平然とその視線を受け止めた。

なぜなら――

「あのね、ナナミちゃん。最近は普通の女の子でも、エンチャントが出来るんだよ?」

「――って、ベルお母さんに言われたんですね?」

「……そうだけど?」

リスティアの返答に、ナナミはエインデベルを見る。そしてふいっとエインデベルが視線を逸らすのを見て、ナナミは天を仰いだ。

「……えっと、どうかしたの?」

「あの、ですね。良いですか? 心して聴いてください」

「う、うん」

「前にも言いましたけど、普通の女の子はエンチャントなんて出来ません」

「え、でも、ベルお姉さんが使えるって」

「――嘘です。リスティア様は、お母さんに騙されたんです」

「……え、そうなの？」

嘘だよねと視線を向けるが、エインデベルは視線を逸らしたまま。

リスティアは騙されたことを理解した。

「……むぅ、どうしてそんな嘘をついたんですか？」

そっぽを向いたままのエインデベルの横顔に問いかける。やがて視線と沈黙に耐えられなくなったのか、エインデベルがリスティアの方を見た。

「えっと……その、リスティアちゃんのエンチャントを見たくて」

「つまり、あたしがエンチャントを使えると見抜いて、カマを掛けたってことですか？」

「ま、まあ、有り体に言えば」

「そうですか……」

自分が騙されたことを知ってため息を吐いた。

「リスティアちゃん、ごめんやよ」

「リスティア様、私のお母さんがごめんなさい」

二人揃って頭を下げる。そんな二人に、リスティアはやんわりと首を横に振った。

「謝らないでください、悪いのはあたしだから」

「え、でも……」

「カマを掛けられたことを見抜けなかったのはあたしだから。それに、カマを掛けられるほどに見透かされてたってことですから。ベルお姉さんは悪くないです」

天使のような笑顔で、天使のように寛容な言葉を口にする。

「うくっ、なんや、この罪悪感は……うちが、うちが悪かった！　せやから、そんな純真な目でうちを見んといて！」

豊かな胸を押さえて苦しみだした。

そんなエインデベルを見たリスティアは、思わず苦笑いを浮かべる。リスティアの姉もときどき、似たようなことをやっていたからだ。

「本当に、ベルお姉さんは悪くないですよ。ただ……」

「ただ？」

「次からは、正直に言ってくださいね。エンチャントくらい、ベルお姉さんにならいくらでもみせますから」

「え、ホンマに？」

エインデベルが急に真剣な眼差しを向けてくる。

「ホントです。ベルお姉さんはナナミちゃんの家族ですから」

「それは……信用しているナナミの家族やから、って意味なん？」

「そうですね。ナナミちゃんには正体を教えてますから」

「……正体？」

「ええ、あたしは――」

正体を明かすより早く、光の速さで飛び掛かってきたナナミに口を塞がれた。そして、お店の隅っこまで引っ張っていかれる。

「ストップです、リスティア様」

「……そうなの？」

「ええ、さすがにその事実を教えるのは、もう少し時間をおいてください」

「……まあ、ナナミちゃんがそう言うのなら」

別にあたしに拒否する理由はないよと、リスティアは素直に頷いた。そしてあらためて、エインデベルに向き直る。

「と言うことなので、あたしはごくごく普通の女の子です」

「……いや、まぁ……ええんやけどね」

ただ者ではなさそうだけど、ナナミを救った恩人であることは間違いない。そういう認識のエインデベルは、そのときになって教えてくれたら十分やよと言った。

「でも、エンチャントについては見せて欲しいなぁ」

「ええ、良いですよ～」

「見せるだけやのうて、出来ればあれこれ教えてくれたら嬉しいんやけど……？」

エインデベルは欲求を抑えきれないのか、物欲しそうな視線を向けてくる。技術の独占なんて欠片も考えてないリスティアは、別にかまいませんよと頷いた。

「――ホンマに!?」

「ええ。ただ、今日はエンチャント品を売る件で来たので、出来ればそっちを先に処理してもらえると嬉しいです」

「あぁ、それならちょうど良かったわ。今日、在庫を引き取りに来るって連絡があったから、もうちょっとしたら来ると思うよ」

「あ、そうなんですね。お金が早急に必要だったのでそれは助かりました」

リスティアはホッと息を吐いて、柔らかな微笑みを浮かべた――のだが、エインデベルとナナミは微妙な表情を浮かべて顔を見合わせた。

「ナナミ、どう思う？」

「リスティア様は強いけど、ちょっと天然だから……」

「それは、心配やね」

なにやらひどいことを言われている気がすると、リスティアは可愛らしく唇を尖らせた。

「二人とも、なにか失礼なことを考えてません？」

「いや、そんなことはあらへんよ。ただ、リスティアちゃんが、孤児院の院長に騙されてるんやないかなぁと」

「……十分に酷い気がします。あたしが院長に騙されるなんてありえないですよ」

ひどく正論なのだが、事情を知らないエインデベル達は信じてくれない。

「そうは言うけど、急にお金が必要なんて、どう考えても孤児院がらみやろ？」

「……そうですけど」

「なら、孤児院を立て直すのにお金が必要とか、そういう話やない？」

「それもそうですけど……」

「更に言えば、院長が言い出して、リスティアちゃんがお金を出すって話やない？」

「ええ、まあ、そうですけど……あたしは騙されてませんよ？」

リスティアはそう言ってみたが、既に二人の視線は可哀想な娘を見る目に変わっていた。

「どうする、ナナミ。リスティアちゃんったら、完全に無自覚やよ？」

「私、ここまでリスティア様が天然だとは思いませんでした」

「ナナミちゃんまで、ひどいよぅ。あたし、そんな天然とかじゃないよ？」

リスティアはぷくぅと頬を膨らませる。

その愛らしい姿は、二人の保護欲をかき立てた。

「リスティアちゃんに自覚はないと思うけどな。院長に騙されてるよ、絶対」

「そんなことないですよぅ。どうしてあたしが、あたしを騙さなくちゃいけないんですか」

「リスティアちゃんがそう思いたい気持ちも分かるけど……ん？　あたしが、あたしを？　それって、どういう意味なん？」

エインデベルがぱちくりとリスティアを見る。

「どうしてもなにも、あたしが、孤児院の院長、なんだよ？」

「…………………はい？」

「だから、ね。昨夜、ゲオルグ前院長から、院長の座を譲り受けたんだよ」

「あぁ、そうなんや……って、はぁあああ!?　なにそれ、どういうことなん!?」

「だから、あたしが院長だから、あたしが院長に騙されるはずがないって話だよ」

「いや、それは分かるけど、そうやのうて！　なにがどうなったら、一晩でリスティアちゃんが院長の座を譲り受けたりするん⁉︎」

意味が分からない目を白黒させるエインデベルの横で、ナナミが「やらかしましたね」とリスティアを見ている。

けれど、やらかしたつもりのないリスティアは、孤児院の院長が悪事を働いていたので、魂ごと消し飛ばして、旅立ったことにしたと打ち明けた。

「……それはまた、派手にやらかしたなぁ」

「やっぱりやらかしてましたね」

説明を聞き終えた二人の感想は変わらなかった。と言うか、確信されてしまった。

リスティアはまったくもって遺憾だった。


――　4　――


「グラート様、エインデベルさんのお店に到着しました」

「うん、ありがとう。商談をしてくるから、ミスティはここで待っていてくれ」

最近、王都で頭角を現し始めたグラート商会の会長。グラートは秘書に馬車での待機を命じ、自らは馬車から降り立った。

そうして、エインデベルの店に入る前にと、自らの身だしなみを整える。

エインデベルのエンチャント品は王都でも評判で、彼女との取り引きはグラート商会にとってはなくてはならない商品だ。だから、気を遣うのは当然――とはグラート自身の言い分である。

もっとも、秘書のミスティに言わせれば、それは建前でしかない。なぜなら、グラートがエインデベルに惹かれているのは周知の事実であるからだ。

とにかく、グラートは気合いを入れ、エインデベルのお店へと足を運んだ。そうして店内に入ると、エインデベルとナナミの他に、見知らぬ少女がいることに気がついた。

先客なのだろう、エインデベルとなにかを話している。グラートはエインデベルの商売に邪魔をしないようにと、しばらく店の入り口で待機することにした。

けれど、手持ち無沙汰は免れない。

グラートはなんともなしに、会話を続ける三人に視線を向けた。

まずはエインデベル。ゆったりと広がる赤い髪に、知的な青い瞳。母性愛に満ちた彼女はいつにもまして、その表情が輝いている。

グラートはその美しさに、思わずため息を吐いた。

また、エインデベルが養子とした娘、ナナミも日に日に可愛くなっている。血は繋がっていなくとも、親子は似るというのだろう。数年後には、相当な美人になっているだろう。

だがもう一人、客であろう少女は、その中でもひときわ輝いていた。

美少女と言うほかに形容のしようがない、整った容姿の少女。全てのパーツが計算し尽くされたような美しさを持つ少女は、漆黒の髪を無造作に束ねている。

そんな着飾らない姿が、美しさと可愛らしさを調和させている。恐らくは貴族か王族のお忍び。少なくとも、平民の娘でないことだけは明らかだった。

……まあ、私はエインデベルさんの方が美しいと思いますが。

グラートはそんなことを考えながら、出直そうと決意する。高貴な者が相手であれば、後ろに控えているだけでも邪魔になるかもしれないと考えたからだ。

けれど、そんな気配を感じ取ったかのように、少女がこちらを見た。

「ベルお姉さん、お客さんみたいですよ」

「誰やの、いま良いところやのに――って、グラートさん！」

グラートを見たエインデベルが少しだけ頬を染めたのだが、そのセリフから『やはり、邪魔をしてしまったか』と落ち込んだグラートは気付かない。

「すみません、お邪魔してしまったようで。後日、出直してきます」

踵を返そうとするが、慌てたエインデベルが飛び出してきた。

「待った待った、ちょっとエンチャントの話にのめり込んでただけやから。グラートさんを邪魔なんて思ってないよ」

「気を遣ってませんか？」

「もちろんや。いつも足を運んでくれてありがとうな」

「いえ、他ならぬエインデベルさんのお店ですから」

「ふふ、お世辞でも嬉しいわぁ」

まんざらでもなさそうに照れる。

エインデベルがエンチャントのことになったら人が変わるのは知っている。どうやら、さっきのはそれが原因。自分が嫌われたわけではないと知り、グラートはホッと息を吐いた。

そしてすぐに、気持ちを入れ替え、商売人としての自分を前面に押し出した。

「エインデベルさん、今日の仕入れには面白い品があると聞きましたが？」

「それなんやけど、まずは彼女の紹介からするな。ナナミの恩人のリスティアちゃんや。面白い品っちゅうのは、彼女の持ち込んだものなんよ」

「ほう……」

なるほど。異彩を放つ少女がこの場にいたのは偶然ではなかったのか——と、グラートはあらためてリスティアに視線を向けた。

紅く澄んだ瞳が、グラートの視線をまっすぐに受け止める。こうして間近で見ると、ますますもってただ者ではないと思い知らされる。

これは、油断したらこっちが呑まれるぞと、グラートは気合いを入れ直した。

「初めまして、リスティア様。私は王都に店を構えるグラートと申します」

「初めまして、グラートさん。あたしは普通の女の子です」

リスティアは席を立ち、優雅にカーテシーをして見せた。それに対して、グラートは思わず吹き出しそうになったのを辛うじてこらえる。

普通の少女は、わざわざ自分が普通だと名乗ったりはしない。それなのに、少女は洗練された所作でカーテシーをしながら、わざわざ普通だと自称する。

そんなのは、自分がただ者ではないと叫んでいるも同然だ。

……いや、待て。この少女とて、そのようなことが分からないはずがない。もし、この少女がそれを理解した上で、あえて自分は普通だと名乗ったのだとしたら……

そうか、こちらの出方をうかがっているのか。

グラートがこの程度でリスティアを侮れば、商売をするにあたいしないと切り捨てるつもりなのだろう。それを理解したグラートは、リスティアが油断ならない商売相手だと認めた。

だから、グラートの選ぶ対応は一つ。相手の身分なんて関係なく、商売の相手として、誠意を持って対応することだけだ——と、自分を戒める。

「それではリスティア様、本日は商品を見せて頂けるとのことですが」

「はい、その通りです。本日はあたしの作った品を買い取っていただきたくて、ベルお姉さんに仲介をお願いしました」

「分かりました。まずは品を拝見したいので……ベルさん、席を借りてもよろしいですか？」

「もちろんやよ」

「では失礼して」

エインデベルの隣、リスティアと向かい合って腰掛ける。

グラートは隣にエインデベルがいることに若干の恥ずかしさを覚えたが、いまは商売中だとその浮ついた意識を閉め出した。

「買い取っていただきたいのは、あたしの作ったブローチです」

リスティアが、どこからともなくブローチを取り出した。それを見たグラートは、まさかアイテムボックスか——と一瞬だけ考える。

けれど、アイテムボックスを使える人間は現存していない。恐らくは手品の類い。グラートの意識をブローチから逸らす作戦だろう。

いま重要なのは、ブローチに対しての値踏みをおこなうこと。それを理解しているグラートは、すぐにブローチに意識を向け、思わずその美しさに息を呑む。

「……手に取ってみてもよろしいですか？」

「ええ、もちろんです」

「では失礼して」

はやる気持ちを抑えつけ、手持ちの布を使ってブローチを手に取った。

左右で大きさの違うオープンハート。けれど、その大きさが違うのは、計算し尽くした上でのことなのだろう。アシンメトリーでありながらバランスを保っている。

なにより、その曲線が素晴らしい。歪み一つない、美しい曲線。ここまで綺麗な曲線を、グラートは見たことがなかった。

そして、中央に収められた石は……間違いなく魔石だ。虹色に輝くその魔石は、宝石としても申し分のないポテンシャルを秘めている。

更に言えば、その銀色の材質が気に掛かる。最初はシルバーだと思ったが、手に持ったときの重さがずいぶんと重い。

魔石があるので正確な重さを知ることは出来ないが、恐らくはシルバーの倍くらい——と、そこまで考え、材質がプラチナであることに思い至った。

端的に言って、素晴らしいブローチだった。だが、それゆえに、このような若い少女が作れる品とは思えない。そう考えたグラートはカマを掛けることにした。

「美しいデザインですね。素晴らしい腕のようだ」

「えへへ、ありがとうございます」

リスティアは柔らかな微笑みを浮かべた。

緊張なんて欠片も感じられず、余裕すら感じられる。

「しかし実に美しい。この金属はシルバーですか？」

「いいえ、それはプラチナです」

「プラチナですか？」

「ええ、銀と違って酸化しにくいんですよ。あと、他の金属を混ぜて硬くしてあります」

「……ほう、そうなんですか」

相づちを打ちつつ、グラートは舌を巻いていた。

グラートとてプラチナとシルバーの重さの違いや、特徴くらいは知っていたが、他の金属を混ぜて硬くするなどという知識は持ち合わせていなかったからだ。

もしそれが事実であれば、彫金師にとっても秘伝中の秘伝。

それを知っているリスティアが、彫金師として一流である可能性は高い。けれど、もし一流の彫金師であれば、秘伝をあっさりと口にするはずがない。

いったい自分が相手にしているのは何者なんだと困惑する。

「グラートさん。リスティアちゃんは、うちの目の前で作ってくれたんよ」

「ほぅ、そうだったんですか」

グラートは、付き合いの長いエインデベルが嘘を吐くとは考えていない。であれば、リスティアが作ったというのは事実。今のセリフは、困惑している自分に対する助け船だろう。

分からないことが多すぎるが、ともかく盗品の類いではなさそうだ。それさえ分かれば、ひとまず他のことは置いても大丈夫だろうと判断を下す。

けれど、その判断は少し遅かったようだ。

リスティアは、自分が疑われたことに気がついたのだろう。苦笑いを浮かべている。

「すみませんが、こちらも商売なので。商品の扱いには細心の注意が必要なんです」

「分かります。だから、気にしてませんよ」

心配するグラートをよそに、リスティアは柔らかな微笑みを浮かべた。

器の大きさを見せ付けることで、少女に一歩リードされてしまった。これ以上は失態を見せられないと、グラートは自分を戒める。

「それで……買い取ってもらえそうですか？」

「そうですね。金額の確定は材質の確認をさせて頂いた後になりますが、金貨で三十枚……いや、五十枚でいかがでしょう？」

金貨五十枚、立派な家が建てられる金額だ。

少し割高な買い取り金額であるが、硬くしたプラチナという謳《うた》い文句が、貴族の興味を惹くだろうと考えて高めに設定してある。

相手にとっても十分に満足のいく取り引きだと考えたのだが――

「ちょっと待ちぃな」

まさかの、エインデベルからの待ったが掛かった。

「エインデベルさん……この金額ではご不満ですか？」

「不満も不満やよ。そんな金額では絶対に売られへん」

グラートはずっと、エインデベルと正直な商売を続けていたし、その鑑定眼に対しても評価を得ていると考えていた。

それがまさか、こんな風に強いダメ出しをされるとは思わなかったと驚く。

「……私は商人の矜持にかけて、適正な価格を示しているつもりですが」

「それは、芸術的な価値だけでの適正やろ？」

その言葉の意味を考えたのは一瞬、グラートは慌ててブローチに視線を戻した。ブローチの中心に輝くのは、美しい魔石。グラートの意識に電撃が走った。

魔石は、購入者が好きなエンチャントを施せるようにしてあるのだと思っていたのだが……

「もしや、この魔石にエンチャントを……？」

「そういうことや。そのブローチは、エンチャント品として査定したってな」

「なるほど。エインデベルさんとの合作でしたか。エインデベルさんのエンチャント品は人気ですから、たしかに価値は上昇しますね」

高品質の魔石を使えば効果は強くなるが、それと共に製作難易度も上がる。

よって、これほどの魔石にエンチャントを施せば、相当の技術と時間が必要になる。グラートが装飾品としてしか見なかったことに対し、エインデベルが怒るのも無理はないと反省した。

だから――

「このブローチにエンチャントしたのはあたしだよぉ」

リスティアがさも当たり前のように言い放ったので、グラートは困惑した。

先に説明したとおり、高価な魔石にエンチャントするにはかなりの技術を要する。

若い娘がエンチャント出来たことには驚きだが……残念ながら、これほどの装飾品を購入できる者なら、著名なエンチャント師に自身で依頼することだってできる。

つまり、下手なエンチャントを施したら、装飾品の価値は逆に下がってしまうということ。

エンチャント師が自分でエンチャントするのは当然だし、自分でエンチャントを施したいという気持ちも理解できるが、商品としては明らかに失敗だ。

それを理解したのだろう、ナナミが「リスティア様……」と、咎めるような顔をした。

そうだ、ちゃんと言ってやってくれ。私が言えば角が立つが、仲が良さそうに話しているナナミちゃんの口から伝えれば、ことは丸く収まるから。

そんな風に期待し、グラートは二人のやりとりを見守る。

「……え？　もしかしてダメだった？」

「ダメというか、なんと言うか……」

「――いや、どうせ効果を調べたら分かることや。グラートさんは信用できる相手やから、正直に話して味方につけた方が良いよ」

エインデベルがそんな風に、リスティアの言葉を肯定する。けれど、そのやりとり自体が、グラートには予想外だった。

よく分からないが、下手なエンチャントをしたら価値が下がるかもしれないという説明をしてくれる者が、この場にいないことだけはたしかなようだ。

グラートはため息を一つ、自分の口で伝えることにした。

「このブローチに、リスティアさんがエンチャントをなさったんですか？」

「うん、そうだよぉ」

「そうですか。……その、最初に申し上げておきます。高価なアクセサリーを購入する方々は、自分の望むエンチャントを、自ら依頼することも少なくありません」

「あぁ……そうですよね」

「ですから、その……エンチャントの効果によっては、ブローチの価値が下がることもあると知っておいてください」

遠回しな発言が意味するのは、下手なエンチャントをしていたら価値が下がるということ。

お前のエンチャントではダメだと言っているにも等しく、リスティアの不興を買う可能性もあるが、どのみち査定価格で分かる話である。

だから今のうちにと、思い切って伝えたのだが――

「あぁそうですよね。相手の希望を聞いてからエンチャントした方が良かったですね。なんだったら、相手の希望のエンチャントに書き換えるようにしましょうか？」

リスティアにはどうやら伝わらなかったらしい。

と言うか、後からエンチャントを書き換えることなんて出来るはずがない。

これだけの魔石にエンチャントが出来るのなら、それなりの腕や知識はあるはずだが……その程度のことを知らないのはどういうことなんだろうと混乱した。

意思の疎通が出来ているようで、まるで出来ていない。

そんな自分達を見かねたのか、側で見ていたエインデベルが「リスティアちゃん、どんなエンチャントを施したのか、グラートさんに説明したって」と助け船を出した。

「あぁそうですね。エンチャントは、状態異常の無効化です」

「ほうっ！　それならば需要がありますよ」

効果のほどは分からないが、方向性は悪くないとグラートは少しだけ安堵する。

貴族にしろ商人にしろ、お金を持っている人間は、常に毒物に警戒する必要があるので、どのような種類にしろ、状態異常を緩和するエンチャントであれば一定の評価を受ける。

「それで、どの種類の状態を緩和するエンチャントなんですか？」

「どの種類と言うか、あらゆる状態異常が対象です」

「……は？　あらゆる？　あらゆる状態異常を緩和すると言うんですか？」

「いえ、緩和ではなく、無効化です」

グラートは目をぱちくり。ほどなく「いやはや、冗談がお上手ですな」と笑った。

出力が一定であると仮定した場合、範囲を狭めるほどに効果は高くなる。その前提があるので、あらゆる状態異常が対象などと言う、ふわっとした範囲はありえない。

そして、範囲を限定したとしても、状態異常を無効化出来るほどの出力は得られない。

例えば、特定の毒物にまで限定したとしても、得られる効果は毒の緩和。弱い毒ならともかく、一般的な毒を無効化するなんて不可能だ。

つまりは、摂取した毒を半分まで抑えられれば高級品。もし一種類でも完全に無効化できるものがあるとすれば、それはアーティファクトでしかありえない。

あらゆる状態異常の無効化など、おとぎ話ですらありえないレベルなのだ。

けれど、エインデベルが「そう思うよなぁ」と苦笑いを浮かべているし、ナナミが「リスティア様、やらかしましたね？」と目を三角形にしている。

ここに来て、グラートもなにかがおかしいと気がついた。

そして、もしリスティアの言っていることが事実であれば、いままでの彼女達のやりとり全てにつじつまが合うという、ちょっとありえない想像に至る。

グラートは手元にあるブローチを二度見して、もう一度リスティアに視線を戻した。

「え、本当に全ての状態異常の無効化が込められているんですか？」

「はい、そうですよ」

「…………………………か、鑑定させて頂いても？」

「良いですよぉ～」

間延びしたリスティアの声を聞きながら、グラートは秘蔵のアーティファクト、エンチャント品を鑑定する水晶の魔導具を使った。

その瞬間――水晶の魔導具が砕け散ってしまった。

「――なっ⁉」

「あ～、そんな下級のじゃ無理ですよ。ちょっと待ってくださいね」

呆気にとられるグラートの目の前で、リスティアが虚空からなにやらクリスタルのような欠片を無数に取り出した。

そして――信じられないほどに緻密な魔法陣がリスティアの周囲に展開され、クリスタルのような欠片が、一つの透明な珠へと変化した。

「えへへ、あらゆるエンチャント品を鑑定する、鑑定の水晶だよぉ～」

リスティアが無邪気に微笑む。

その艶やかな唇からこぼれる言葉は、グラートの耳に入ってこなかった。それほどまでに、目の前で起きた現象がありえなかったからだ。

「な、なな、なにを、なにをなさったんですか？」

「なにって、見ての通り、鑑定の水晶を作ったんだよ」

「作ったって、そんなあっさり……」

簡単なエンチャントで数時間。中には数ヶ月かかるような品もある。そして鑑定の水晶はアーティファクト。現代では決して作れない一品だ。

だから、ありえないと思いつつ、渡された水晶で手持ちのエンチャント品を鑑定してみる。

そこに表示されたのは、自分の知っている効果と――詳しい補足説明。先ほど壊れてしまった鑑定の水晶を超える内容に、思わずあんぐりと口を開いた。

「まさか……本物？」

いや、まさか、そんなはずは――と、他のエンチャント品も確認していくが、ことごとく正しい能力と、詳しい補足説明が為された。

リスティアとは初対面だし、エインデベルとて、グラートの持ち歩くエンチャント品を全て知っているわけではない。つまり、仕込みはありえない。

ここまで来ては、疑うことは出来ない。鑑定の水晶は本物だ。だとしたら――と、グラートは恐る恐るブローチを鑑定した。

そして、そこに表示されたのは――

あらゆる状態異常を無効化する能力に加え、自己修復機能が付与されている。所有者が即死レベルの猛毒に侵されようが即時に無効化し、ブローチは粉々にされようとも自己修復する。

普通の女の子が片手間に作ったブローチ。


「……はは、ははは」

どこから突っ込めば良いのか分からなくて、グラートは乾いた笑い声を上げた。


――５――


エインデベルのお店の片隅。リスティアの持ち込んだブローチを前に、商人のグラートさんが愕然としている。どうやら、リスティアの施したエンチャントに驚いているようだ。

とは言え、エインデベルやナナミにエンチャントの講義をしたリスティアは、自分のエンチャント能力が普通よりはちょっぴり、ほんのちょっぴりだけ突出していることに気付き始めていた。

それでもブローチを売りに出そうとしたのは、孤児院のためにお金が必要だからだ。

という訳で、リスティアはグラートが驚きから立ち直るのを待ち、「そのブローチ、いくらくらいで買い取って頂けますか？」と促した。

「そ、そうですね……正直に申しますと、私ではとても買い取れません」

「……え？」

予想していなかった答えに戸惑う。

「誤解しないでください。このブローチに価値がないと言っているわけではありません。むしろ価値がありすぎて、私では適正な金額を出せないと言っているのです」

「それは、気にしなくてもかまいませんよ」

リスティアはとにかく、孤児院の建て直しに必要なお金が欲しいだけ。その足しになる程度の金額が得られれば問題ないと考えているのだが——グラートは首を横に振った。

「いいえ、私が動かせる程度の金額でこれを購入することは、私の矜持が許しません」

「そうですか……」

自分の作ったブローチをそこまで評価されたら、リスティアだって悪い気はしない。困るのは事実だけど、それでも買って欲しいとは言えなかった。

ただ、グラートの話はまだ終わっていなかった。

「——ですが、リスティア様のブローチを、私が代理で売ることなら可能です」

「えっと……それはどういうことでしょう?」

「王都で月に一度、オークションが開催されます。私が代理で販売を行い、手数料をいただくという形でいかがでしょう」

「月に一度のオークションですか……」

リスティアは王都がどこにあるのか知らないけれど、お金が入るまでそれなりの期間が掛かるだろうと考えて困った顔をした。

「失礼ですが、早急にお金が必要なのですか?」

「孤児院を建て直したいんです」

「それはまた……ご立派ですね」

「いえ、あたしは、子供達を助けたいだけですから。立派なんてことはないですよ」

リスティアはやんわりと否定するが、グラートは謙遜も美徳と受け取ったようで「まるで天使のようですな」などと感心している。

あたしは妹が欲しいだけの普通の女の子だから。ナナミちゃんも後ろで「天使のようじゃなくて、天使ですよ」とか言わなくて良いから。

——なんてことを思ったのだけど、妹が欲しいと自分から言い出さないと決めているリスティアは「あたしは普通の女の子なんだけどなぁ」と呟くにとどめた。

なぜか、笑って流されてしまったけれど。

「しかし、この街で孤児院というと……丘の上の孤児院のことですよね。あそこは、なにかと黒い噂があったはずですが？」

「ええっと——」

どこまで事情を話しても良いか迷う。けれど横からエインデベルが「グラートさんは信用できるから、全部話して大丈夫やよ」と教えてくれた。

なので、孤児院を管理する院長が悪事を働いていたこと。その悪事を暴き、孤児院の院長としての座を譲り受けたことを打ち明けた。

「孤児院を譲り受けた……ですか？」

「ですです。委任状を書いてもらいました。……そうだ。この委任状に問題ないか、見てもらってもかまいませんか？」

リスティアはアイテムボックスから委任状を取り出した。

「拝見しましょう」

委任状を受け取ったグラートが、その契約内容に視線を走らせる。そうして端から端まで確認を終えると、リスティアに視線を向けた。

「……この委任状には意図的な不備がありますな」

「え？　それじゃ……孤児院はあたしの所有にならないんですか？」

もし孤児院を追い出されたら——どうしよう？　子供達を連れて、どこか空いている場所に引っ越し……それとも、街の外に孤児達の街を作ろうかな？

——なんて、斜め上なことを考えた。

なお、もしもリスティアが街の外に別の街なんて作っていたら、その街の素晴らしさに皆が移住を始めて、遠くない未来にこの街は滅んでいただろう。

だけど幸か不幸か、そうはならなかった、

「ご安心ください。孤児院をリスティア様の所有にすることは可能です」

グラートがそんな風に教えてくれたからだ。

「えっと……でも、不備があるんですよね？」

「この委任状には、譲った側の人間が半年以内に申請すると、譲渡が取り消されるという条文が盛り込まれています」

「あぁ……そういう」

ゲオルグ院長は孤児院を譲るつもりもなかったと言うこと。あの場を逃げおおせたら、リスティアが委任状を使ったあとに異議を申し立て、取り返すつもりだったのだ。

「なので、前任者が譲渡の取り消し申請を出来ないようにすれば問題がないわけですが……」

グラートが意味深な視線を向けてくる。ゲオルグ前院長をどうしたのかは話していないのだけれど……もしかしたら、もうこの世にいないことに気付いているのかもしれない。

やっぱり、この人は出来る商人さんなんだなぁ……なんて考えつつ「そういうことなら、問題なさそうです」と答えておいた。

「そうですか。では、もしよろしければ、こちらで処理しておきましょうか？」

「……良いんですか？」

リスティアは人間の法に明るくない。もし代わりにやってくれるのなら嬉しいけど、そこまでしてもらっても良いのだろうかと迷う。

「それに、私のお店の支部がこの街にもありますので、孤児院に必要なお金もうちの店で立て替えることにいたしましょう」

「それは嬉しいですけど……本当に良いんですか？」

「ええ、私の考える最低入札金額でも、孤児院の数十軒くらいは新しく建てることが可能ですから、前金だと思ってください」

「ありがとうございますっ！」

そんなこんなで詳細を煮詰めて契約は完了。その後、ナナミ達と少しおしゃべりをしてから、リスティアは孤児院へと帰還した。

「みんな、ただいま～」

「あ、院長先生、お帰りなさい～」

玄関で声を上げると、子供達が置くから飛び出してきて、そのままの勢いでリスティアに抱きついてきた。リスティアは思わずふらっとよろけてしまう。

物理的に押されたからではなく、可愛い年下の子供達に囲まれたからである。

「わわっ、院長先生、大丈夫？」

ボクっ子のミュウちゃんが心配そうに見上げてくる。

リスティアはしゃがんで「大丈夫だよ、心配してくれてありがとうね」と、ミュウちゃんのイヌミミがある頭を優しく撫でつけた。

「わふぅ……」

気持ちよさそうに目を細める。それを見た他の子供達が「僕も！」「私も！」と群がってくる。リスティアは幸せすぎて死んでしまいそうになった。

「こーらっ、貴方達。それくらいにしておかないと、リスティア院長が困っちゃうでしょ」

「「「はーい」」」

部屋の奥からやって来たマリアが惨状を見て一喝。子供達は少し名残惜しそうにしながらも、リスティアから離れてしまった。

それを見たリスティアはしょんぼり――せずに、ニコニコと微笑んだ。

マリアは可愛いなあ、焼き餅かな。えへへ。大丈夫だよ、マリアにも良い子良い子してあげるからね。なんて考えながらマリアの頭を優しく撫でつける。

とたん、マリアのブルネットの肌がほのかに紅くなった。

「リ、リスティア院長⁉」

「ふふっ、紅くなっちゃって、可愛いなぁ」

「か、からかわないでよ」

もちろん、リスティアはからかってなどいない。ただ純粋に、年下の可愛い女の子を可愛がっているだけである。

まあ……それが、相手にとってはからかわれているも同然なのだが。

「あ〜、マリアお姉ちゃんがまっかっかだ〜」

「ホントだ。まっかっかだ〜」

「まっかっか、まっかっか〜」

マリアの、いままでは最年長としてお姉さんぶっていたマリアの照れる姿に、子供達が一斉に囃し立て始める。それがマリアの限界だった。

「こらっ、貴方達！　馬鹿なこと言ってないで部屋で作業の続きをしてなさい！」

「わーっ、マリアお姉ちゃんが怒った！」

「怒ったーっ！」

「怒った、怒ったーっ！」

子供達はなぜか嬉しそうにはしゃぎながら、部屋の奥へと逃げ去っていった。その中には、少しだけ複雑そうな表情を浮かべる、ツンデレ少年アレンくんの姿もあった。

これはリスティアの予想だけれど、彼は宣言どおり、子供ながらにリスティアの人柄を見極めようとしているのだろう。あれから、視線を感じることが多い。

凄く凄く真剣で、リスティアと視線が合うと、顔を赤くしてそっぽを向くほどだ。

「ふふ、子供は可愛いなぁ……」

「……それには同意するけど、そのダシに私を使うのは止めて欲しいんだけど」

「なに言ってるの。マリアだって、可愛い子供達の一人なんだからね？」

「〜〜〜っ。だから、そうやってからかうのを……もう良いわよ」

リスティアの笑顔に一切の邪気がないことに気付いたのだろう。マリアは恥ずかしさをごまかすようにそっぽを向いた。

「ところでマリア、昼食は大丈夫だった？」

「そうっ、それよ！　あの食材はなんなの⁉」

物凄い勢いで詰め寄られる。食材は、出かける前に取り急ぎ並べたものだったので、もしかしたらなにか失敗しちゃってたかな？　なんてリスティアは不安になる。

たしか……最上級のお肉を五十キロくらいに、にんじんやキャベツを初めとした新鮮な野菜を十キロほど置いておいたよね。

香辛料も一緒に並べておいたから、特に不備はないはずなんだけどなぁ？

「——あ、もしかして宗教的な理由でお肉はダメだった？」

「そういう問題じゃないわよっ」

「……なら、にんじんが嫌いだとか」

「だから、そういう問題でもないって！　それに私達に好き嫌いをする余裕なんてないわ」

「……じゃあ、もしかして量が？」

「もしかしなくてもそうよ」

「ごめん、少なすぎたんだね」

「多すぎるのよ！」

子供達っていっぱい食べるんだなぁと、リスティアの感想は全否定された。

「そっかぁ、少し多かった？」

「少し多かったというか、食べた分が少しだけだから、ほとんど多かったのだけど」

「そうなんだ？」

みんな痩せ気味だったし、とにかく食べさせてあげたいという考え。ペットとかを飼ったら、むやみに食べさせまくってぶくぶく太らせるタイプである。

「それで残ったお肉なんだけど、干し肉を作り始めてるわ」

「……あぁ、作業ってそのことだったんだね」

「ええ、リスティア院長に確認するべきだとは思ったんだけど、なにしろ量が多くて、早く始めないと腐りそうだったから」

そういうマリアは少し不安そうだ。リスティアは全部食べてもらうつもりだったので気にしていないのだけど、マリアは勝手なことをしたと思っているのだろう。

だから、リスティアは「ありがとうね」とマリアに微笑んだ。

「……リスティア院長？」

「あたしの説明不足だったからね。フォローしてくれてありがとう」

「え、あ……その、わ、私は当然のことをしただけよっ」

マリアは照れくさそうにそっぽを向いた。

ちなみに、リスティアは知り得ぬことだけれど、ゲオルグ前院長はマリアが自主的に動けば勝手なことをと叱りつけ、自主的に動かなければ自分で考えて動けと怒る人間だった。

なので、リスティアがマリアの判断を評価して、あまつさえ感謝したことに、マリアは言いようのない感動を覚えていた。

だからこそ、恥ずかしくなってそっぽを向いたのだ。

「えっと……それで、全部干し肉にしちゃった方が良いかしら？」

「そうだねぇ……実のところ、生のまま保存する方法はあるんだよね」

「え、そうなの？　ならもしかして、余計なことだったかしら」

「そんなことはないよ。別にいくらでもあるから。干し肉にしちゃっても良いし、あたしが保管しておいても、どっちでも良いよ」

なお、リスティアが家出する前に集めていたので、千年ほど経った食材なのだけど。時の止まるアイテムボックスの中に保存していたので鮮度に問題はない。

あるとすれば、この時代では既に絶滅したような動物のお肉だったりする程度だ。

「なんだか、どこから突っ込めば良いか分からないんだけど」

「全部事実だよ」

「……もし本当なら、全部干し肉にしても良いかしら」

「もちろんかまわないけど、理由は聞いても良いかな？」

ちょっぴり不安そうに問いかけてくるマリアからは、リスティアの言葉を疑っている素振りは見えない。でも、リスティアの言葉を信じるのなら、急いで干し肉にする必要はないはずだ。それなのに全てを干し肉にしたいという、マリアの思惑を聞きたいと思った。

「あのね、リスティア院長は知ってると思うけど、あたしが奉仕活動をしていたのはみんなに食べさせるご飯を買うお金がなかったからなの。もちろん、そのことをみんなは知らないけど、生活が苦しいのはみんな知ってたから」

「……マリアは優しいね」

干し肉がたくさんあれば、飢えの心配はないとみんなが安心できるということ。それを理解したリスティアは「そういうことなら、全部干し肉にしちゃって良いよ」と微笑んだ。

なお、さっきも言ったが、干し肉にしているのは既に絶滅したような動物の高級なお肉。もしここに貴族がいたら、それを全部干し肉にするなんてとんでもない。金ならいくらでも出すから生のまま売ってくれ！　とか叫んだかもしれない。

——けれど、幸か不幸か、ここにいるのは孤児達と真祖のお姫様だけだった。

という訳で、リスティアは子供達と作業を開始。塩水に漬け込んだお肉から順番に茹で上げ、お肉を日干しにする作業を進めた。

——翌日の朝食後、リスティアはみんなにそのまま席に残ってくれるようにお願いした。子供達は少し不安そうにしつつ、リスティアに視線を向ける。

「みんなに残ってもらったのは、率直な意見を聞きたいからなの」

リスティアが切り出すと、子供達は一斉に小首を傾げた。そして口々に、意見ってなんの意見？　みたいなことを言い始める。

でもそれは予想どおりだったので、リスティアはマリアへと視線を向けた。

この二日ほどで、マリアがみんなのお姉ちゃんで信頼されていることに気付いたリスティアは、なんの話をするか、マリアにだけは軽く説明をしておいたのだ。

「ほらほら、みんな静かにしなさい。リスティア院長が聞きたいのは、孤児院の立て直しについてよ。どんな風に立て直すか、みんなの意見を聞きたいんだって」

そうよね？　と、マリアに視線を向けられ、リスティアはこくりと頷いた。

「いまマリアが言ったとおり、あたしは孤児院を建て直すつもりなの。だから、みんなどんな風に建て直して欲しいか、希望を言ってくれると嬉しいな～」

リスティアがふわっと微笑むと、子供達の表情がぱあああああっと輝いた。

そして——

「俺、みんなと遊べる庭が欲しい！」

「じゃあ俺は一人部屋が欲しい～」

「ずるい、私も一人部屋が欲しいよ！」

「ボク、足湯が欲しい！」

「あ、お風呂に入ってみたいなぁ～」

などなど、好き勝手言い始めた。リスティアは「うんうん、そうだよねぇ」とか微笑みながら聞いていたのだけど、マリアが横で慌て始める。

「ちょっとちょっと、みんな待って。誤解しないで、立て直しって、孤児院の建物を建て直すんじゃなくて、孤児院の経営を立て直すって意味だよ」

マリアが訂正した瞬間「えーっ」と、みんなが不満そうな声を上げた。

「……みんな。あのね。孤児院の経営はすっごく大変なんだよ。今まで黙ってたけど、本当ならとっくに閉鎖されてもおかしくなかったんだから」

「……え？　孤児院、閉鎖しちゃうの？」

ミュウちゃんが泣きそうな顔をした。

「大丈夫、リスティア院長がなんとかしてくれるから。孤児院が閉鎖になんてならないよ。でも、みんなもわがまま言っちゃダメだよ」

マリアに諭され、現状を理解したのだろう。子供達は「そうだよね……」と神妙な顔をした後、「わがまま言ってごめんなさい」と謝り始めた。

なにやらとても良い話になりつつあるのだけれど、話を聞いていたリスティアは「マリアはなにを言ってるの？」とクエスチョンマークをたくさん飛ばしていた。

「なにって……リスティア院長の私財だけでは、経営の立て直しは無理だから、みんなで切り詰めていこうって言う、話、だよ……ね？」

マリアが徐々に不安そうな顔をする。最悪のケースを想定したからなのだが——リスティアは「違うよ」とあっけらかんに言い放った。

「孤児院を建て直すだけのお金を用意してきたから、みんなはどんな風な建物が良いかな？　って言う話だよ？」

「……は？　え？　いや、あの……孤児院の建物を、建て直すお金を準備したの？　当面の生活費という話じゃなく？」

「うんうん、そうだよ？」

「は…………はああああああああああああああっ⁉」

信じられないと叫ぶマリアの傍ら、子供達が一斉に歓声を上げた。


――　6　――


「リスティア院長、この指は何本に見える？」

三本の指を立てた手をマリアが見せてきたので、リスティアは思わず唇を尖らせた。

「一応言っておくけど、あたしは正気を失ったわけじゃないからね？」

「でも、孤児院を建て直す資金を得たなんて言われても……リスティア院長は、どこかの貴族様だったりするの？」

「あたしは普通の女の子だよ？」

「……普通の女の子は、一晩で孤児院を譲り受けたり、孤児院を建て直すほどの資金を得たりなんてしないわよ」

「孤児院を譲り受けたり、お金を入手する方法があるだけの、普通の女の子だよ？」

「それもう、普通の女の子でもなんでもないわよ」

思いっきりため息を吐かれてしまった。普通であるがゆえに普通なはずなのに、普通の女の子になるのって大変なんだなぁとリスティアは思った。

「もう一度確認するけど、資金を得たのは本当なの？」

「うん。いまは手元にないけど、建て替えに必要な資金は商会が払ってくれることになってるんだよ。もうすぐ大工さんが来るから、そのときに聞いてみれば良いよ」

「……そうね、聞いてみることにするわ」

そんなわけでマリアの説得は完了――とリスティアは考えた。なので、テーブルの上に真っ白な図面を用意して、みんなの意見を取り入れた設計図を描くことにした。

「んーっと、んーっと、一人一部屋で、孤児が増えても対応できるようにして……あとは遊戯室と足湯。庭には遊び場だったよね。それと、あたしの部屋は二人部屋にして……」

さりげなく、いつか妹が出来たときのことを考えつつ、リスティアは細くしなやかな指でボールペンを走らせ、まるで定規を使ったかのように綺麗な製図を描き上げていく。

「院長先生、すっごーい」

「えへへ、ありがとう～」

子供達に褒められて上機嫌のリスティアは、離れを増やして大きなお風呂を追加した。ついでに孤児院本体も二階建てにして部屋を増やしておく。

「それと……こっちは畑。でもって、お店も建てちゃおうかなっ」

リスティアはよどみなく図面を引き、コの字型に連なる三つの建物を設計。

更には別の用紙を取り出し、そっちには給排水のラインや、空調用のダクトを書き込み、魔導具を使って、上下水道に、冷暖房を完備出来るようにする。

最後は、建物の素材を決めて、荷重計算を書き込んで、リスティアはあっという間に完璧な製図を完成させて——

「これは叩き台だから、みんなの希望があったら反映するよ～」

まだ叩き台だった。

子供達はわくわくして図面に目を通して、なぜか微妙な顔をする。

リスティアはどうしたんだろうと首を傾げるが、子供達は困惑顔で答えてくれない。リスティアは、困ったときのマリアに助けを求める。

「なにかダメだったかな？」

「えっと、なんと言うか……本当に、こんなに凄い建物を作れるの？」

「作るのはあたしじゃなくて大工さんだよ？」

「いや、そういう意味じゃなくて、資金とか。あと、この魔導具の給水システムってなによ」

「魔導具で、地下の水を汲み上げるシステムだよ？」

「いや、そもそも、そういうシステムが……うぅん、もう良いわ。後で大工さんに聞くから」

なんとなく、ダメな子扱いされた気がして、リスティアはしょんぼりした。そして、もっとマリア達に凄いって言ってもらえるように、もっともっと頑張ることにした。

なお、やりすぎて呆れられていることには残念ながら気付かない。

図面を完成させたリスティアは、子供達を連れて孤児院の外へとやって来た。

ちなみに、リスティアのストッパー役となっていたマリアは同席していない。この街にあるグラート商会の支部に、お金の立て替えについて確認に行くと出かけてしまったからだ。

どう考えてもリスティアの行動は非常識で、ちゃんと確認するしっかりしたマリアを褒めるべきなのだが——リスティアは、あたし信用ないなぁとちょっぴり落ち込んだ。

だけど、落ち込んでばかりもいられない。

リスティアの周囲には、十一人の子供達がいる。ここで良いところを見せれば、みんなが「お姉ちゃん凄い！」と言ってくれるかもしれない。

それに、確認に出かけたマリアだって、そのうち帰ってくる。

戻ってくるまでに色々と変えておけば、「私が留守のあいだにこんなに、お姉ちゃん凄い！」って言ってくれるかもしれない。

という訳で、やる気を出したリスティアは作業を開始することにした。

「まずは……古い建物を退かせるところから、かな」

サーチ系の魔法を使い、旧孤児院の基礎部分を確認する。その結果、地中にはほとんど手が加えられていないことが分かった。

これなら簡単だね——と、リスティアは無詠唱で魔法を発動。敷地の隅っこの土を、孤児院の建物と同じ広さで、深さを三十センチほど撤去。アイテムボックスに放り込んだ。

「うわぁっ、急に地面が陥没した!?」

「なになに、なんなの!?」

子供達が一斉に慌て始める。それを見たリスティアは、驚かせちゃったと反省。

「みんな落ち着いて、あたしが魔法で土を撤去しただけだから、驚くことなんてないよ～」

もしここに魔法の知識が多少でもある者がいれば「撤去しただけって、そんなわけあるか！」と全力で突っ込んだだろう。けれど、孤児院で育った子供達にそんな知識はなく——

「ふぁっ、院長先生って、魔法使いなんだ！」

「院長先生、すっごーい！」

子供達は純粋に驚き、凄い凄いと囃し立てた。

それを聞いたリスティアは、やった、凄いって言ってもらえたよ！　お姉ちゃんって言ってもらうまでもう少しだよ！　なんて喜ぶ。

そして、今度はみんなを驚かさないようにと、ちゃんと魔法陣を展開——凄まじく大きくて綺麗なそれは、子供達をなおさら驚かしたのだが、それはともかく。

孤児院を基礎部分ごと浮かし、先ほど空けたスペースにゆっくりと下ろした。

「お家が移動しちゃった！」

「院長先生、すごい、すごーいっ！」

興奮した子供達にしがみつかれ、リスティアは『わぁい、みんながあたしを慕ってくれてる。嬉しいよぅ。えへへ〜』と内心ではしゃぐ。

けれど、お姉ちゃんとしてそんな態度は見せられないと態度には出さず、「ありがとうね」と、みんなの頭を優しく撫でつけた。

ただ、表面上は平常心を装っていても、胸の内で興奮しているのは事実。

リスティアはさらにあれこれ進めることにする。

「よーし、それじゃ次、いっくよ〜」

まずは建築予定地を掘り下げて、基礎工事がすぐにおこなえる状態に持って行く。

続いて、地下千メートルほどをサーチ系の魔法で調べて、地下水と高温泉を確認。地上までぶち抜いて、そこにオリハルコンで作ったパイプを突き刺した。

学者が知れば『神話の金属を、給水のパイプにするなんて!?』と発狂するかもしれないが、リスティアにとっては絶対に錆びない金属くらいの認識である。

魔石を利用したポンプを設置して、いつでも温泉やお水を取り出せるようにした。もちろん、部屋にも温泉を引いて、足湯を作れるようにするのも忘れない。

「次は……下水だね」

家の設計図に従って、下水を流す場所にパイプをつなげ、魔石を使った浄化装置で汚水を処理、近くにある川にまで流すようにする。

もちろんパイプはオリハルコンで、学者が知れば『神話の金属を、下水のパイプに……』と涙したかもしれないが、もちろんリスティアは気にしない。

さくさくっと作業を終えてしまった。

そうして一息入れたリスティアはみんなを見たのだが、子供達はきょとんとしていた。

どうやら、基礎部分を掘り下げたのが確認できたくらいで、他の作業は見えない部分が多くて、子供達には理解できなかったのだ。

「院長先生、いまなにをしたの？」

「えっとねぇ、地下水と温泉を引いたんだよぉ」

「地下水と……温泉？」

孤児院で生まれ育った子供達は世間に疎いため、温泉を知らないのだろう。

そんな子供達にリスティアは優しい眼差しを向けつつ、「非火山性温泉って言って、地下の深いところにあるお湯を、魔法で地上まで汲み上げたんだよ」と教えてあげた。

もちろん、子供達にはその説明の半分くらいしか理解できなかった。けれど、魔法が凄くて、それを使える院長先生が凄いと言うことは理解できたらしい。

みんなが、リスティアに尊敬の眼差しを向けてくる。

リスティアは、そこでお姉ちゃんって呼んでも良いんだよ！　とか思っているのだが、子供達にとってリスティアは院長先生なので、いくら凄くてもお姉ちゃんとなるはずがなかった。

もちろん、リスティアは気付いていないのだけれど。

「ねぇねぇ院長先生、温泉って……もしかしてお風呂？」

赤い髪の女の子が紫の瞳を輝かせ、期待に満ちた視線を向けてくる。アヤネはまだ九歳ながらにおませさんで、マリアの次に世間について知っている。

先ほどのやりとりから、お風呂という答えを導き出したのだろう。

「アヤネちゃんの予想どおり、お風呂を作るんだよ～」

リスティアは、お風呂となる場所を指差し、あのくぼみ部分がお風呂で、こっちが脱衣所だよと説明していく――が、なぜかアヤネの表情が曇った。

「あれ、気に入らなかった？」

「うぅん。ただ、お風呂って、その……院長先生しか入れないのかなって」

「え、みんな一緒に入れるよ」

「……そうなの？」

なぜか、意外そうな表情。どうしてアヤネ達が意外そうなのか分からなかったけれど、リスティアはみんなに安心してもらえるように微笑んだ。

「完成したら、みんなで温泉に入ろうね」

「みんな一緒って……女の子だけ？」

「え、ここにいるみんなのつもりだけど？」

リスティアがそう口にした瞬間、男の子達は真っ赤になって、女の子達が慌て始めた。

ちなみに、子供達だけであれば問題はなかった。

いままではお風呂なんてなかったし、桶に汲んだ水で身体を拭く程度しか出来なくて、そこには男女別々と言っている余裕がなかったからだ。

けれど、リスティアは立ち居振る舞いともに、貴族の令嬢のように美しい。

そんなリスティアと一緒にお風呂だなんて、男の子達が真っ赤になるのは当然で、それを聞いた女の子達が慌てるのもまた必然だった。

ちなみに、女の子達はリスティアに嫉妬したわけではなく、綺麗で優しい院長先生の裸が、男の子達の目に晒されることを嫌ったのである。

なお、リスティア自身は、みんなおませさんだなぁなんて、暢気に思っていた。

だから、それを察した女の子達は『リスティア院長先生は無防備だから、私達が気をつけないといけない』と、リスティアが聞いたら泣きそうな共通認識を抱いた。

その後、アヤネ達に諭されたリスティアは、お風呂場を男女別に設置することを約束。敷地の隅っこに自家菜園を作ったりしていると、ようやく大工達がやって来た。

「待たせたな、俺が棟梁のウッドだ。グラート商会に言われてやって来た」

大工達の一人がリスティア達の前にやって来た。三十代後半くらいだろうか？　がしっとした体つき、いかにも親方っぽい見た目の男性である。

「初めまして、あたしが孤児院の管理をしているリスティアです」

「……ほう、孤児院の管理者が代替わりしたというのは本当だったんだな」

なにやら思案顔。リスティアはどうかしましたかと小首を傾げた。

「いやなに。前の院長はいけ好かないやつだったからな。あいつが関わってるなら、この仕事を断るつもりだったんだが……どうやら、違うようだな」

「ゲオルグ前院長なら、後を任すと言って旅立ちました」

さらっと嘘をつく。リスティアはちょっぴり悪い女の子だった。

「……旅立った、ねぇ」

ウッドはなんともいえない表情で呟き、リスティアの足下にまとわりついている子供達に視線を向け、目線を合わせるように片膝をついた。

「お前ら、このお姉ちゃんのこと、好きか？」

「うん、大好き！　だって、前の院長先生みたいにひどいことしないいんだ！」

「すっごく優しいんだよ！」

子供達が口々に答え、リスティアが「えへへ」と顔をほころばせる。それを見たウッドは「なるほど、嬢ちゃんは良い奴のようだな」と頷いた。

「よし、この仕事、俺達が引き受けよう」

「ありがとうございます。みなさん、よろしくお願いしますね」

リスティアが大工達に向かって微笑む。成り行きを見守っていた大工の男達が、リスティアの笑顔を見て顔をだらしなく緩ませた。

「よし、さっそくだが、どういう風に建てるか希望はあるか？　なにやら、基礎工事のような物が、始まっているみたいだが……」

「あぁ、あれはあたしが準備しただけです。希望は……出来れば、この図面のように建てて欲しいんですが、可能ですか？」

リスティアが図面をウッドに差し出す。その瞬間、ウッドは困ったような表情を浮かべた。

「あぁ～、嬢ちゃん。先に言っておくが、家って言うのは荷重計算とかがあってな。好き勝手に間取りを決めたら良いわけじゃ――おいおい、ずいぶんと詳細が書かれた図面だな」

図面に視線を落としたウッドが、食い入るようにその内容を確認し始める。それに気付いた他の大工達も図面をのぞき始め、思い思いの表情を浮かべた。

ほどなく、目を通し終えたウッドが、リスティアに視線を戻した。

「大した技術だな。どこにもほころびが見当たらねぇ」

「では、その通り作って頂けますか？」

「いや、それは無理だ」

「……ええっと？」

どこにもほころびがないのに、図面どおりに作ることは出来ないという。その意味が分からなくて、リスティアはきょとんとした。

「この図面に書いてあるとおりなら、なんの問題もねぇ。だが、書かれている素材がおかしいだろ。この数値どおりなら、攻城兵器でも壊れねぇような孤児院が出来ちまうぞ」

「ええ、そのつもりで設計しましたから」

素で答えるリスティアを前に、ウッドはなんとも言えない顔をした。

「……嬢ちゃん、一応言っておくが……この図面にあるような性能の建材なんて、この世界のどこにもねぇぞ？」

「あぁ、それはあたしが用意するから大丈夫ですよ。取りあえず、柱を用意しますね」

リスティアはアイテムボックスからオリハルコンを出すと同時に、それらを柱の形へと加工。敷地の片隅に積み上げていった。

「……は？」

ウッドや他の大工達が、目を丸くする。

「な、なんかいま、なにもないところから金属の塊が出てこなかったか？」

「ああ、俺にもそんな風に見えた。と言うか、その金属が柱に変形した気がする」

「けど……そんなことあるはずないよな？」

「ああ、ありえるはずがない。疲れてるんだよ、俺達」

大工達はゴシゴシと目を擦り、あらためて敷地の端っこに視線を向ける。そこでは、リスティアが現在進行形で、新しい柱を積み上げているところだった。

「現実、だと？」

「どうなってやがる⁉」

「おい、嬢ちゃん、なんだそれは⁉」

大工達が口々に言い放ち、リスティアに詰め寄ってくる。だがしかし、リスティアとて真祖のお姫様。いつまでも同じ失敗を繰り返したりはしないのである。

という訳で、リスティアは大工達へと振り返り、穏やかな微笑みを浮かべた。

「みなさん、これは魔法じゃないので、別に驚くことはないですよ？」

「いや、魔法とは言ってないというか、魔法でもそんなこと出来るはずないと言うか……」

「そうですよ。あたしは普通の女の子だし、そんな魔法出来るはずないですよ」

「そう、だな。いや、そうなのか？　なんだかわけが分からんが、だったらその建材はどうやって出したって言うんだ？」

混乱しつつも、なんとか状況を把握しようと尋ねてくる。そんなウッドに向かって、リスティアは穏やかに微笑み——

「これは手品です」

「……はあ？」

「だから、手品です」

「あぁ、なるほど。手品ね、手品。それなら、なにも不思議はない——はずないだろ⁉」

大工達から総ツッコミされた。

ただ、なぜかそれ以上追及されることはなかった。

だからリスティアは、なんだかんだと手品と信じてくれたのだろう——なんて思ったのだけれど、もちろんそんなはずはない。

リスティアは知り得ないことだが、リスティアが絶対にやらかすだろうと予想したナナミの進言により、グラートが根回しした結果。

ウッド達の仕事には、ここで見聞きしたことを口外しないことや、あれこれ追及しないこと。リスティアに普通じゃないと言わないことが含まれているのだ。

天使と称される自称普通の女の子は、真の天使によって護られていた。

けれど——

「ただいま——って、孤児院が移動してる⁉」

「院長先生が移動させたの〜」

「なにそれどういうことっ⁉」

戻ってきたマリアと子供達のやりとりがあり、大工達のあいだでは『あの嬢ちゃん、絶対普通じゃない』という共通認識が出来上がった。


——　7　——


孤児院の建て替えは迅速に開始された。

とは言え、リスティアの使う魔法のように一瞬で完成——と行くはずもなく、建て替えが完了するまでのあいだ、リスティア達は旧孤児院で生活していた。

——そんなある日。リスティアはマリアから相談を受けた。

「怪しい男が、うろちょろしてる？」

「ええ、どうも孤児院の様子をうかがったり、あれこれ聞いて回ったりしてるみたいなの。私、子供達のことが心配で……」

マリアによると、ここ数日で、何度かその男を見かけているらしい。

普通に考えれば、貧乏孤児院の羽振りが急に良くなったので様子を見に来た――と言ったところだが、リスティアは『妹や弟候補を探しに来たのかな？』と、ずれたことを考える。

「大丈夫、子供達は絶対に渡さないよ！」

あたしがみんなのお姉ちゃんになるんだから！　あとから来た人になんて、絶対の絶対に渡さないんだからね！　と、想いを込めて叫ぶ。

その瞬間、軽い吸血衝動に襲われ、リスティアは切れ長の眉をひそめた。けれどマリアはそれに気付かず「リスティア院長なら、そう言ってくれると思ったわ」と微笑んだ。

会話のキャッチボールが成り立っているようで成り立っていない。けれど、あちこちに跳ね返った結果、手には収まっているのでお互いに気付かない。

そんなわけで――


「今日はみんなにプレゼントがあるよ～」

昼食の後、リスティアは子供達に向かって笑顔を振りまいた。

テーブルの上に広げるのは人数分の装身具。葉っぱに三つの木の実が連なったような、男の子でも使えるようなデザインのブローチだ。

「うわぁ、キラキラしてて綺麗……」

「なんだこれ、すげぇ」

子供達がブローチと同じくらい、目をキラキラと輝かせる。

「みんなへのプレゼント、あたしが作ったブローチだよ」

「えっ、これ、院長先生が作ったの⁉　すっごーい――って、私達にくれるの⁉」

「うん、そうだよぉ～」

なお『この子達は、あたしが妹や弟にしようとしてるんだからね。後から来た人につけいる隙なんてないんだからね！』という主張が目的である。

これで、不審な男への対策はバッチリだね！　なんて思いながら、リスティアは子供達が、自分の衣服にブローチを装着するのをニコニコと見守る。

けれど、マリアが呆れ眼を自分へと向けていることに気がつき、そちらへと視線を向けた。

「……えっと、どうしたの？」

「どうしたのと言うか、突っ込みたいことがありすぎてなんと言えば良いのか」

「マリアのお話なら、あたしはちゃんと聞くよ？」

「なら言わせてもらうけど、こんな高価そうなブローチを身に付けてたら、狙ってくださいと言ってるようなものじゃない」

たしかにマリアのいうとおりだ。子供達はただでさえ可愛いのだから、ブローチで魅力が増したら、もっと妹や弟にしたくなるに決まっている。

なかには、我慢できなくなって子供をお持ち帰りしようとする人も現れるかもしれない。

だけど――

「心配はいらないよ」

「どういうこと？」

マリアが小首を傾げる。

その問いにリスティアが答えるより早く、子供達が騒ぎ始めた。

「あ、あれ？　手にあった怪我が消えていくよ？」

「私、なんだか目がよく見えるようになったよ。いままで、遠くはぼやけてたのに！」

「お腹痛いのが治った！」

「すっごい、身体が軽くなったよ！」

「わぁ、力が強くなったみたい！」

子供達を見たマリアが「今度はなにをしたのよ？」と、呆れ顔を向けてきた。

「作ったブローチに、エンチャントを施しただけだよ。身体能力の強化と、怪我の再生。それに状態異常の無効化を施してあるから、変な人に襲われても大丈夫だよ！」

リスティアの、ちょっぴり本気のエンチャント品である。

少し前のリスティアなら、あたしは普通の女の子だから――と、自重していたはずなのだけど、子供達は凄い凄いと喜んでくれるので、最近は自重がなくなっている。

いわく『あたしはちょっと凄いエンチャントが出来るだけの、普通の女の子だよ』だそうだ。

ここ数日で突っ込んだら負けと悟ったマリアは「みんなの安全が確保できてるなら良いわよ」と、自分のブローチを服につける。

「あ、ホントに身体が軽くなった気がするわ。これは便利ね」

マリアはリスティアの非常識っぷりに順応しつつあった。

なお、孤児院という閉鎖された空間で育った子供達は、リスティアが凄いとは思っても、ありえないような存在であるとは思っていない。

最初はリスティアを警戒しまくっていたアレンすらも、最近はすっかり懐柔されて「なんだこれすげーっ！」とはしゃいでいる。

ちょろい――と言いたいところだが、リスティアによる恩恵が凄すぎて、疑うのもバカらしくなったと言うのが、実際のところだろう。

こうして、リスティアがいることが普通の――よそから見たらとても普通とは言えない領域が、街の片隅に形成されつつあった。


そんなある日、グラートが訪ねてきた。

「こんにちは、リスティア様。本日はオークションの件でうかがいました」

「こんにちは、グラートさん。良かったら上がってください」

リスティアはふわりと微笑んで、グラートを旧孤児院の応接間に招き入れた。

「はあ……色々と噂は聞いていましたが、素晴らしい部屋ですね」

部屋を見回しながら、グラートが感心したような口調で言い放つ。

取り敢えずと言ったレベルで、自分の部屋と同程度に体裁を取り繕っただけの部屋なのに、グラートさんはお世辞が露骨だなぁと、リスティアは苦笑いを浮かべる。

「やっつけなので、そんな風に評価して頂くと恥ずかしいです」

「ははは……やっつけですか。リスティア様は本気で思っているのでしょうね」

「……ふえ？」

「いえ、こちらの話です。それではまず最初に、鑑定の水晶をお返しいたしますね」

グラートが、リスティアの作った鑑定の水晶を返品しようとする。けれど、リスティアはその水晶――と言っても、材質はクリスタルケージの欠片《ダイヤ》なのだが――受け取りを拒否した。

「それはグラートさんにあげたものですから」

「――なっ、本気で言ってるんですか⁉　アーティファクトも真っ青な鑑定の水晶ですよ⁉」

「やだなぁ。あたしが片手間に作ったの、グラートさんも見てたじゃないですか。アーティファクトなんて大げさな代物じゃない、普通のエンチャント品ですよぅ」

「どこから突っ込んで良いのやら……でも、本気で言っているんでしょうね」

「もちろん、本気ですよ。だから、遠慮せずにもらってください」

グラートの鑑定の水晶が砕けたのは、リスティアの作ったブローチが原因。

自分に責任があると受け止めているわけではないけれど、代わりの物を簡単に用意できるのだから、あげるくらいかまわないだろう――という考えである。

「……はあ、最近はなんだか、金銭感覚とか一般常識が崩れそうですよ。私の知っている普通は、どこへ行ってしまったんでしょうね……」

なんだかよく分からないけど、グラートは疲れているようだ。

妹の対象にならない相手にあまり興味はないリスティアだけど、お世話になっている相手を気遣うくらいの優しさは持ち合わせている。

「良かったら、体調を整えるエンチャント品もプレゼントしましょうか？」

「本気で止めてくださいっ、私の普通が帰って来れなくなりますからっ！」

なぜか、涙目で懇願されてしまった。

「えぇっと……必要ないというのなら、止めておきますけど。でも、鑑定の水晶はもらってください ね。じゃないと、あたしも責任を感じちゃいますから」

「……分かりました。ありがたく頂戴いたします。その代わり、今回のオークションでかかった費用や手数料は、全てうちで負担いたしましょう。もちろん、建築費用もね」

「……良いんですか？」

「良いもなにも、こっちが思いっきり得をしていますからね。気にしないでください。と言うか、こちらが気にしてしまうのでお願いします」

「……それじゃ、ありがとうございます」

リスティアは感謝の気持ちを込めて微笑んだ。

「お礼を言うのはこっちなんですけどね。えっと……それで、オークションでの落札金額ですが、大金貨で千八百枚となります」

「そうですか、ありがとうございます」

大金貨一千八百枚は、金貨に換算すると一万八千枚分。

一般人であれば――いや、たとえ貴族だったとしても、目を見開くような金額なのだが、金銭感覚のないリスティアは淡々としている。

その様子を見たグラートが「やはり驚きませんか」と苦笑いを浮かべた。

「どうかしましたか?」

「……いえ。問題なければ、運び込ませて頂きますが……よろしいですか?」

「かまいませんけど?」

どうしてわざわざ聞くのかと首を傾げた。

「いえ、孤児院に大金を置くのは危険なので……普通は」

「あぁ、なるほど。あたしが管理するので大丈夫です」

リスティアのアイテムボックスより安全な場所は存在しない。

という訳で、大金貨はリスティアが受け取った。

「それと……お伝えしたいことがあります」

これからが本番だとばかりに、グラートが表情を引き締める。

「……伝えたいこと、ですか?」

「ブローチですが、予想どおり、世間を揺るがすほどの話題となりました。オークションの落札金額も、参加者の中で一番、その時点で動かせる金額の多かった者が落札したという形です」

ブローチが紹介された瞬間、会場は騒然となった。そして参加者が次々に入札していき、やがて入札額が所持金を上回った者から脱落。

最終的には、資金を一番多く所持していたものが落札という結果に終わったらしい。

なので、落札できなかった参加者達からは、事前に告知があれば家を抵当に入れてでも資金を用意したのにと嘆く声が多く上がった。

つまりは、事前に告知しておけば、落札金額は更に上がったということ。

本来であれば、事前に告知するべきだったと嘆くところだ。

ただ、リスティアは高く売ることにこだわっていなかったし、大々的に宣伝して大きな組織にブローチを狙われたら、グラート商会では守り切れない可能性がある――などの判断があった。

だから、リスティアは納得済みの話ではあるのだけど――

「実は、落札できなかった者達が、出品者が誰か探りを入れてきています」

アーティファクトでもトップクラスのエンチャント品をサクッと売り抜けたことから、様々な憶測が飛び交った。そのことが様々な憶測を呼び、他にもまだ売るのであれば、自分と商談を――などといった思惑で動いている者達がいるそうだ。

「もちろん、依頼主を護るのも契約のうち。全力でリスティア様のことは隠し通そうとしたのですが、貴族達が本気になりまして」

「……隠しきれなかったってことですか？」

グラートは「今のところ、バレた兆候はありませんが……」と前置きを一つ。

自分がこの街に支店を持ち、ちょくちょく立ち寄っていることはもちろん、その支店が孤児院の建て直しの仲介をしたことも、隠し通すのは難しいと続けた。

そして、そんな孤児院の院長はつい最近代替わりしている。それらをつなぎ合わすことの出来る人物ならば、リスティアが出品者だと知ることも不可能ではないという話。

「申し訳ありません。その辺りも考えておくべきでした」

グラートが非を認めて頭を下げる。

「頭を上げてください。あたしが自分でなんとかしようとしていたら、絶対にもっと面倒なことになっていましたから。あたしは感謝しています」

「……ありがとうございます。そう言って頂けると、多少は救われると言うものです。本当は、こちらから警備を出したいのですが――」

「必要ないですよ」

「……そうですね。警備などつけたら、自分からオークションの出品者をばらすようなものですからな。分かりました。なにか困ったことがあれば、すぐに相談してください」

「ありがとうございます、そのときはそうさせて頂きますね」


――数週間。新しい孤児院の建築は順調に進んでいた。そんなある日の昼下がり。リスティアはいつものように、大工のみなさんに飲み物の差し入れをした。

「嬢ちゃん、いつもすまねぇな」

「いえ、あたしこそ、みなさんには感謝してます」

感謝の気持ちを持って笑顔で答える。

リスティアは、涼しげなワンピース姿で、漆黒の髪は無造作に後ろで束ねている。

明らかに育ちが良さそうなのに、ラフな姿でみんなと気さくにおしゃべりをする。リスティアはいまや、大工からも大人気となっていた。

俺、この建築が終わったら告白するんだ――などと、言う者が出る始末。もちろん、ウッドが睨みを利かせているので、リスティアは今のところ気がついていないが。

「ところで嬢ちゃん、一つ気になっていたんだが……聞いても良いか？」

「もちろんかまいませんけど、なんですか？」

リスティアはこてりと首を傾げた。

「孤児院の建て直しと、風呂は……まあ分かるんだが、正面に建てる建物はなにに使うつもりなんだ？　食堂っぽいが……それにしてはデカすぎやしないか？」

「あぁ、そこはお店を作るつもりです」

「……お店？」

「はい。軽食を中心とした、大衆食堂をするつもりです」

「食堂？　こんな立地じゃ、採算が取れないんじゃないか？」

「そこは気にしません。子供達に働いてもらうのが目的なので」

採算は気にせず働いて貰うとリスティアが言ったことで、ウッド達は目を見開いた。

「そう、か……子供のうちに働かせて、手に職をつけさせようって言うのか。嬢ちゃんは本当に、子供達のことを考えているんだな」

普通は、幼い子供――それも孤児を働かせてくれるような店はない。けれど、リスティアの作ったお店であればその心配はない。

今のうちに経験を積ませ、将来お店で働けるようにするつもりなのだとウッドは感心する。

なお、リスティアには他に思惑があるのだが――それは別のお話。子供達のことを考えているというのは事実なので、微笑んで受け流した。

「リスティアちゃん、リスティアちゃん」

大工の一人、メンバーの中では比較的若いお兄さんが、リスティアに話しかけてくる。

「はい、なんでしょう？」

「その食堂は、俺達平民でも食べに来られるのか？」

「ええ、もちろんですよ」

「「「おおおおおっ！」」」

なにやら大工達から歓声が上がる。若い大工ばかりではないのだが、リスティアはおじさんからも人気だった。「俺にもこんな娘がいたらな」なんて声も聞こえてくる。

「俺、店がオープンしたら食べに来るからな！」

「俺も来るぜ！」

「えへへ、みなさんのお越しをお待ちしてますね」

リスティアが可愛らしく微笑む。その瞬間、大工達の思いは一つになった。食堂がオープンしたら毎日通って、リスティアちゃんと仲良くなろう——と。

まあ、リスティアは知り得ないことなのだが。

「よし、そういうことなら迅速に建築を再開するぞ！」

「「「おうっ！」」」

大工達は飲み終わったコップを、リスティアが持っていたトレイに返却。やる気に満ちた顔で、建築現場へと戻っていった。

「すまねぇな、うちの若い者が」

最後に、ウッドがお茶をトレイに返却、苦笑いを浮かべる。

リスティアに対してアピールしている男達の暑苦しさに対する謝罪なのだが、まったくもって気付いていないリスティアは小首を傾げた。

そうして、リスティアはトレイに乗っているコップを魔法で洗浄してアイテムボックスの中へ。

「ところで、あたしに手伝えることはありませんか？」

「いや、気持ちだけ受け取っておくよ。これは俺達の仕事だからな」

「そうですか？　なにかあれば遠慮なく言ってくださいね。あたしとしても完成が早くなるのは歓迎ですから」

「ふむ……なら、一つ頼みがある。嬢ちゃんの出してくれた建材がかなり重くてな。二階部分に上げるのが大変なんだ。もし好きな場所に移動できるなら……」

「あぁ、なるほど。そういうことであれば、使いやすい場所に並べ直しますね」

言うが早いか、リスティアは建築中の孤児院の真横に、基礎工事でアイテムボックスに入れていた土を積み上げて硬め、二階部分へ続く坂道を作り上げた。

「おいおい、今度はなにをやったんだ？」

「もちろん、手品ですよ？」

「……そうか、手品なら仕方ないな」

なにやら悟りの境地に至ったウッドは、すんなりとその超常現象を受け入れた。

そしてそんなウッド達をよそに、建築の設計図が頭に入っているリスティアは、建材を片手でひょいっと持って、軽い足取りで二階部分へと続く坂を登っていく。

◇◇◇

リスティアが軽い足取りで建材を運ぶ。

通りすがりがその光景を見ても、リスティアが重い物を持っているとは思わないだろう。けれど、ウッド達はその建材が百キロを超えることを知っていた。

その結果「やっぱり嬢ちゃんはただ者じゃねぇ」という認識が共有されたのだが——

「あれ～、院長先生、なにしてるの～？」

子供達が数名、建材を運んでいたリスティアのもとに駆け寄った。

「孤児院を建て直すのに必要な建材を二階部分の側に運んでるんだよ」

「じゃあ、俺も運ぶ！」

「私、私も！」

リスティアにまとわりつく。そんな子供達を見たウッド達が最初に思ったのは、建築現場に子供が近づくのは危ないと言うこと。

子供達を退散させようと、慌ててリスティアのもとへと駆け寄るが——

「なら、みんなも運んでみる？」

リスティアの発言に、ウッドは目を剥いた。

「おいおい、なにを考えてるんだ嬢ちゃん。いくらなんでもそれは——」

ウッドは最後まで言うことが出来なかった。リスティアが百キロオーバーの建材をひょいっと手渡し、イヌミミの女の子が「よいしょ」と受け止めたからだ。

「「「――――は？」」」

同じことを考えて、子供達のもとに向かっていた大工達が一斉に間の抜けた声を漏らす。

「ゆっくり、丁寧に運ぶんだよ。絶対に他の人に迷惑かけちゃダメだからね？」

「うん、分かった～」

幼女に分類されるであろうイヌミミ族の女の子が、百キロ以上ある建材を二階部分へと運んでいく。

その足取りはゆっくりだが、大変そうには見えない。

「な、なんだ、どうなってやがる？」

「イ、イヌミミ族だからじゃないか？」

「たしかに獣人は、人間より力が強いと聞くが……幼女だぞ？」

混乱するウッド達の視線の先、リスティアが今度は人間の男の子に、同じように建材を手渡した。

そしてやはり、男の子は苦もなく建材を運んでいく。

そんな子供達の胸元にはブローチが輝いているのだが――さすがにそこまでは気付かない。

とにかく、その光景を目の当たりに、ウッド達は確信した。普通じゃないのは嬢ちゃんだけじゃなく、この孤児院そのものだ――と。

――8――

新しい孤児院の建築作業が始まって二ヶ月ほど過ぎたある日。リスティア待望の大浴場が完成した。

子供達の希望で、男女別々に分かれた二つの浴場である。

もちろん、子供達にもすぐさま浴場を開放。

リスティアは「裸の付き合いだよぉ～」と、男女見境なく誘って一緒に入ろうとしたのだけれど、女の子達に断固として反対されてしまった。

リスティア自身もまだ幼く、子供達はもっと幼い。まだ性的な意識なんてないだろうと思っていたリスティアは、みんなおませさんだなぁと感心する。

そんなわけで、浴場を開放した日の深夜。

リスティアにはその日の疲れなんてものはないのだけれど、久しぶりにのんびりしたい気分で脱衣所にやってきた。

まずはブラウスを脱ぎ、浄化の魔法を掛けてアイテムボックスへ。続いてブラ、ショーツ、最後にスカートと、同じ作業を繰り返す。

生まれたままの姿になったリスティアは、最後に長い髪をまとめ上げ、浴場へと向かった。

「えへへ、おっきなお風呂、久しぶりだよぉ～」

上機嫌のリスティアはお湯に浸かる前のマナーとして、浄化魔法で身体の汚れを浄化した。この時点でお風呂に入る必要はなくなったのだけれど、そこは気分の問題である。

と言うことで、かけ湯をして湯船にその身を浸した。

最初は下半身から、徐々に上半身まで浸かっていく。そうして肩まで浸かったリスティアは、寝転ぶことの出来るスペースでごろんと横になった。温泉の成分によるものか、はたまたプラシーボ的な効果か、リスティアはリラックスした気分になっていく。

「はぁ……気持ち良いよぅ」

ちゃんとしたお風呂に入るのはいつ以来だろうか——とぼんやりと考えたリスティアは、それが千年の眠りにつく前、姉達と入ったきりだと思い出した。

「お姉ちゃん達、今頃どこでなにをしてるのかなぁ……」

妹はまだ出来ていないけれど、妹がどういうものかは分かった。今なら姉たちがリスティアをどれだけ大切にしてくれていたかも分かる。

久しぶりに会いたいなぁ……とリスティアは考えた。けれど、さすがのリスティアも、この世界のどこかにいるか分からない家族の居場所をサーチすることは出来ない。

もっとも、大きな力でも使ってくれれば地域を限定できる。そうすれば、探すことだって可能だし、そのうち見つかるだろうとも思っている。

お姉ちゃん達に会うまでに妹をつくって紹介したいなぁ……なんて考えていると、脱衣所へと繋がる扉が音もなく開いた。そうして姿を現したのは、ブルネットの女の子。

「マリアも来たんだね～」

「誰――って、リスティア院長。いないと思ったらお風呂に入っていたのね。……もしかして、邪魔だったかしら？」

「まさか、そんなことないよぅ」

リスティアは柔らかく微笑んでお風呂から上がった。

「……リスティア院長、もう上がっちゃうの？」

「うぅん、マリアの身体を洗って上げようと思って」

「え、それは、その……私は」

警戒するように身を縮める。

恐らくは、自分が穢れているという意識が残っていて、更には他人に触れられる恐怖心が残っているのだろう。だから、みんなと一緒に入らず、こんな時間に一人でお風呂に入ろうとした。

そんなマリアの心情が分かったので、リスティアは大丈夫だよと微笑む。

「マリアは綺麗だよ。それに、あたしはマリアに怖がられたって平気だから。少しずつならしていこう。……ね？」

「……リスティア院長。えっと、それじゃ……お願い」

「うん、お姉ちゃんにお任せ、だよ！」

ちょっぴりお姉ちゃんぶって、マリアを洗い場の椅子へと腰掛けさせた。リスティアはその斜め後ろに膝をつき、シャワーを手に取る。

「はーい。それじゃ、お湯を掛けるねぇ～」

「ひゃっ⁉　な、なに？　なんなの⁉」

シャワーを知らないのだろう。シャワーから吹き出すお湯に、マリアがびくりと身を震わせた。

「これはシャワーと言って、効率よくお湯を浴びることが出来るんだよぉ」

リスティアは、びくつくマリアの横でシャワーのお湯を浴びてみせる。そうして、マリアの恐怖心が和らぐのを見計らって、その脚にお湯を掛けて見せた。

「――っ。くす、ぐったい……んっ」

びくりと身を震わせたけれど、先ほどのように恐怖を抱いているようではない。それを確認したリスティアは、ゆっくりとマリアの全身にシャワーを浴びせていく。

マリアの瑞々しい肌が、シャワーのお湯を弾く。リスティアの魔法によって細胞レベルで全身を再生された結果だ。

「気持ち良い……けど、こんな風にお湯を使うなんて、すっごく贅沢よね」

「自然の恵みだからね。好きなだけ恩恵にあずかって大丈夫だよ」

温泉が自然の恵みという意味では……まあ、間違っていないだろう。リスティアのアーティファクト級のあれこれや、地下千メートルまで力業でぶち抜いたことに目をつぶれば。

それはともかく、マリアの身体がある程度ぬくもったのを確認。リスティアは特製ボディーソープを取り出して、同じく取り出した特製スポンジに落として泡だてていく。

「よーし、それじゃあ、今から背中に触れるね」

マリアの背中にスポンジをそっと押し当てる。

「――っ」

マリアの身体がこわばった。

「マリア、大丈夫?」

「……大丈夫よ。反射的に身がすくんじゃうけど、リスティア院長が恐くないのは知ってるから」

「そっか……それじゃ、ゆっくり洗うから、痛かったりしたら教えてね」

怖がらせないように優しく。だけど、ちゃんと汚れが落ちるような力加減で擦っていく。

もちろん、リスティアの浄化魔法で汚れを落とすことも可能だけれど、お姉ちゃんは妹の身体を洗うもの、そう姉たちから教え込まれていたリスティアは、その教えを忠実に守る。

――嘘だ。リスティアは今まで、浄化魔法を使わずに身体を洗ってくる姉たちに疑問を感じていた。

けれど、今こうしてマリアの身体を洗っていると優しい気持ちになる。

姉たちがリスティアの身体を洗いたがるわけが、今ようやく分かった気がした。

幸せなひととき。

だけど――マリアの背中を洗い終えて、次はどこを洗おうかなと思ったそのとき、リスティアの視界に、マリアの艶めかしい首筋が映った。

その瞬間、どくんと心臓が高鳴り、今までになく強い吸血衝動が湧き上がる。

「――あっ、くっ……」

とっさに唇を噛んで衝動に耐える。

だけど、いつもはすぐに治まる衝動は、治まるどころか強くなっていく。今すぐマリアを掻き抱き、その首筋に牙を突き立てたい。そんな衝動に駆られる。

――ダメ、だよっ。マリアは大切な妹候補で、絶対に食料なんかじゃない！　それに、マリアはゲオルグ院長に酷いことされて傷ついている。そんなマリアを、襲うなんて絶対に出来ないっ。

血が出るほどに唇を噛み、自分の内から湧き上がる衝動に耐える。

「……リスティア院長？」

気がつけば、振り返ったマリアが自分を見上げていた。その無防備な裸体が目の前に広がり、リスティアは思わず仰け反った。

「……リスティア院長、どうかしたの？大丈夫？」

「え、あ、大丈夫だよ。でも、後は自分で洗えるよね。それとも、前もあたしに洗って欲しい？」

「そ、そんなこと言わないわよっ」

「ふふっ、そうだよねぇ」

真っ赤になるマリアに、必死にいたずらっぽい顔で笑いかける。そうして、さっとお湯で泡を洗い落として「それじゃあたしは先に上がるからね」と、浴場から逃げ出した。

「はぁ……っ。ぅあ……どう、して」

自分の部屋に逃げ込んだリスティアは、ベッドで自分の胸を押さえてうずくまっていた。部屋に戻っても、吸血衝動が一向に治まらない。

もちろん、リスティアのアイテムボックスの中には様々な食材が入っており、中には生き血がしたたる――と言うか、まだ血抜きもしていないような肉も存在している。

だけど、リスティアの身体は、そういった血では満たされなかった。リスティアが飲みたいと感じるのは、マリアやナナミ、そして孤児院の子供達の生き血。

だけど、だからこそ、リスティアは苦しんでいた。

食事として血を飲む行為自体に抵抗はないけれど、マリアやナナミ、それに孤児院の子供達は、リスティアにとって大切な家族だ。

なのに、その家族を食事の対象として見ている。その結論にいたってショックを受けた。

「ぁう……っ。はぁ……あたし、どうしたら」

必死に頭を働かせるけれど、対策が思いつかない。

このままじゃ、いつかマリアを襲ってしまう。だけど、そんなことをしたら、マリアは一生心に消えない傷を負ってしまうだろう。もちろん、他の子供達を襲うのもありえない。

状況を知っているナナミなら、怯えさせる心配はない。事情を話せば、快く血を飲ませてくれるはずだけれど……リスティアはナナミを食料として見たくない。

こうなったら、一度この街を離れるしかないかもしれない。そんな風に思い始めたそのとき、不意に部屋の扉がノックされた。

「……誰？」

「私、マリアだけど……入ってもいい？」

「マリア……」

よりによってこのタイミングで――と泣きそうになる。だけど、掛けられた声はなんだか不安そうで、そんな声を出すマリアを拒絶するなんてことも出来そうになかった。

だから――

「うん、もちろん、入っていいよ」

リスティア唇をきゅっと噛んで、なんでもない風を装ってマリアを迎え入れた。

「お邪魔します――って、どうしたの⁉」

薄手のパジャマを身に纏ったマリアは、ベッドでうずくまるリスティアを見て駆け寄ってきた。

「うぅん、なんでもない、よ」

平気な顔を取り繕って微笑みを浮かべる。

「嘘つき。ちっともなんでもないように見えないわよ。どうしたの？　熱があるの？」

マリアはお姫様ベッドに上がり、リスティアのおでこに手のひらを押し当ててくる。パジャマ姿で、リスティアを心配するナナミが愛おしい。

リスティアがそう思った瞬間、吸血衝動は更に強くなった。

「くっ……」

「熱は……ないわね。でも、だったらどうして……」

「なんでも、ないよ」

「なんでもなく見えないって言ってるでしょ！」

声を荒らげる。そんなマリアを初めて見たリスティアは、驚きに目を見開いた。

「リスティア院長が、ときどき苦しんでるのは知ってたわよ」

「そ、そうなの？」

「ええ、そうよ。それなのに、なんでもないって……どうして教えてくれないの？　リスティア院長からみて、私ってそんなに頼りない？」

「そんなことは、ないよ」

繊細で弱いのに、子供達のために必死に頑張っている。マリアが頼りないとは思わない。だけど、大切なマリアに、自分の事情を話すことは出来ない。

そう思ったのだけれど――

「だったら、ちゃんと私に話してよ。悲しいじゃない！」

マリアは必死な様子で訴えかけてきた。

それに驚いたリスティアは、一時的に吸血衝動を忘れてマリアを見つめる。

「……マリア。悲しいって……どうして？」

「そんな風に聞かれると、凄く寂しいわ。リスティア院長は私を闇から救い出してくれた。そんなリスティア院長の様子がおかしければ、心配するのは当然でしょ？」

「恩返しって……こと？」

「そうね。でも、義理とかじゃないわよ。私はリスティア院長に凄くすっごく感謝している。だから、リスティア院長の力になりたい。心からそう思っているわ」

「マリア……」

マリアは心から心配してくれているのに、リスティアはそんな相手を食料としてみている。自分はマリアの気持ちを裏切っている。その事実に胸が苦しくなった。

だけど――打ち明けるか否か、迷ったのは一瞬だった。

マリアを食料としてみることが裏切り行為であるのなら、事情を打ち明けて欲しいというマリアを拒絶するのもまた裏切り行為に他ならない。

吸血衝動は自分の意思でコントロールできないけれど、マリアに事情を打ち明けるかどうかは自分の意思で決定することが出来る。

だから――リスティアは自分の罪を告白する決断を下す。

「あたし、実は……マリアのことを襲いたくて仕方がないの」

「――ふえっ⁉」

マリアが素っ頓狂な声を上げた。そして淡々と視線を彷徨わせた後、ベッドの縁まで後ずさると、その身を掻き抱いた。

パジャマ一枚のマリアが自分のお腹辺りを抱きしめたものだから、年齢や背丈の割りに豊かな胸が強調される。それがなんだか艶めかしく見えた。

「リ、リスティア院長、私を襲いたいって、それって、その……本気？」

「うん。今すぐ襲いたいって思ってる」

「そ、そう、なんだ。えっと、その、私はリスティア院長に助けられたわけだし、その、穢れちゃってるけど、こんな私が欲しいって言ってくれるのなら……」

「でも、ね。それと同時に、あたしは大切なマリアを食料としてみたくないって思ってるんだよ」

「リ、リスティア院長が望むのなら、私は別に一夜の食料でも……食料？……どういうこと？」

マリアがこてりと首を傾げた。

「えっと……だからね。あたし、最近マリアの血が飲みたいって衝動に囚われて、襲いそうになっちゃってるの」

「……ええっと、血？　どういうこと？」

やっぱりきょとんとしている。

リスティアは、自分の正体をまだ打ち明けていないことを思い出した。

「えっと……あたしは、ヴァンパイアなの」

真祖という事実は伏せる。ナナミの反応を思い出しても、ヴァンパイアであること以上に、真祖であると言うことは衝撃を与えそうな気がしたからだ。

とは言え、ヴァンパイアである事実ですら、マリアを驚かすのには十分だった。

「ヴァンパイア……って、え？　本気で言ってるの？」

「うん。あたしは人間じゃなくて、ヴァンパイアだよ」

リスティアが繰り返した直後、マリアはびくりと身を震わせた。やっぱり怖がらせちゃったと、リスティアは後悔した。

だけど……そんなリスティアの袖を、不安そうなマリアの小さな手が掴んだ。

「……マリア？」

「リスティア院長は、どうして私達を助けてくれたの？　私達の血が欲しかったから？」

「ち、違うよ！　そんなこと、全然考えてなかったよ」

「そう、なの……？」

「うん。あたしが孤児院に来たのは、困ってる子供を助けて仲良くしたかったからだよ」

「でも、今は私の血を吸いたいと思ってる？」

「それは……うん」

マリアに追及されて、リスティアは力なく頷いた。いくら動機が別のものだとしても、結果的にそうなっているのは事実で、言い訳の余地はないと思ったからだ。

だから、マリアに嫌われたって仕方がない。罵られたって受け入れるしかない。

そう思ったのだけれど――

「ねぇ……ヴァンパイアが眷属を作るのって、血を吸うのじゃなくて与えた場合、よね？」

「うん、そうだよ」

「だったら、私の血を飲んでくれても良いわよ」

それは、ナナミと同じような反応で、ある意味では予想していた申し出だ。だけど、だからこそ、リスティアはそれは出来ないよと即答した。

「どうして？　私の血が飲みたいんでしょ？」

「飲みたいけど、飲みたくないんだよぅ」

「……どういうこと？」

「だから、ね。マリアの血を飲みたいって衝動はあるけど、あたしはマリアのことを大切な、その……家族だって思ってる。だから、そんな家族を食料として見たくない」

心の内を打ち明ける。そんなリスティアを前に、マリアは「私のこと、そんな風に思ってくれてたのね」と頬を緩めた。

「ねぇ、リスティア院長。どうして私の血が飲みたいと思ったの？」

「マリアの血が飲みたい理由？」

「うん、私の血だから欲しいの？　それとも、誰の血でも良いの？」

「それが……あたしにも良く分からないの。どうしてだか、マリアやナナミちゃんを見ていると、不意に吸血衝動に襲われちゃうことがあって……」

「私やナナミちゃんを見ていると？」

「うん。可愛いなぁって思ってみてると、吸血衝動が襲いかかってくるんだよね」

リスティアが打ち明けると、マリアは考えるような素振りを見せた。

「ねぇ……ヴァンパイアが血を吸うのはどうしてなの？」

「えっと……食事的な意味が強くて、身体能力が上がるからだよ」

「ホントに？　親愛の証かなにかじゃないの？」

「うぅん、そんなことはないよ。と言うか、それならこんなに苦しんだりしないよ」

「でも、私やナナミちゃんを、その……可愛いって思ったときに、吸血衝動が湧き上がってくるのよね？　だったらやっぱり、それって愛情表現なんじゃないの？」

「そんなはずは……」

「ないとは言い切れないはずよ」

リスティアのセリフは途中で、マリアによって否定されてしまった。

「……どうしてそう思うの？」

リスティアが問いかけると、マリアは少し迷う素振りを見せた後に、あのねと口を開いた。

「私が奉仕活動をした相手の中には、歪んだ愛情表現を持っている人が一杯いたわ。そしてそれは歪んでいても、紛れもなく愛情表現なのよ。たとえ一方通行だとしてもね」

「ええっと……その、それって、あたしの愛情表現が歪んでるって……言ってる？」

予想の斜め上で反応に困ってしまう。

「普通のヴァンパイアがどうかは分からないけど……リスティア院長のそれが愛情表現じゃないとは言い切れないはずよ？」

「それは……そうかもしれないけど」

「そうかもじゃないわ。と言うか、実際はどっちでも良いわ。私はその愛情を受け入れる」

マリアは言い放ってパジャマの肩をはだけた。そして、リスティアに首筋を見せてくる。

「マ、マリア？」

「リスティア院長が私の血を飲んで楽になるのなら、それがどんな理由でも飲んで欲しい。それに、その衝動が私を大切だという思いから来てるのならなおさらよ」

少し照れくさそうにマリアが言い放つ。それを見た瞬間、リスティアの中で再び吸血衝動が湧き上がってきた。そして気付いたら、ベッドにマリアを押し倒していた。

「ひゃう……リスティア院長、優しくしてね」

「……ん、ごめん。それじゃ、血を吸わせてもらうね」

なんだかんだと言って恐いのだろう。首筋を見せて小さく震えている。そんなマリアの頬を優しく撫でつけ、まずは首筋にチュッとキスをした。

「……リ、リスティア院長？」

「まずは痛みを感じないように、首筋を麻痺させるからね」

唾液に麻痺させる成分を含み、マリアの首筋に舌を這わせる。

「ひぁ……んっ、くす、ぐったい」

「……んっ。もう、大丈夫だよ。それじゃ、……血を飲ませてもらうね？」

「うん。……来て、リスティア院長」

マリアが両手を広げ、リスティアの首に抱きついてくる。そうして抱き寄せられるに任せ、リスティアはマリアの首筋に牙を突き立てた。

「――ぁ、ん……」

「ちゅ、んっ、ちゅ……」

マリアの首筋から流れる血を、リスティアは舌を這わせて舐めとっていく。それに伴い、信じられないほどの多幸感がリスティアを包み込んでいく。

膨れあがるのは、マリアが愛おしいという気持ち。リスティアは夢中になって、マリアの首筋に舌を這わせる。

「はぁ……ぁん、……はあ、はぁ……。リ、リスティア院長、まだ……ぁ、なの？　私、このままじ

や、ちょっと……ぁう」

マリアは身をピクリと震わせ、息も絶え絶えになっている。マリアの声で我に返ったリスティアは、治癒魔法でマリアの首筋の傷を治療。首筋に残った血を、舌で綺麗に舐めとった。

「マリア……その、ごめん。痛くなかった？」

「え、えぇ……平気よ。と言うか、痛いどころか……その。うぅん、とにかく、リスティア院長は、もう大丈夫なの？」

「えっと……」

リスティアは言われて、自分の体調を確認する。

凄く多幸感に包まれていて、全身に力がみなぎっている。そして、さっきまであった飢餓にも似た吸血衝動は綺麗さっぱりと消えていた。

「マリアのおかげで、吸血衝動はなくなったみたい」

「そっか……リスティア院長の役に立てて嬉しいわ」

マリアが可愛いことを言う。それを見たリスティアに、再び吸血衝動が――とは、幸いなことにならなかった。けれど、吸血したときの多幸感を思い出して、ちょっぴり欲しくなってしまう。

当分は大丈夫そうだけど、またいつか欲しくなりそうだ。

「えっと、その……マリア。もし嫌じゃなければ……その」

「ええ。リスティア院長が私を欲しくなったら、いつでも言ってくれて良いからね」

「……ありがとう、マリア」

こうして、リスティアを苛んでいた吸血衝動の騒ぎはひとまず解決した。

エピソード4　自称普通の女の子、孤児院で普通の食堂を経営する

孤児院の建て直しともなれば、半年は必要となる――と、マリアは思っていたのだけれど、結果的にはその三分の一程度の時間で終わってしまった。

リスティアが、大工達にあれこれ手を貸したからだ。

しかも、旧孤児院の撤去は文字通り一瞬、まばたきしているあいだに終わってしまった。懐かしくなったら、また取り出すからね――って、もはやなにがなんだか。

常識的に考えてありえないけれど、リスティアにとってはそれが普通。そんな非常識な現実に、マリア達は順応しつつあった。

ともあれ、孤児院の建て直しは完了。その日の夜、リスティアから食堂に集まるように言われ、マリアを初めとした子供達は食堂に集合する。

ただ、渡された服を着て集まるように――と言うことだったのだけれど、マリアが渡されたのは、スカート裾の短いメイド服だった。

この二ヶ月ほどで積み上がったリスティアに対する信頼があるので、着替えを拒否するなんてことはなかったけれど、マリアはどうしてメイド服なんだろうと首を傾げた。

「みんなお待たせ。……うん、着替え終わってるね」

お店のフロアに遅れてやって来たリスティア自身は、ゴシックドレスを身に纏っている。サラサラ

の黒髪もそのままで、なにやらお嬢様といった立ち姿。

マリアは同性ながらに、リスティアの立ち姿に見とれてしまった。

「マリア？」

「……え？　な、なにかしら？」

いつの間にか、リスティアに顔を覗き込まれていて慌てる。

「その制服、なにか問題はないかな？　って聞いたんだけど」

「あ、あぁ……大丈夫よ。とっても着心地が良いわ。でも……どうしてメイド服なの？」

マリアは首を傾げる。

ちなみに、マリア以外の女の子もメイド服で、男の子は執事服というチョイス。子供達は気に入っているようだけど……どうして食堂でそんな制服なのかと首を傾げる。

けれど——

「どうして……って、食堂と言えばメイドや執事でしょ？」

どうしてそんなことを聞くの？　とでも言いたげな表情。

リスティアはお城暮らしだったので、食堂で働いていたのはメイドや執事という感覚。素で言っているのだが、リスティアの素性を知らないマリアには分からない。

「……まあ、どうせ私は厨房だし、かまわないけどね」

食堂をすると聞かされた時、マリアは焦っていた。相手が同性でも、急に触れられると反射的に払いのけてしまう。ましてや年上の異性なんて、近寄られるだけでも恐くなる。

とてもじゃないけれど、フロアでは働けないと思っていたからだ。

けれど、リスティアはその辺りの気持ちも考えてくれていたようで、マリアが厨房で働けるように、料理を教えてくれた。

色々なことで非常識だけど、凄く思いやりのある、優しいお姉ちゃん。それがリスティアに対する、マリアの評価だった。

もっとも、恩人で孤児院を管理する立場にあるリスティアを、お姉ちゃんだなんて呼べるはずもなく、本心を隠してリスティア院長と呼んでいる。

もしリスティアが知れば、そこはお姉ちゃんと呼ぼうよ！　とマジ泣きするだろう。

「この食堂を作ったのには、いくつか目的があるの」

リスティアが切り出した途端、子供達は一斉に口を閉ざして注目する。この数ヶ月で、リスティアはすっかり子供達の信頼を勝ち取っていた。

自分はもっと長い時間が掛かったのに――と、マリアはほんのちょっぴりの嫉妬。そしてそれ以上に、自分を救ってくれたリスティアはこんなに凄いんだって誇らしい気持ちになる。

「まず一つ目は、みんなに働く経験をして欲しいということ」

リスティアが最初に切り出したのは、子供達の手に職をつけさせるというお話だった。他の子供達はピンときていないようだったけど、マリアにはその理由がよく分かった。

マリア自身もそうだけれど、孤児達はやがて巣立たなくてはいけない。そのときに一番困るのは、働き先が見つからないと言うこと。

でも、孤児院にいるあいだに経験を積めば、将来的に職を見つけやすくなるはずだ。

マリア達にとっては凄くありがたい話だけど――

孤児院は街の外れ、丘の上にぽつんと存在している。ただでさえ、黒い噂があった孤児院という理由で敬遠されそうなのに、人通りはないに等しい。

とてもじゃないけど、採算が取れるほどのお客さんが来るとは思えなかった。

もっとも、リスティアであれば、採算なんて取れなくても良いと言いそう――程度のことはマリアも予想している。けれど、客が来なければ、働く練習にもなりはしない。

それをどうするのか――とマリアが考えていると、リスティアはちょうどその話を始めた。

「フロアで働くみんなに、一つのルールを設けるね。それは、お店に来たお客さんを、お兄ちゃん、お姉ちゃんと呼ぶことだよ！」

リスティアが高らかに宣言する。

それを聞いた他の子供達は、ぽかんとした表情。だけど、マリアはその言葉を聞いた瞬間、さすがリスティア院長だと感心した。

なぜなら、奉仕活動を数多くさせられたマリアは、年上の男性が『お兄ちゃん』とか『お父さん』とか呼ばれると喜ぶことを経験で知っていたからだ。

孤児院の子供達は奉仕活動を目的とした奴隷候補として集められていたので、もともと磨けば光る素材が多かった。それに加え、リスティアの介入によって、子供達はこれでもかと磨かれている。やたらと美少女や美少年の集まる孤児院と化していた。

そんな子供達――ましてやリスティアに、お兄ちゃんお姉ちゃんと呼ばれるのなら、街外れであろうと足を運ぶ客はいるはずだ。

ちなみに、マリアはお兄ちゃんと呼ぶように強制されたことがある。だからその辺りのあれこれは、マリアに辛い過去を思い起こさせる。

けれど、リスティアはマリアが厨房で働けるように取り計らってくれているし、もしなにかあったとしても、必ず護ってくれると信じられる。

ここ最近のあれこれで、リスティアに対する信頼が限界を突破していたマリアは、これもきっと私に対するリハビリで、私のことを考えてくれているんだと受け取った。

綺麗で優しくて、思いやりもあって、発想も豊か。

このリスティアお姉ちゃんにずっとついていきたいと、マリアは心から思う。

だから、マリアは精一杯の敬意を込めて「分かったわ、リスティア店長」と呼んだのだが——なぜか、リスティアはくずおれた。

◇◇◇

オープン初日。リスティアは食堂の控え室でしょんぼりしていた。

興味本位で来てくれたお客さんがちらほらいるとは言え、まだあまりお客さんが来ないことが理由——ではなく、子供達にお姉ちゃんと呼んでもらえなかったからだ。

まさか、お姉さんから院長先生。院長先生から店長に移行して、お姉ちゃんが遠ざかるとは夢にも思っていなかった。非常にしょんぼりな結果である。

もちろん、お客さんを、お兄ちゃんお姉ちゃんと呼ぶように言っただけで、自分もそう呼んでもらえるようになると考えていたわけではない。

ただ、練習でお姉ちゃんと呼んでもらって、それを足がかりに——なんて考えていたリスティアは、見事に出鼻を挫かれてしまったのだ。

はぁ……マリアはあたしのこと、お姉ちゃんみたいには思ってくれてないのかなぁ。あたしはみんなのこと、妹や弟みたいに思ってるんだけどなぁ。

お姉さんと呼ばれていた頃が懐かしいよ……と、リスティアは嘆いた。

もちろん、強制的にお姉ちゃんと呼ばせることは簡単だ。けれど、リスティアが望むのは、お姉ちゃんと呼ばれることではなく、お姉ちゃんと慕われること。

強制しては、その目的は叶えられない。

「リスティア店長、少し相談があるんだけど……もしかして疲れてる？」

控え室に顔を出したマリアが、そんな風に尋ねてきた。それを聞いたリスティアは、ささっと背筋を伸ばして微笑みを浮かべる。

「大丈夫だよ。それに、マリアの相談なら喜んで聞くよ」

「あ、ありがとう」

マリアは少し頬を赤らめた。リスティアのセリフと笑顔に魅せられているのは明らかなのだが、リスティアと話す相手は大抵こんな感じなので、リスティアは気付かない。

「それで、相談ってどんな内容？」

「実はお客さんから要望があって、メイドを指名できないかって」

「指名って……どういう意味？」

「ほら、テーブルごとに一人ついて、対応することになってるでしょ？」

「あぁ……そっか」

現在は順番に給仕をさせているので、客にどの子供がつくかは性別も含めてランダムだ。性別はもちろん、誰に給仕をしてもらいたいという要望もあるのだろう。

「対応できる範囲なら指名しても良いって伝えて。ただし、問題を起こすようなお客さんは、叩きだして良いからね」

「……ありがとう、リスティア店長」

マリアが喜んでくれて、あたしも嬉しいとリスティアは思ったのだけれど――

「じゃあ、最初のご指名よ、リスティア店長」

続けられた言葉は意味が分からなかった。

「えっと……どういうこと？」

「例の大工さん達が来てるんだけど、リスティア店長に給仕をしてもらいたいと」

「ええ、そうよ。もしそのつもりがなければ、断ってくるけど」

「……あたし？」

「ふみゅ……」

リスティアには姉がいたので、妹として振る舞うことはやぶさかじゃない。けれど、リスティアの目的はあくまで、子供達にお姉ちゃんと慕われること。

そのためにはどうするべきかを考えた。

その結果――リスティアは自らもメイドとして働くことにした。

今までのリスティアは店長。けれど、同じメイドになればみんなの先輩。つまりは、店長よりはお姉ちゃんに近そうだと思ったからだ。

「良いよ。それじゃ、すぐに着替えてくるねっ」

「分かったわ、少し待つように伝えておくわね」

クルリと身をひるがえし、マリアが控え室から退室する。それを見届けると同時、リスティアはワンピースの両肩部分を手で摘まんで、ふわっと脱ぎ捨てた。

そうして可愛らしいブルーの下着姿になったリスティアは、アイテムボックスにワンピースを収納。代わりに食堂の制服であるメイド服を取り出す。

そして瑞々しい身体を、メイド服で包んでいく。

最後に髪を背中で無造作に束ねていたヒモをほどいて解き放つ。艶やかな黒髪は、ヒモの痕一つ残さず、サラサラと流れ落ちた。

「えへへ、念のために作っておいて正解だったね」

姿見の前でクルリと回って身だしなみをチェック。リスティアは柔らかに微笑んだ。その姿はまさしく天使と呼ぶにふさわしい姿だった。

リスティアは「うん、どこからどう見ても普通の女の子だね」とか呟いているが。


それからフロアへと顔を出し、まずはにっこりと微笑みを浮かべる。

そんなリスティアに気付いた子供やお客達が、可憐な立ち姿に目を奪われるが、リスティアは気にせず大工のウッド達がいる席へと向かった。

貴族のようにしずしずと――ではなく、軽やかな足取りでウッド達の前に。

「えへへ、お帰りなさい、お兄ちゃん～」

メイド服に身を包むリスティアの天使スマイルは、見ていた者達を一瞬で虜にした。あまりに衝撃的だったのか、ウッド達は硬直している。

「ウッドお兄ちゃん、ご注文は決まったの？」

「う、あっ……っと、嬢ちゃん、俺はお兄ちゃんなんて歳じゃねぇ。出来れば他の呼び方にしてくれねぇか？」

「えっと……なら、ウッドお父さん？」

小首を傾げて問い返す。それを聞いたウッドは身を震わせた。

「な、なんだこの、言いようのない感動は。俺もこんな娘が欲しかったっ！」

「ズルいぜ棟梁！　リスティアちゃん、俺はお兄ちゃんって呼んでくれ！」

「はーい、お兄ちゃん」

「くあああああっ、最高かっ！」

ウッドに続き、二人目の大工も身もだえた。

「俺、今日から毎日、この店に通うから！」

「お兄ちゃん、ありがとう～」

「やべぇ、俺もう、死んでも良い！」

続いて三人目――と、大工達は次々にリスティアの虜になっていった。

彼らはリスティアのファンになり、やがて自称普通の女の子を見守る会を発足。その勢力を大陸中に広めていくことになるのだが……まあそれは別の普通のお話。

「なにか、なにか俺に出来ることはないか!?　なんでも言ってくれ！」

「それじゃ、注文してくれると嬉しいなぁ～」

「「「――任せろ！」」」

という訳で、リスティアはウッド達の注文を受け、それを厨房にいるマリアに伝える。

「リスティア店長……もしかして、以前にもこういうお店をしてたの？」

「え？　うぅん、初めてだけど？」

「そうなの？　それにしては、妙に板についてるような……」

マリアが首を傾げるが、リスティアはほとんど素だったりする。

もちろん、お兄ちゃんと呼んでいるのは要望に応えているだけだけど、リスティアのまわりには今まで歳上の家族しかいなかった。

つまりは、マリア達に話すリスティアがお姉ちゃんぶっているのであって、先ほどのような話し方こそが、リスティアにとっての普通なのだ。

「それより、マリアの調子はどう？　なにか、分からないこととかない？」

「ありがとう。手際はまだリスティア店長に敵わないけど、今のところ問題はないよ」

「そっか。マリアは筋が良かったもんね」

孤児院の建て直しをしている数ヶ月のあいだ、マリア達に料理の練習をさせた。

そんな中で、もとから孤児院の食卓を支えていたマリアは筋が良く、リスティアの持つレシピをどんどん吸収している。念のためにと訊いてみたのだけれど、杞憂だったようだ。

「もしなにかあったら、遠慮なく言ってくれて良いからね」

リスティアは微笑む。そうしてマリアが料理をする様子を眺めていると、フロアからリスティアを呼ぶ声が聞こえてきた。

「――リスティア店長、ご指名のお客さんだよ～」

「はーい」

アヤネの呼びかけに答え、リスティアは早足でフロアへ。指示された方に向かうと、ボックス席に座る、ナナミとエインデベル、それにリックの姿があった。

「ベルお姉さん、ナナミちゃん、リックさん。みんな来てくれたんだね」

「いやいや、そうやないやろ？」

「……ふえ？」

いきなりダメ出しされて、リスティアはきょとんとした。

「このお店、客をお兄ちゃん、お姉ちゃんって呼ぶって聞いたで。だから、うちのことはベルお姉ちゃんって、呼んでや」

「ベルお姉ちゃん？」

「そうや、リスティアちゃんのお姉ちゃんやよ！」

いきなりエインデベルが飛び掛かってくる。それをリスティアはひょいっと回避した。

「ちょ、なんで避けるん!?」

「メイドさんに触っちゃダメだよ～」

「せやかて、うちとリスティアちゃんの仲やん！」

「それでもダメだよぅ。例外を認めちゃったら、他の子供達が困るから」

エインデベルに抱きつかれるリスティアを見て、メイドに抱きつく男が現れたら大変という意味。

それを理解してくれたのだろう。

エインデベルは「そういうことならしゃあないね」と諦めてくれた。

「あ、でも、それやったら、このお店じゃないときやったらええか？」

つまりは、お店以外で抱きしめさせろと言う意味。リスティアは、小さく息を吐いた。

「もぅ、仕方ないなぁ。ベルお姉ちゃんだけ、と く べ つ だよ？」

人差し指を唇に当てて、イタズラっぽく微笑む。それを見たエインデベルは「うわぁ、うちなんか、目覚めそうやわ」と身もだえした。

リスティアはそんなエインデベルを放っておいて、リックに視線を向ける。

「えっと、リックさんも、お兄ちゃんって呼んだ方が良いのかな？」

「え？　いや、俺は、別に……」

「くくっ、意地はっとらんで、素直に呼んでもらったら良いやん」

「う、うるさいな、母さん。俺はリックさんのままで良いんだよ。と言うことでリスティアさん、俺はいままでどおりで良いから」

「はーい、リックさん」

呼び方はいままでどおりだが、親しげな口調。リスティアの無垢な笑顔を向けられ、リックは思わず顔を赤らめた。

「それじゃ、みんな、ご注文は——って、ナナミちゃん、どうかしたの？」

なぜか、ナナミがふくれっ面になっていることに気付いて首を傾げた。

「リスティア様、今日は私もお客さんですよ」

「それは分かってるけど……え、もしかして、ナナミお姉ちゃんって呼ばれたいの？」

「……ダメですか？」

「ダメじゃないけど……」

ナナミに甘えるような視線を向けられて困惑する。

もちろん、リスティアはナナミをとても気に入っているので、姉妹のように振る舞うのはやぶさかじゃない。けれど、リスティアが目指すのはお姉ちゃんであって妹ではない。

そんなに、あたしって頼りないのかなぁとしょんぼりした。

だけどすぐに、ナナミちゃんが望んでるのならと気持ちを入れ替える。

「分かったよ、それじゃ……ナナミお姉ちゃん」

「ふわぁ……ありがとうございます、リスティア様！」

ナナミちゃんの話し方は変わらないんだ――と、リスティアは苦笑い。でも、ナナミちゃんが楽しそうだから良いかなぁとも思った。

「ところで、リスティアちゃん、この店のオススメは？」

「ん～そうだね。定食も美味しいと思うけど……あたしのオススメはショートケーキかな」

「……ショートケーキ？」

三人とも、なにそれといった顔をする。

マリア達も知らなくて、そのときは孤児院育ちだからかな？　なんてリスティアは思っていたのだけれど、エインデベル達まで知らないとなると話は変わる。

どうやら、この時代の人間は、お菓子の類いをあまり知らないようだ。

ただ、リスティアが手本として作ったケーキは、子供達に大人気だったのは確認済み。なので、リスティアは自信を持って、アイテムボックスからショートケーキを取り出して見せた。

「甘くて美味しいお菓子。これがショートケーキだよ。良かったら試食してみて」

三つのお皿に切り分けて、フォークを添えてみんなの前に並べる。

「へぇ……これがショートケーキなんやね」

生クリームを不思議そうにフォークでつつく。三人はちょっと躊躇していたのだけれど、やがて意を決したように口に放り込み――一斉に目を見開いた。

「なに、これ、凄く甘くて美味しいんやけど⁉」

「ふわぁ、リスティア様、これ、凄く美味しいです！」

「俺も、こんなの食べたことないぞ！」

三者三様に目を輝かす。ほどなく、ナナミが「私、これを食べたいです」と口にしたのだが、エインデベルがそれに待ったをかけた。

「リスティアちゃん、これ……砂糖がかなり入ってるんと違うか？」

「そうだね。えっと……十個に切り分けてるから、一つ15グラムくらいかなぁ」

みんなが甘いのに慣れていないことを考慮して、若干甘さ控えめの数値――なのだが、エインデベルは思いっきり目をむいた。

「そ、そんなに入ってるんか。それやったら、むちゃくちゃ高いんと違うか？」

この時代の人間にとって、砂糖は貴族の贅沢品――とまでは行かないが、かなりの高級品であることには変わりない。15グラムと言われて驚くのも無理からぬことだった。

けれど――

「えっと……お値段はこれだけ、だよ」

リスティアが可愛らしく指を立てる。

「えっと……それは、銅貨か？　さすがに銀貨とはいわへんよね？」

「うぅん、鉄貨だよ」

「「「――はぁっ⁉」」」

エインデベルや、同席しているナナミやリック――だけではなく、耳をそばだてて聞いていた他の客も一斉に声を上げた。

リスティアが示したのはランチとほぼ同じ値段。とは言え、甘い物はかなりの贅沢品なので、普通に考えてありえないくらい安い。と言うかありえない。

「な、なんでそんな安い値段なんか、聞いてもええか？」

またなんや、非常識なことをしてるんと違う？　みたいな目で見られる。

「それは、裏の畑で食材を自家栽培してるからだよ」

リスティアはきっぱりと言い切った。

「……栽培？」

「うん、自家栽培だよぅ」

比較的暖かい地方でも育てられるように品種改良したテンサイを、裏の畑に植えているのは事実――だけど、植えてすぐに砂糖になるわけじゃないし、量も足りるはずがない。

そういう名目で、アイテムボックスに大量にある在庫を使っているだけだ。

将来的にはちゃんと自給自足にするつもりだが、現時点では無理がある。周囲で話を聞いていた客も当然ながらそれに気づき、この食堂は普通じゃない――という認識を抱いた。

ともあれ、本来なら決して手が届かないようなお菓子を、安価に食することが出来る。客達がそんな幸運を逃すはずがなく、一斉にショートケーキの注文を始めた。

そして噂が噂を呼び、孤児院食堂は瞬く間に有名になっていく。


――　2　――


緩やかなウェーブの掛かった金髪に、澄んだ蒼い瞳を持つ少女――シャーロット。

彼女は王都で開催されていたオークションの参加者であり、幸運にもグラート商会の支部がある街を領地に持つウォーレン伯爵家の一人娘でもあった。

だから、彼女はいち早く、リスティアの存在に気付くことが出来た。

ウォーレン伯爵家の領地に、アーティファクトを売りに出した少女がいると知ったシャーロットは、リスティアの噂を従者に調べさせることにした。

最初はちょっとした興味本位だった。

もし他にアーティファクトか、それに準ずるエンチャント品を所有しているのなら、それを見せてもらいたい。あわよくば売ってもらいたい。その程度の軽い気持ちだった。

――けれど、シャーロットのもとに届いた情報は全てが意味不明だった。

いわく、壊滅した調査隊の生き残りを救い、迷宮に巣くっていたドラゴンを消し飛ばした。

いわく、街に入る際、身分証を発行する手数料代わりにエンチャント品を手渡した。その品を受け取った門番の奥さんは重傷を負っていたのだが、次の朝には元気になっていた。

恐らくは、そのエンチャント品がアーティファクトだったと思われる。

いわく、街に入った翌日には孤児院におもむき、院長の座に納まった。黒い噂の絶えなかった前院長は行方不明で、始末されたと予想される。

このことから、市長とは繋がりがないと考えられる。また、大胆で手段を選ばない性格のようだが、子供達には非常に人気らしい。

いわく、孤児院を建て直すために、莫大な私財をなげうった。困っている子供を助けたいと、本人は言っているらしい。

オークションでブローチを売り払ったのは、この資金集めのためだと思われる。

いわく、孤児院を建て直す際、古い孤児院を敷地の隅っこに移動させた。また、百キロを超えるような建材を軽々と運んでいたらしい。

いわく、新しい孤児院には未知の技術が使用されている。部屋は常に快適な状況を保っており、水も蛇口なるものを捻ると取り出せるらしい。

いわく、孤児院でオープンした食堂には、砂糖をふんだんに使った至高のお菓子の数々が、ありえないほど安く、庶民の手に届く価格で売られている。

いわく、リスティアちゃんは、天使のような妹だった。次に来店するときも、絶対にリスティアちゃんを指名します。

などなど。他にも色々と書かれていたが、シャーロットにはいまいち理解できなかった。

「……というか、最後の感想はなんですの？」

噂を集めれば集めるほど意味が分からなくなる。報告書を読み終えたシャーロットは、どっと疲れたような顔をした。

ただ、もし仮に噂が半分でも本当であれば、ただ者ではない。リスティアがウォーレン伯爵領にとって毒となるか薬となるか、見極めなくてはいけない。

取り込むか……場合によっては、排除する可能性も出てくるだろう。

それを見極めるためにどうするべきか。逡巡したシャーロットは孤児院の食堂に目をつけた。リスティアも働いているそうなので、身分を偽って接触することは可能だろう。

シャーロットは手元のベルを鳴らし、リスティアのいる街へ行く旨をメイドに告げた。


そして数日後。平民に扮したシャーロットは孤児院の前へとやって来た。連れてきた護衛達には店の周辺を警戒するように指示を出し、食堂へと足を踏み入れる。

「これが、孤児院食堂……？」

店内を見回したシャーロットは、その内装に圧倒されていた。

壁一つ取ってみても意味が分からない。レンガや石、もしくは木張りが普通だが、ここの壁はなにやら、繊細な模様の描かれた布かなにか。

思わず手で触れると、ぷにっと弾力があった。

……なんだか不思議な素材ですわね。どういった理由で、こんな素材を使っているのかしら？　ぶつかっても痛くない？　それとも……断熱かしら。

為政者としての教育を受けているシャーロットは、部屋の環境などから分析をして、わりと正確な答えを導き出した。

そして、そんな技術と知識を持っているであろう、孤児院の管理者に舌を巻く。

本当に凄い。よく見ると、不思議なのは壁だけじゃないわ。なによ、あの窓の透明なガラス。あんなの、王城でも見たことがありませんわよ。

それに、この飾ってある壺はつるっとしていて光沢があって……うん、結構重いわね。いったいなにで出来ているのかしら？

ガラスはもちろん、調度品の一つ一つが実家にある芸術品よりも優れていることに気付き、シャーロットは呆然となった。

「これは……油断していると呑まれますわね」

「お帰りなさい、お姉ちゃん」

「――ひゃう⁉」

いきなり背後から声をかけられて、シャーロットをびくりと身をすくめた。その瞬間、手に持っていた壺を取り落としてしまう。

――ガシャンと、未知の材質で出来た芸術的な壺が砕け散ってしまった。

「あ、あぁ……なんて、なんてこと」

「あらら……大丈夫？」

「大丈夫じゃないですわ！　わたくし、壺を割るなんて粗相を……っ。申し訳ありませんっ」

伯爵令嬢である自分ですら見惚れるほどの芸術品を割ってしまったと、シャーロットは顔を青ざめさせる。だけど——

「うぅん、壺の話じゃなくて。お姉ちゃんに怪我はない？」

まるで壺よりも怪我の有無の方が心配だとでも言いたげな声。不思議に思ったシャーロットは、その声の方に視線を向ける。

そこには自分と同い年くらいの——精錬されたデザインのメイド服を身に纏い、窓から差し込む光を浴びて漆黒の髪を輝かせている、まるで天使のような女の子が微笑んでいた。

「……どうしたの、ぽーっとして。やっぱりどこか怪我でもした？」

「あっ、す、すみません。怪我はしていませんわ。でも、壺を割ってしまいました。この壺は、なんとかして弁償させて頂きます！」

我に返ったシャーロットは、慌てて深々と頭を下げる。

「弁償なんてしなくて良いよ。すぐに自己修復するし」

「そうはいきません。どう見積もっても金貨数百枚は下らないはず……って、自己修復？」

それはいったい、どういうことかしら？　なんて思ったシャーロットの視界の端っこ。壺の破片が散らばっていた辺りで、淡い光が発生する。

それを見たシャーロットはこの上なく驚いた。砕け散った壺が淡い光を放ちながら、元の姿に戻っていったからだ。とは言え、壺が再生する姿を見て、ありえないと思ったのではない。

その現象に心当たりがあったからこそ驚いたのだ。

「そんな、まさか……まさかこれはっ！　自己修復機能を施されたアーティファクト⁉」

神話の時代には、今よりも優れた芸術品が存在していたと言われている。そして、そんな芸術品の中には、自己修復機能をエンチャントされた作品が存在する。

神話の時代に実在した、真祖の末娘が作ったと言われるシリーズだ。彼女は自分の名が表に出ることを嫌ったのか、真祖の末娘が作ったとされる芸術品は全て無銘であった。

本来であれば、無銘であるがゆえに、誰が作ったかは分からない。けれど、真祖の末娘が作った芸術品には必ず、自己修復機能がエンチャントされているという。

よって、彼女の作った作品は、無銘シリーズと呼ばれている。

決して朽ちないがゆえに、数はそれなりにあるが、優れた芸術品であるがゆえにどれも国宝級の扱いをされていて、実際に目にするのはシャーロットも初めてだった。

どうして食堂の片隅にそんな代物が……と、シャーロットは戦慄するが――

「うぅん、あたしが趣味で作ったただの壺だよ」

「…………え？」

なにを言われたか意味が分からなかった。そして、混乱する頭を必死に働かせ、先ほどの自分の発言に対する答えだと気がついた。

そして――やっぱり意味が分からなかった。

趣味とは、専門ではなく、楽しむ目的でする事柄。つまりは、素人が作った壺と言うことになるのだけど……その美しい見た目は、間違いなく国宝級の芸術品。

そもそも、神話の時代にしか存在しないはずの、自己修復機能がエンチャントされている、紛れもないアーティファクトの芸術品。

なのに、趣味で作ったとはどういう意味なのか。それではまるで、無銘シリーズに匹敵する芸術品を、目の前の少女が趣味で作ったかのようではないか。

……なんて、そんなはずは、ありませんわよね。きっと、目の錯覚ですわ。

本当は、壺は少し珍しいだけのデザインで、今も粉々に砕け散ったままのはず——と、目をゴシゴシと擦って壺を見直すが、やはり完全に修復されている。

……お、おかしいですわね。どう見ても修復されていますわ。そして、どう見ても素晴らしい芸術品としか思えませんわ。

「どうかしたの、お姉ちゃん」

「いえ、その……割れたはずの壺が、元に戻っているような気がして……」

「え、それがどうかしたの？」

きょとんと問い返されてしまった。それはまるで、自己修復したのが事実で、当たり前であるかのような物言いだ。

「えっと……その、壺が自己修復したのは、事実、だと？」

「そうだけど？」

「そうだけど……って、そんな、普通はありえませんわ！」

シャーロットが耐えきれなくなって声を荒らげる。その瞬間、笑顔を浮かべていた少女が、初めて慌てたように見えた。

「そ、そうだよね。普通はありえないよね。でも安心して、これは魔法とかアーティファクトとか、そう言うのじゃなくて、ただの手品だから」

「手品……ですか？」

「うんうん、そうだよ？」

少女は無邪気に微笑んでいる。

本音を言えば、その少女がなにを言っているか、よく分からなかったけれど……少女が趣味で無銘シリーズと同等の品を作ったなんて非現実的な話よりはあり得ると思った。

だから――

「……手品なら仕方ありませんわね」

シャーロットは達観した面持ちで呟いた。


「ところで、お姉ちゃん」

「あの、さっきから気になっていたんですが、そのお姉ちゃんというのは……」

貴族は知り合った者の顔を忘れないように訓練を受ける。それで一度でも会った者は絶対に忘れない――とはならないが、これだけ可愛らしい少女であれば、絶対に忘れるはずがない。

そこまで考えたシャーロットは、自分が平民に扮していることを思い出した。正体を偽る今の自分に、知り合いがいるはずがない。

「申し訳ないのだけれど、貴方とは初対面じゃないかしら？」

「そうだよ。あたしとお姉ちゃんは初対面だよ」

「……はい？」

なにを言って――と、喉元までこみ上げたセリフは、けれど寸前で飲み込んだ。報告書に書かれていた、意味不明だったあれこれを思い出したからだ。

「……もしかしてこのお店では、女性客をお姉ちゃんと呼ぶということかしら？」

「うん、そうだよ。女の人はお姉ちゃんで、男の人はお兄ちゃん。でも、他に希望があれば、呼び方や態度を変えることも出来るよ。例えば、私がお姉ちゃん役とか……」

どうかな？　なんて微笑みかけられて、シャーロットは毒気を抜かれてしまう。

実際のところ、どちらが年上かは分からないが、店員を姉と呼ぶ理由はないので、今のままでかまいませんわと答えた。

「……しょんぼり」

「え、なんですか？」

「うぅん、なんでもないよ、お姉ちゃん。それじゃ、席に案内するね～」

「――あ、ちょっと待ってください」

身をひるがえしたメイドを慌てて引き留める。足を止め、クルリと肩越しに振り返る。黒い髪をなびかせる少女の美しさに、シャーロットは思わず息を呑んだ。

「なぁに、お姉ちゃん」

「じ、実は、リスティアさんを指名したいんですけれど」

「えへへ、ご指名ありがとう、お姉ちゃん」

リスティアを指名したいという言葉に対し、目の前の少女が微笑む。

その意味は――

「もしかして、貴方がリスティアさん？」

「うん、そうだよぉ。……知らないで指名したの？」

「あ、えっと、それは、噂を聞きまして」

失敗したわねと、シャーロットは唇を噛む。これで、警戒されては元も子もない――と心配したのだけれど、リスティアは「そうなんだぁ」と微笑んだ。

「それじゃ、席に案内するね～」

楽しげな足取りで先行するリスティアの後を、シャーロットは慌てて追いかけた。そうして案内された席に座ると、テーブルの上にメニューと水の入ったコップが差し出された。

それを見たシャーロットは、メニューに使用されている不思議な素材に驚き、とんでもなく高価そうなガラスのコップが無造作に置かれたことに驚愕。

そもそもリスティアが、さっきまで手ぶらだった事実に思い至って戦慄した。

「さっきから、なにが、どうなって……」

「お姉ちゃん、どうかしたの？」

「い、いいえ、なんでもありませんわ。それより、なにかオススメはありますかしら？」

「そうだねぇ……ちゃんとした昼食とお菓子、どっちが希望かな？」

「そ、そうですわね。それではお菓子で」

「じゃあ、ダージリンのストレートと、バニラアイスなんてどうかなぁ」

「……バニラアイス、ですか？　聞いたことがありませんが……」

「冷たくてあまぁい、あたしの大好きなお菓子だよ」

「リスティアさんの……で、では、それをお願いいたしますわ」

「それじゃ、ダージリンのストレートと、バニラのアイスのご注文だね。すぐに持ってくるから、少しだけ待っててね」

微笑みを残して、厨房へと立ち去っていく。

リスティアを見送ったシャーロットは、ほうっと息を吐く。

伯爵家の一人娘として厳しく育てられたシャーロットに、いまのように親しく接してくれる相手はいないため、とても新鮮な気持ちになった。

そう言えば、わたくし、妹が欲しかったんですわよね……って、違います。今はそんなことを考えている場合ではなく、リスティアさんの人柄を知るのが先決ですわ。

そんな決意を新たにしたシャーロットだが――


「――あ、甘くて冷たい。あっさりとしているようで、それでいて濃厚な、まったりとした味わい。口の中で溶けていく至高の舌触り。これが、これがバニラアイス――っ！」

リスティアが持ってきたバニラアイスの虜になっていた。

「こんなっ、こんなに美味しいお菓子がこの世にあるだなんて。食べるのはもちろん、見たことも聞いたこともありませんわ！」

伯爵令嬢のシャーロットですら、これほどのお菓子は食べたことがない。もし王族がバニラアイスの存在を知れば、この店の料理人をなんとしても召し抱えようとするだろう。

つまり、このバニラアイスのレシピを独占することが出来れば、莫大な富を手に入れることだって不可能ではない。ウォーレン伯爵領を大きく発展させることが出来るだろう。

それほど衝撃的な美味しさだった。

「寡聞にも、わたくしはこのバニラアイスのことを知らなかったのですが、リスティアさんはいったいどこで、このレシピを手に入れたんですか？」

あくまで世間話――と言い張れるレベルで、さり気なく探りを入れる。

「あたしもよく知らないんだけど、ご先祖様が故郷から持ち込んだレシピなんだって」

「では、どこかの国には、このバニラアイスが普通に売られているんですわね」

もしそうであれば、その線で調べられるかもしれないと考えた。けれどそんなシャーロットの期待に反して、リスティアは無理じゃないかなぁと苦笑い。

「……どうしてですの？」

「ご先祖様の故郷は、この世界のどこにもないんだって、あたしはそう聞いてるよ」

「そう、でしたの……それは、申し訳ありません」

滅びた国――という意味だろう。そう読み取ったシャーロットは心からの謝罪を口にする。だけどそれと同時、次なる一手のために、必死に頭を回転させた。この国で知られていないお菓子のレシピで、知っているのはリスティアだけ。もしくはごく限られた人間だけ。

なんとしても、そのレシピが欲しい。

「でも、お姉ちゃん、どうしてそんなことを聞くの？　もしかして、バニラアイスの作り方を知りたいって思ってる？」

「え、いえ、それは……」

まずい――と、シャーロットは焦る。

これは、慎重に慎重を期す案件だ。

こちらがなにを置いても欲しがっていると知られては、交換条件にどんな無理難題をふっかけられるか分かったものではない。ここはなんとかごまかさないと——と、思い詰めたシャーロットの眼前に、メニューと同じような、薄っぺらい素材が突きつけられた。

「な、なんですのこれは」

「それは、羊皮紙の代わりになる、紙って言うんだよ」

「紙、ですか……こんなに、薄くてつるつるの……素晴らしい技術ですわね」

「紙じゃなくて、そこに書いてある文字を見て欲しいなぁ」

「文字ですか？　たしかに、なにか書いてあるようです——えぇっ⁉」

紙に書き込まれた文章に目を向けたシャーロットは息を吞んだ。最初の一行に書かれていたのが『美味しいバニラアイスの作り方』だったからだ。

「まさ、か……」

ありえないと思いながらも、シャーロットは紙に書かれたレシピに目を通す。その内容が事実かどうかはともかく、たしかにバニラアイスの作り方が書いてあった。

——どういうこと、かしら？

なにかの罠？　それとも、わたくしを引き下がらすための、嘘のレシピかしら？……そうね。知らない材料が多くあるし、見ただけでは本物かどうか分からない。

レシピを教えたんだから、再現できないのはそちらが悪いと、言い逃れが目的な可能性も否定できないわね——と、シャーロットは考えた。

「お姉ちゃん、なにか分からないところはある？」

「え⁉　お、教えて……くださるんですの？」

「うん、いまはお店も混んでないし、大丈夫だよ？」

「で、では、このバニラエッセンスというのはなんですの？」

「それはバニラという植物の種子鞘をキュアリングして――」

リスティアが説明を始めるが、シャーロットにはまるで理解できなかった。

だから、これはやはりけむに巻くための方便で、実際にバニラアイスの作り方を教えるつもりはないのだと思ったのだけれど――

「あ、良かったら厨房で作ってるところを見る？」

「みみっ見せて、いいいっ、頂けるんですか⁉」

「うんうん。それに、必要ならバニラの苗も分けてあげるよ」

「えええええええええっ⁉」

まさに金のなる木を、なんの躊躇いもなく差し出す。

そこに、どんな思惑があるのか、どれだけ考えても想像できない。そして、実際に厨房に連れて行かれ、作り方を教えられてしまったので、ますますもって意味が分からない。

――これは夢？　それともわたくしは、知らないあいだに悪魔かなにかと契約させられたんですの？　もしかしてわたくし、ここから生きて出られないんでしょうか？

リスティアはただ単純に、シャーロットをお姉ちゃんと呼びながらも、内心ではお姉ちゃんぶって、あれこれ教えてくれているだけ。

――なんて予想できるはずもなく、シャーロットは混乱の境地に至っていた。

「あ、貴方はどうして、わたくしにレシピを教えてくださったのですか？」

生きてここから出られないかもしれない。そんな恐怖に押しつぶされそうになりながらも、必死の思いで尋ねた。

そして——

「あたしは、困ってる子がいたら助けたいって、そう思ってるだけだよ」

リスティアは紅い瞳を細めて微笑んだ。透明で優しくて、怯えるシャーロットを包み込むような、優しい表情だった。

「あな、たは、いったい……何者、なんですの？」

「あたし？　あたしは普通の女の子だよ？」

「普通の女の子……ですか」

まったくもって笑えない冗談だ。

伯爵令嬢のシャーロットよりも優雅で、莫大な富を生み出す知識を知りながら、まるで執着がない。そして困っている子を放っておけないという慈愛に満ちた性格。

そんな普通の女の子がこの世界にいてたまるもんですかと、シャーロットは思った。

「リスティア店長、ちょっと来て～」

「はーい。……えっと、ごめん、あたしちょっと行ってくるね。まだ見たければ、お姉ちゃんは好きに見てくれて良いよ。分からないことがあれば、マリアに聞いて良いからね」

リスティアはそう言って、フロアへと歩き去ってしまった。一時は死すら覚悟したというのに、あっさりと置き去りにされたシャーロットはぽかんとその後ろ姿を見送る。

「お姉さん――じゃなくて、お姉ちゃん。分からないことがあったら、私に聞いてね」

突然背後から声をかけられ、シャーロットはびくりと身をすくめる。そうして慌てて振り返ると、銀髪の髪にブルネットの肌の少女がいた。

見た目のわりに、やたらと妖艶な雰囲気を纏う少女だが、先ほどのリスティアと比べるとかなり普通のイメージで、シャーロットは少しだけ安心する。

「ええっと、貴方がマリアさん、ですか？」

「ええ、そうよ。それで……貴方は何者？」

いきなり核心を突かれて、シャーロットは目を見開いた。

「その反応、やっぱりなにかあるのね」

「……どうして、そう思われるのですか？」

露骨に動揺してしまった手前、あまりごまかしは利かない。シャーロットには、そんな風に聞き返すのが精一杯だった。

「……理由？　そうね……なんとなく、かしら」

「なんとなくって……」

そんな曖昧な理由で、自分は引っかけられたのだろうかと困惑する。

「私ね、前の院長にお花を売らされていたの」

「お花、ですか？　それって――まさかっ⁉」

考えうる最悪の可能性に気付き、シャーロットはマリアをまじまじと見た。そして、マリアが背丈に見合わぬ妖艶さを持ち合わせている事実をあらためて意識する。

「予想どおりだと思う。けど、いまは平気。リスティア院長に救われたから」

「ですが――」

シャーロットはなおも言いつのろうとするが、マリアに手で遮られてしまった。

「本当に平気よ。でも、それはリスティア院長が来てくれたから。だから、貴方が何者か識らないけど、もしリスティア院長になにかするつもりなら……」

決して許さない――と言わんばかりに見上げてくる。幼い少女から放たれる無言の圧力に、シャーロットはゴクリと生唾を飲み込んだ。

「……貴方の忠告、肝に銘じますわ」

「そう、だったら、私から言うことはないわ。あぁでも、厨房のことで、私になにか聞きたいことがあるなら答えるけど」

「いいえ、今日は帰ります。リスティアさんには、また来ると伝えてください」

シャーロットは食事の代金を少し多めに支払い、食堂を後にする。

そうして考えるのは孤児院とリスティアのこと。どうするのがウォーレン伯爵家にとって、ひいては領民のためになるか。そんなことを考えながら、帰路についた。


――3――


食堂がオープンしてから約一ヶ月が経過。口コミで一気に人気が広まり、店は繁盛を始めた。そんなある日の夕暮れ前。

リスティアは、厨房でマリアにクレープの作り方を教えていた。

「……えっと、こんな感じ？」

「うん、マリアは凄く筋が良いね」

「……褒めても、なにも出ないわよ」

ちょっと照れくさそうな顔で、つっけんどんなことを口にする。

そんなマリアが可愛くて、リスティアはニコニコとしていた。だけど、そんな至福の時間を、無粋な声が遮る。フロアの方から、男の威圧するような声が響いてきたのだ。

「ちょっと見てくるね」

「うん、やりすぎないようにね、リスティア店長」

「……はーい」

信用ないなぁ……と、しょんぼりしつつ、リスティアはフロアに向かう。ちょうどそこで、フロアの方から駆け込んできたミュウと出くわした。

ミュウはリスティアの姿を見つけると、だーっと駆け寄ってきた。

「ふえぇ……ぐすっ」

目元にうっすらと涙を溜め、リスティアにしがみついてくる。いつもはピコピコと揺れているイヌミミが、今はしょんぼりと項垂れていた。

「ミュウちゃん、どうしたの？」

「……ボク、ここにいちゃいけないの？」

「そんなことあるはずないよ」

「……ホントに？」

「うん、ホントのホントだよ。どうしてそんなことを聞くの？」

青みがかった髪を優しく撫でつけ、翡翠のような瞳を覗き込む。

「獣人族が人間の街にいるなんて汚らわしい。街から出て行けって言われたの」

ミュウは悲しそうな顔で呟いた。

「へぇ……そうなんだ。そんなことを言った人が、いるんだね」

刹那、原因不明の地揺れが街を襲ったが、それはともかく。リスティアは激情を押し殺し、「あたしはそんなことは言わないから、心配しなくて大丈夫だよ」とミュウを慰めた。

「……本当？」

「うん、あたしがミュウちゃんを追い出したりするはずないでしょ」

「……ありがとう、リスティア店長」

少しだけ安心してくれた。そんなミュウをマリアに預け、リスティアはミュウを泣かせた不届き者を確認するために、食堂のフロアへと向かう。

なぜか、たくさんいたはずのお客さんは一人もいない。

代わりに、二人の兵士を引き連れた、初老の男がいた。武術でもやっていそうながっしりとした体つきだが、着ている服はかなり上質そうだ。

もっとも、それはこの時代の人間基準の話だが。

「店長、あいつらがやって来て、他のお客さんを追い出しちゃったの」

リスティアに気付いたアヤネが駆け寄ってくる。

「そっか……アヤネはなにか酷いこととかされてない？」

「うん、私は大丈夫。ただ、ミュウちゃんが酷いことを言われたから、アレンが彼らに殴りかかろうとして……」

「あぁ……それで」

店の端っこ、アレンがリューク達に羽交い締めにされているのはそれかぁと納得した。

「アヤネはみんなを連れて、厨房で待機してて」

「でも……」

「大丈夫だよ。あたしが、ちゃんとみんなを護るから。みんなは奥で待ってて」

リスティアが微笑みかけると、それで安心してくれたのだろう。アヤネ達はわりと素直に、下がってくれた。それを見届け、リスティアは男達に視線を向ける。

「さて、あなた方は何者ですか？　お客ではないようですけど」

「……メイド？　俺は孤児院の管理者を呼んでこいと言ったんだがな」

「あたしが孤児院の管理を引き継いだリスティアです」

「ほう、お前がリスティアか。噂通りの容姿だな」

「……それで、貴方は何者なんですか？」

「俺はこの街を統治しているジェインだ」

「そうですか。それでは、要件をうかがう前に、あたしから一つ聞いてもよろしいですか？」

リスティアは透明な笑顔を浮かべ、けれどそのうちには静かな怒りを秘めて問いかけた。その正体不明の圧力に、ジェインがゴクリと生唾を飲み込む。

「……なんだ、言ってみろ」

「さっき、うちの子が泣いてたんですが……貴方の仕業ですか？」

「――はっはあっ、あのガキ泣いたのかよ！」

笑い声を上げたのは、ジェインの後ろにいた兵士の一人だった。

「……貴方が、泣かせたのですか？」

「だと言ったらなんだ？」

「謝罪を要求します」

「はっ、お断りだね」

「……そうですか」

予想どおりの反応に、リスティアはどうするべきかなぁと考え込んだ。

ミュウに知られず、それどころか誰にも知られず、ミュウに暴言を吐いたことを後悔させるのは可能だけれど、それはリスティアの自己満足にしかならない。

また、リスティアの力があれば、ミュウに謝罪させるのも簡単だ。それどころか、謝らせてくださいと、泣きながら懇願させることだって簡単だ。

けど、そんなことをしても、ミュウの傷ついた心は癒えないだろう。

とは言え、二度と同じことを繰り返さないように、生まれてきたことを後悔させるくらいは必要かもしれない――と考えていると、「まぁ待て」とジェインが口を開いた。

「ゲイズ、ここは孤児院なのだから、獣人がいても不思議ではないだろう。むしろ、様々な種族がいてしかるべきだ。出て行けというのは間違っているぞ」

「――はっ、たしかにその通りです。申し訳ありませんでした！」

ゲイズと呼ばれた、ミュウに暴言を吐いたとおぼしき兵士が、あっさりと前言をひるがえして謝罪する。けど、その顔はニヤついている。形だけの謝罪であることは明らかだ。

そもそも、ジェインの言い方もなんとなく引っかかる。けど、これ以上追及しても、ミュウの喜ぶような結果にはならないだろうと思った。

「分かりました。同じことを繰り返さないというのなら、謝罪を受け入れます。ただし……次はありませんよ」

リスティアは爛々と輝く紅い瞳に殺気を込めて、ゲイズを静かに見つめた。

ドラゴンが逃げ出すほどの殺気をぶつけられたゲイズは息をすることも叶わず、大量の脂汗を流し始める。そして――十秒、二十秒と経過し、ゲイズの顔が紫色に染まり始めた頃、ようやくリスティアは殺気を引っ込めた。

恐怖から解放されたゲイズはその場にくずおれて、荒い呼吸を始める。

けれど、ほかの者は、どうして急に座り込んだんだ？　と言った表情。張本人たるリスティアは知らないフリで「それで、あたしにどんなご用ですか？」と、ジェインに矛先を向けた。

「あ、あぁ、そうだったな。今日ここに来たのは他でもねぇ。孤児院やこの店の税が納められてない件について、だ」

「……税、ですか？」

税金という制度を知らなかったわけではない。

街に入る際に、身分証を作る手数料という名目で税を取り立てていることは理解していたし、この街に住むには税金が掛かることも知っていた。

けれど、孤児院は身寄りのない子供達を保護するための施設で、税は免除されている――と、エインデベルからは聞かされていたのだ。

「孤児院は税を支払わなくて良いのではないのですか？」

「それは、孤児院が貧乏だったときの話だ。いまはこのような立派な建物を建て、店も繁盛しているではないか」

「あぁ……それで、税が発生したということなんですね」

それがこの街のルールなら従おうと、リスティアは「おいくらなんですか？」と尋ねた。

「そうだな……毎年、金貨百枚だ」

それを聞いたリスティアは、このあいだオークションで売ったくらいのネックレスを一つ作って売れば、約百八十年分の税金。それならなんの問題もないね――と、ずれたことを考えた。

けれど、そんなリスティアの沈黙を見たジェインが「くくっ」と喉で笑う。

「まあ、そう驚いた顔をするな。お前がどれほどの私財を持っているかは知らんが、さすがにそんな税を払えないであろうことは理解している」

「……えっと、そうですか？」

大金貨を百枚。金貨ではなく大金貨――十年分の税を、アイテムボックスから取り出そうとしていたリスティアは、税を払えるはずがないと言われて困ってしまう。

あげくは、ここで十年分を出したら、おじさんの面目を潰しちゃうかな？　せめて、用意するのに数日くらいかけた方が良いかなぁ――なんて、気遣いまで始めた。

まあ、もしそうなっていたら、ジェインは狂喜乱舞して帰って行ったはずだけど。ジェインにとって不幸なことに、そうはならなかった。

初めから他の目的があったジェインが、金貨百枚の代案を持ちかけたからだ。

「孤児院が税を納める代わりに、娘達に奉仕活動をさせろ」

「……奉仕活動、ですか？」

その言葉の意味するところにリスティアが思い至った瞬間、大陸全土を地揺れが襲った。けれどその揺れは一度きりで、しかも全体的に小さくて、誰も気にしない程度だった。

リスティアは自制の利く女の子なのである。

「そうだ。前の院長、ゲオルグ院長は我が街のために、奉仕活動をする娘を斡旋してくれていたのだがな。あのバカが急にいなくなって困っていたのだ。お前がどういう事情で孤児院を引き継いだのかは知らんが、その仕事を引き継いでもらいたい」

よもや断ったりはしないだろうな——と、殺気を放ってくる。けれど、それは殺気と呼ぶのもおこがましい。リスティアにとってはただ不快なだけであった。

だから、どうするべきか迷う。

もちろん、マリア達を苦しめた一味を許すつもりはない。けれど、今のジェインは小動物がギャンギャンと吠えている程度でしかない。

そんな相手を殺しても良いのかどうか……と迷ったのだ。

ここで堂々と殺しちゃうのは……やっぱりダメだよね。ガウェインを殺したときのナナミちゃんの反応を思い返してみると……うん、絶対にダメだ。

だとすれば……手足を切り飛ばしておしおきくらいなら……うぅん、ゲオルグ前院長、すっごく怯えてたしなぁ。子供達も怯えちゃうかなぁ？

「はっ、強がってはいてもしょせんは小娘、恐怖に声も出なくなったのか？」

「……え、あたしのこと？」

「お前以外に誰がいる」

あたしは別に怯えてなんていないんだけどな？　なんて思ったのだけれど、ジェインはリスティアが怯えたと思い込んでいるらしい。

実に楽しそうな表情を浮かべている。

「そうだな。更に代案を出してやろう。お前が孤児達の代わりに、奉仕活動にいそしむが良い。お前くらいの器量があれば、需要はいくらでもあるだろう」

「……どうしてあたしが、そんなことをしなきゃいけないの？」

「子供達が大切なんだろ？　あまりぐだぐだ文句を言っていると、お前の大切な子供達が、腹を立てた俺の部下に襲われるかもしれないぞ？」

子供を部下に襲わせるという、明らかな脅しにリスティアは眉をひそめる。

「ふっ、そう不安そうな顔をするな。あくまで、お前が従わなかった場合の話だ。お前が従えば、全ては丸く収まる。お前だって、子供達が傷つく姿は見たくないだろう？」

「それは……」

たしかにその通りだ。

もし彼らが子供達を襲ったら、子供達は間違いなく反撃する。そして、加減を覚えていない子供達はきっと、原形をとどめないほどに彼らを潰してしまう。

もちろん、潰された直後なら、リスティアが生き返らせることが出来るけれど……それでも、やり過ぎた子供達の心に傷が残ってしまうだろう。

なんて恐ろしい脅しを仕掛けてくるんだろうと、リスティアは戦慄した。

子供達のことを考えるのなら、穏便に済ませるべきだ。

けど、自分が奉仕活動をするなんて、絶対にありえない。素直にお金を受け取ってくれたら良いんだけど、奉仕活動が本命ならそれも厳しそうだ。

かといって、他にはジェイン達を皆殺しにするくらいしか思いつかない。

でもそんなことをしたら、子供達に嫌われてしまうかもしれない。ここで、判断を間違えることは出来ない。ジェインの言うとおり、自分は境地に立たされている。

どうしたら良いんだろう……と、リスティアは必死に考えた。

たとえば、身体をじわじわと蝕む毒で殺せば、あたしがやったって分からないよね。それなら子供達に怖がられないかな？

……うぅん。

あたしは怖がられないかもしれないけど、苦しむ人達を見たら、子供達は怖がっちゃうかなぁ。

なら、精神だけを破壊するとか？

なんとかなりそうだけど……あ、そうだ！　一瞬で塵も残さず消し飛ばしちゃえば良いんだ。そうすれば「あれ、ジェインさん達、どこ行ったんだろう～？」ってごまかせるよねっ！

うん。それならきっと大丈夫。そうしよう——なんて、リスティアがぶっ飛んだことを考えていると、入り口からドレスを纏った少女が現れた。

前回とは服装がずいぶんと違うけれど、ゆったりとしたウェーブの掛かった金髪に、穏やかなブルーの眼差しは間違いない。以前、リスティアを指名したお客さんだ。

「お姉ちゃん、ごめんなさい。今は立て込んでいて、孤児院食堂は閉店中なんだよ」

「そのようですわね。でも、わたくしも今日は、別件で来たので問題ありませんわ」

「……別件、なの？　えっと……それじゃ、なんのご用でしょう？」

リスティアは店員としての妹モードを止めて、普通の口調へと戻した。その瞬間、シャーロットは少しだけ寂しそうな顔をした――ような気がした。

「用というのは他でもありませんわ。貴方とは本音でお話ししたいと思って」

「……本音、ですか？　貴方は、いったい……」

リスティアが小首を傾げると、少女はドレスの裾をちょんとつまんで、優雅にカーテシーをしてみせた。

「申し遅れました。わたくしはシャーロットと申します。この周辺を統治する、ウォーレン伯爵家の長女ですわ」

金色の少女――シャーロットが名乗った瞬間、なぜか空気が凍り付いた。けれど、リスティアは気にせず「そうだったんですね」と普通に応じた。

「と言うことは、シャーロット様も、孤児院の件でいらっしゃったんですか？」

「……あら、よくご存じですわね」

リスティアは落胆する。

シャーロットはかわいい系のナナミや、必死に背伸びしているマリアとも違う、綺麗で上品な女の子として、妹にしたいと強く思っていた。

だけど、そんなシャーロットがジェインと同類だったと思ったからだ。

けれど――

「リスティアさんが私財をなげうって、孤児院の建て直しをおこなった話は聞いています。足しになるかは分かりませんけれど、ここの市長に支援金を渡しておきました」

「支援金……ですか？」

予想とはまるで正反対の言葉に、リスティアは首をコテンと傾けた。

「ええ、毎月の支援金とは別に、建て替え費用としての支援金ですわ。金額はこちらの羊皮紙に書いてあるので、ご確認くださいませ」

その羊皮紙には、立て替えの支援金として、金貨三十枚。そして毎月の支援金として、金貨三枚と書き込まれていた。

それを見ていると、シャーロットが少しだけ顔を近づけて囁いてきた。

「実は……市長が横領をしているという噂があるんですの」

「横領、ですか？」

リスティアがオウム返しに聞き返すと、ガタガタッ！　っと、ジェイン達が身じろぎをしたが、取りあえずスルー。シャーロットとの会話を続ける。

「ええ、横領です。ですが、なかなか証拠が掴めなくて困っているんです。もし、渡される支援金が記載された金額と違っていたら、わたくしに報告してくださいませんか？」

「報告すれば良いんですか？」

「ええ、証拠を押さえることが出来れば、その首をはねることも容易なので」

シャーロットはそこまで言って、「まあ、孤児院の管理者が貴方に代わった時点で、正しい金額を払ってるとは思いますけどね。じゃないと、すぐバレますし。さすがに、そこまで馬鹿とは思えませんし……」と自嘲気味に笑った。

それに対してリスティアも苦笑いを浮かべる。ここに来てようやく状況を理解したからだ。

「ここに書いてある毎月の支援金というのは、毎月支払われるんですよね？　一年に纏めて、とかではなく？」

「そのはずですけれど……まさか？」

「ええ。あたしが院長になってから数ヶ月、支援金をもらったことがありません」

「――なっ⁉」

想像もしていなかったのだろう。シャーロットは信じられないと目を見開いた。

「想像したよりも腐ってますわね。ただ、上手く追い詰めないと、リスティアさんが嘘をついていると逃れる可能性もあります。なんとか証拠を押さえたいところですが……」

シャーロットが独り言を呟きながら考え始めたそのとき、ジェイン達がなにやらこそこそと、店から帰ろうとしたので、リスティアは「お帰りですか？」と声をかけた。

その瞬間、ジェイン達は面白いほどに飛び上がった。

「――あら、そう言えばお客様がいらしていたんですわね。横から入るような真似をして申し訳ありません。どうぞ、先にお話をなさってください」

シャーロットが頭を下げ、ジェイン達にその場を譲ろうとする。

「い、いや、俺達の話はまた今度で良いからよ！」

まくし立てて帰ろうとするが、そんなことを許すリスティアではない。

「今度と言われましても。さっきも申し上げましたけれど、税の代わりに、子供達やあたしに、奉仕活動をさせるという件はお断りします」

「ひゃやおうっ⁉」

謎の悲鳴が上がった。

「……リスティアさん、なんのお話ですか？」

「じつは、そこにいる彼がジェインさん――市長だそうです」

「……え？」

シャーロットがきょとんと目を丸くし、ジェインがこの世の終わりのような顔をした。

「それで、毎年金貨百枚の税を支払うように求められたんです」

「――は？　き、金貨百枚の税を、毎年、ですか？」

「ええ。それで、お金を支払う代わりに、あたしや女の子に奉仕活動をしろ、と」

「奉仕活動というのは……ま、まさかっ！」

「ええ、そういう意味、みたいです」

リスティアの説明を理解したのか、シャーロットの美しい顔が怒りに染まっていく。そしてそんなシャーロットとは正反対に、ジェインは真っ青に染まっていく。

シャーロットは、ジェインに視線を向けた。

「ふっ、ふふふっ、よりにもよって、我がウォーレン伯爵家が丁重にもてなそうとしている相手に、そのような振る舞い……どうやら、税を取り立てられるのは貴方の方ですわね」

「ひっ、ち、ちが、違います！」

「あら、なにが違うのかしら。貴方の首を税として納めてくださるのではないというのなら、その理由をぜひ、わたくしに分かりやすく教えてくださるかしら？」

シャーロットが、怒りに満ちた視線をジェインにぶつける。

「お、俺は……そう、滞っていた支援金の支払いをするために来たんだ！」

蛇に睨まれたカエルのように怯えていたジェインが、そんな風にまくし立てた。そして、大きな声を上げたことで恐怖から解き放たれたのだろう。勢いに任せてまくし立て始める。

「そもそも俺は、税金を支払えなんて一切言ってない！　税がどうとか脅されたとか、その娘が勘違いしているだけだ！」

「よくもまぁ、そのような嘘を並べ立てられるものですわね」

「う、嘘じゃない！　嘘だって言うなら、その娘の発言が事実だって証明してみろよ！」

「くっ、このっ、よくもぬけぬけとそのようなことを……っ」

シャーロットが悔しげな表情を浮かべた。

ん〜、普通の女の子の発言だけじゃ、証拠にはならないってことみたいだね。

そんな風に判断したリスティアはパチンと指を鳴らし、その場にいる全員の視線を自分に集めた。

そうして目を合わせたジェインに、真祖の吸血鬼が持つ魅了の力を発動する。

「さぁ……貴方がここになにをしに来たのか、洗いざらい正直に話しなさい」

リスティアが紅い瞳を爛々と輝かせ、静かに命令を下す。

その次の瞬間――

「俺がここに来たのは、金になると思ったからだ。お前に支払えないほどの税金をふっかけて、交換条件で言いなりにすれば、孤児院に送られる支援金を着服できるからな」

「……え？」

急に罪の告白を始めたジェインに、シャーロットがぽかんとした顔をする。

「それに、新しい院長はとんでもない美少女だって噂だったからな。騙して借金を負わせるなりすれば、その美しい身体を俺の好きに出来ると思ったんだ」

「な、なんて下劣な……汚らわしいっ！」

シャーロットの碧い瞳に、軽蔑と怒りが宿る。

もう十分だと考えたリスティアは、ジェインにかけていた魅了の力を解除した。

「……はっ!?　俺は、なにを……っ。い、今のは誤解だ！　ただ、思ったことを口にしたというか、いえ、思ってもいないことを口にしただけでっ！　と、とにかく失礼する！」

ジェインが身をひるがえし、出口へと走る。それと同時、怒りに打ち震えたシャーロットが右手を顔の高さに振り上げた。

「引っ捕らえなさい、脅迫の現行犯です！」

右手を振り下ろし、凜とした声で叫ぶ、その瞬間、店の外から騎士の格好をした男達が乱入。あっという間にジェイン達を拘束してしまった。

エピローグ　自称普通の女の子、シスターを手に入れる

ジェインが横領と脅迫の罪で捕らえられてから一週間経ったある日。リスティアが食堂でクルクルと踊るように給仕をしていると、シャーロットが訪ねてきた。

「お帰りなさい――いえ、こんにちは、シャーロットさん」

妹モードで出迎えかけたリスティアだが、シャーロットの服装が前回と同じようなドレスであることに気付いて言い直した。

「こんにちは、リスティアさん。今日は事件の顚末と、前回話せなかったことをお伝えしようと思っているのですが、お時間ありますかしら？」

問われたリスティアはちらちらっと店内を確認。「えっと……大丈夫ですよ。それじゃ、奥でお話を聞きますね」とシャーロットを控え室に案内した。

そうして上座を勧めたのだけれど、シャーロットは手前の席に。そして座ることなく、リスティアをまっすぐに見つめた。

「まずは、ジェインの件を謝らせてください。一歩間違えれば、リスティアさんに多大な迷惑をかけるところでした。本当に申し訳ありません」

シャーロットが深々と頭を下げる。

「えっと……どうしてシャーロットさんが謝るんですか？」

「ジェインをこの街の市長に任命したのは、我がウォーレン伯爵家ですから。ジェインの不始末は、わたくしの不始末でもあります」

「あぁ、なるほど」

リスティアは真祖の一族のお姫様なので、上に立つものが部下の不始末に責任を持つという考え方は理解できる。

けれど――

「あたしはシャーロットさんに対して、なにも思うところはないですよ。もちろん、謝らないと気が済まないっていうなら、謝罪は受け入れますけど」

「ありがとうございます、リスティアさん」

「どういたしまして。ということで、良かったら座ってください」

シャーロットに席を勧め、自分もその向かいに腰掛ける。そうして、シャーロットの顔を少しだけ盗み見ると、シャーロットはほっと息をついて微笑んでいた。

きっと、心配してた問題が一つ解決して安心したのだろう。その微笑みが可愛らしくて、リスティアはあたしの妹になってくれないかなぁ？ などと考えた。

「それで、ジェインは取り調べ中ですが、裏でかなりあくどいことをやっていたみたいで、おそらく死罪は免れないと思いますわ」

「そうですか、それを聞いて安心しました」

マリア達を傷つけた黒幕。

ジェインを罰しても、マリアの過去がなかったことになるわけではないけれど、少なくともあらたな被害者を生むことはなくなると、少しだけ安堵した。

「そして、売られた子供達ですが、可能な限り行方を追って保護するつもりです。ですので、情報提供をお願いしたいのですが……」

「分かりました。あたしも色々と調べておきますね」

マリアを除く子供達は、孤児院を卒業した子供達がどうなったのか知らない。だから、マリアに話を聞くのが良いだろうとリスティアは思った。

「それで、ここからが本題なんですが……その前に、あらためて問いますが、リスティアさんは、わたくしに対して思うところはないと言ったのは事実ですか？」

「ええ、もちろんです。それどころか、優しい女の子だなって思ってますよ」

そして、あわよくば、あたしの妹にしたいと思ってるよ！　と、心の中で付け加えた。そんなリスティアを前に、シャーロットは身を震わせる。

「わ、わたくしも、リスティアさんは可愛くて優しい女の子だと思っています、わよ？」

「えへへ、ありがとうございます」

「べ、別に、本心を言っただけですから、感謝されるようないわれはありませんわっ」

ちょっと照れているところも本当に可愛らしい。

妹、ぜひあたしの妹に！　なんて、リスティアは内心で叫んだ。

「こほんっ。話を戻しますわよ。じつはこの街を治める次の市長ですが……わたくしがなろうと考えているんです」

「……シャーロットさんが、ですか？　でも、シャーロットさんはウォーレン伯爵家の一人娘なんですよね？　それが、一つの街の管理をするんですか？」

「ウォーレン伯爵領にそんなにたくさんの街があるわけではありませんし、身内が管理するのは珍しいことではありませんわ」

「でも、ジェインさんの件で、領主に対する不信感とかもあるんじゃないですか？」

「なおさらです。それにこれはわたくしの勘ですけど、この街はこれから、ウォーレン領にとって、なくてはならない存在になっていくと思うんです」

「……そうですか」

この街が重要になる原因が、リスティアを指していることには気付かない。けれど、シャーロットが本気であることは分かった。

だから、口出ししたらいけないんだろうなぁとリスティアは自らの想いを呑み込んだ。

「……もしかして、わたくしの心配をしてくれているんですの？」

「うん、それは心配ですよ」

心の綺麗な年下の女の子はみんな妹候補なので、リスティアが気にかけるのは当然である。

と言うことで、リスティアはアイテムボックスから魔石とプラチナ等の素材を取り出し、シャーロットに似合いそうな花をかたどったブローチを製作。

エンチャントの内容は、状態異常の無効化と、再生能力である。

「……え、リスティアさん、いま……なにをなさったんですか？」

驚きに目を丸くする。そんなシャーロットに向かって、リスティアは「秘密です」と人差し指を唇に。それから、テーブルを迂回してシャーロットの横に。

その胸もとに、ブローチをつけた。

「えっと……これは？」

「あたしからのプレゼント、お守りです！」

「お守りですか……凄く綺麗ですわね。本当にもらってもよろしいのですか？」

「うん、もちろんです。シャーロットさんに怪我とかして欲しくないですから」

「……リスティアさん」

シャーロットは、感極まったかのように頬を上気させる。

普通のブローチと思っていてもこの反応。

もし、贈り物がエンチャント品。それもオークションに出品された状態異常の無効化に加えて、再生能力まで付与されていると知っていれば、とんでもないことになっていただろう。

まあ、リスティアは空気を読んで秘密にしたのだが――シャーロットが事実を知ったときに起きうる騒動を先送りにしただけであることまでは気付いていない。

それはともかく、シャーロットはリスティアに抱きついてきた。

かなりぎゅっと抱きつかれているのだけれど、お互い同じくらいの背丈で、胸が非常に豊かなために、一部以外の密着度は意外に少ない。

もし、貧乳組がその光景を目にしていたら、胸囲の格差社会に絶望していただろう。

「ありがとうございます！　わたくし、このようなプレゼントを年の近い女の子から頂いたのは初めてで、凄く嬉しいですわ！」

「えへへ、喜んでもらえたのなら、あたしも凄く嬉しいです！」

抱きついてくるシャーロットを受け止めつつ、そのまま、あたしをお姉ちゃんと呼んで甘えてくれても良いんだよ！　と、心の中で叫ぶ。

「本当に、凄く嬉しいですわ。ぜひ、わたくしからもなにかお礼をさせてください」

ほどなく、落ち着きを取り戻したシャーロットが、リスティアから身を離した。

「お礼なんて、あたしがあげたくてあげただけだから、気にしなくて良いですよ」

「そうはいきません。なにか欲しいものはございませんか？」

「うぅん、あたしは……特に欲しいものはないですね」

「そうですか……あっ、でしたら、一つ提案があるのですが」

「……提案、ですか？」

なんだろう。あたしの妹になりたい！　とかなら良いなぁと、リスティアは夢想する。

「わたくしは一人娘で、今まで年の近い話し相手がいなかったんです。だからなのか、リスティアさんが特別なのか分かりませんけど、凄く親近感を抱いていて……」

「う、うん……」

これは、これはもしかして、本当にあたしの妹になりたい！　っていう流れ？　ホントに、本当にあたしに妹が出来るの!?

リスティアは必死に平静を取り繕いつつ、思いっきり期待する。

「ですから、その……わたくしと、姉妹のちぎりを、交わしてくださいませんか？」

きたあああああっ！　来たよぅ！　あたしの妹ちゃん、一人目だよぅ！　わーい、妹ちゃん、凄く優しくて綺麗な妹ちゃんだよ！

「あの……もちろん、形だけとなるのですが……お嫌ですか？」

「うぅん、そんなことないよ！　あたしも凄く嬉しいです！」

「良かった！　でしたら、今からあたしを――」

「うん！」


――妹ちゃんにするね！

「――お姉ちゃんと慕ってください！」


リスティアの心の叫びに重ねられたのは、なんだかちょっと予想と違う言葉。その意味を理解したリスティアは――思わずテーブルの上に突っ伏した。

閑話　オークションの裏側で暗躍する普通の女の子

「装飾が見事な、致死性の毒を無効化するアーティファクトを手に入れて欲しい」

公爵家の当主――グラニス・ウォルターが、懇意にしている商人に対して要望を伝えた。

「装飾品が見事な、ですか？　それは、とんでもない価格になると思いますが」

「分かっている。金に糸目はつけぬつもりだ」

エンチャント品には共通の弱点が存在する。それは、魔導具自体を破壊されてしまったら、その効力を失うと言うことだ。

なかには、自己修復するアーティファクトも存在するが、それは例外中の例外。一般的には、魔導具が壊されないようにすることこそ重要だと言われている。

つまり、エンチャントを施されたマジックアイテムは得てして無骨なデザインが多い。特に現存するアーティファクトでは、その傾向が顕著に表れている。

装飾が見事なアーティファクトはとても稀少だ。

装飾品とアーティファクトに分ければ、金貨数百枚から千枚程度で手に入るのだが、両方を兼ね揃えた一品ともなれば、金貨一万枚はくだらない。

ウォルター公爵とはいえ軽々しく支払える額ではなく、金策に他の美術品を売る必要もある。

だが、そこまでしても手に入れたい理由があった。

「我が愛する娘に持たせてやりたいのだ」

「それは、もしや……」

「……うむ。隣国への嫁入りが決まった」

隣国とは戦争状態にあり、小競り合いを続けている。

人口爆発に伴う食糧不足を補うため、肥沃な土地を奪い合った結果——なのだが、その期間は百年を超えており、両国の国力低下に繋がっている。

そんな状況を打開すべく、王は一つの決断を下した。王家の血を引く娘を隣国の王子に嫁がせ、友好の証とすることである。

そして、その娘に、ウォルター公爵の愛娘が選ばれたのだ。

娘が両国の命運を背負う。公爵としてはとてつもなく名誉な話であるが、父親としては……とても苦しい選択だった。

多くの者が和平を望んでいるとは言え、いまだに戦争を望んでいる者もいる。そんな者からしてみれば、ウォルターの娘は邪魔者以外の何者でもない。

アーティファクトと同じだ。どれだけ強力な効果を有していようと、元となる部分を破壊してしまえば、その効果は発揮されない。

だから、これから毒殺の危機に晒され続けるであろう娘が、どのような場所でも持ち歩けるような、そして一見してはそれだと分からないような、アーティファクトを欲したのだ。

「嫁ぐのは半年先だ。どうか、それまでに頼む。成功の暁には、必ずその恩に報いると約束する」

「かしこまりました。お嬢様に似合う最高の品を必ずや見つけて参りましょう」

——と、お抱えの商人に頭まで下げて見せたのだが、アーティファクト自体が年に数えられるほどしか出回らない。ましてや、装飾が見事な、致死性の毒を無効化するアーティファクトともなれば、数年に一つ売りに出されるかどうかといったレベル。いくら金に糸目をつけようとも、そう手に入るはずもなく——娘の嫁入りまでの日が刻一刻と迫っていた。

そんなある日、王都で貴族達の集まる社交界が開催された。

本来であれば、とてもではないけれど、社交界を楽しむなどという余裕はない。けれど、公爵としては安易に欠席するわけにも行かない。

それに、もしかしたら、貴族の誰かが自分の求めるアーティファクトを知っているかもしれない。

そんな可能性に望みを掛け、ウォルター公爵は社交界に出席した。

しかし――

「装飾品としても見事な、致死性の毒を無効化するアーティファクト、ですか？」

「うむ。娘のために手に入れたいのだ」

「……リリアンヌ様ですか。今回の一件は、その……」

「良い、なにも言ってくれるな。私とて、非常に名誉であり、重要なことだと理解している。ただ、シャーロット嬢は、芸術品にも精通していることを思い出してな」

「わたくしもリリアンヌ様には良くしていただきましたから、可能であればお力になりたいのですが……申し訳ありません。それだけの品となると、心当たりがありませんわ」

「いや、こちらこそ、急に変なことを聞いてすまない」

ウォーレン伯爵家の一人娘。娘と仲の良かった相手にまで当たったのだが、やはり求めている情報は手に入らなかったかと、ウォルター公爵は項垂れた。

「ウォルター公爵、心中お察しいたしますわ。明日は王都でオークションが開催される日でございます。もしかしたら、リリアンヌ様にふさわしい物が出品されるかもしれませんわよ」

「……オークションか、そうだな……」

望んでいるアーティファクトのような目玉商品が出品される場合は、オークション参加者が資金を用意できるように、事前に通達されるのが常。

この時点でなにも情報が入ってこないと言うことは、アーティファクトが出品されることはありえないが……たしかに、娘に贈るような品がないとは言い切れない。

ウォルター公爵は、シャーロットに礼を言って席を立った。

けれど――移動した先。人が多く集まっている席で、ウォルター公爵は信じられないやりとりを目にすることになる。

ロードウェル公爵夫人が、夫からプレゼントされたという品を他の貴族達に自慢していたのだ。

先代のロードウェル公爵は優秀で、ウォルター公爵も懇意にしていたのだが……先代の後を継いだロードウェル公爵は、なにかとウォルター公爵に突っかかってくる。

若くして後を継いだことで、舐められないようにと意地をはっているのだろう――と、今までは放置していたのだが、今日ばかりはそうできない理由があった。

ロードウェル公爵夫人が自慢しているその一品こそ、ウォルター公爵が愛すべき娘のために探し求めていた一品だったのだから。

「いかがですか、ウォルター公爵。私が妻に贈った、美しい装飾の、致死性の毒を無効化するアーティファクトは」

不意に、すぐ背後から声が上がる。

いかにも挑発するような声から、自分がしてやられたことを理解したウォルター公爵は、忌々しいと高ぶる感情を押し殺して振り返った。

「これはこれは、ロードウェル公爵。なにか私に用事ですかな？」

「いやなに、ウォルター公爵が私と同じアーティファクトを探し求めて、それでも見つけられないとの噂を聞きましてな」

「……ほう」

売ってもらえるのか？　などとありえないことは訊かない。そんなことを口にしても、ロードウェル公爵を喜ばせるだけに決まっている。

どこから情報が漏れたのかは分からないが、ウォルター公爵が求めている品の情報を、ロードウェル公爵が事前に手に入れ、邪魔をする目的で購入したのは想像に難くない。

ウォルター公爵は苦々しい気持ちで一杯だった。

「今から探すのは大変だと思いますが、どうかウォルター公爵も気を落とさず。私のようにその気になれば、きっと手に入れることも不可能ではないと思いますよ」

良くもぬけぬけとそのようなことを！　と、口から出かかった怒りは寸前のところで呑み込んだ。

いまのウォルター公爵に必要なのは、娘になにをしてやれるかを探すことだから。

だから、怒りを呑み込み、その場を立ち去ろうとしたのだが――

「そうそう。さすがに同じ物を二つ仕入れることは出来ないと思いますが、念のために私が仕入れを頼んだ商人を紹介いたしましょう」

「……ほう？　それは、ありがたいが……」

どう考えても善意のはずがない。一体どんな目的があるのかと、ウォルター公爵は警戒する。

けれど、その警戒は無意味だった。彼の言葉が純粋な善意から来るものだったから――ではなく、既に仕込みが終わった後、種を明かす瞬間だったからだ。

すなわち――

「その商人の名は――」

ニヤリと告げられたのは、ウォルター公爵が懇意にしている商人の名前だった。


その日の夜、ウォルター公爵が呼びつけるまでもなく、くだんの商人は屋敷に姿を現した。怒りで爆発しそうな感情を理性で抑えつけて面会する。

「……今日の社交界で、ロードウェル公爵にとある品を自慢された」

それ以上の説明は必要ないだろうとばかりに睨みつけた。けれど、最近王都でも頭角を見せ始めた商会の会長は、臆することなくウォルター公爵の視線を受け止める。

「……やはり自慢されましたか。心中お察しいたします」

もはや、喧嘩を売られているとしか思えない。ウォルター公爵は最後の確認とばかりに、震える声で「ロードウェル公爵にアーティファクトを売ったのか？」と尋ねた。

「ええ、私が販売しました」

「では、同じものがもう一つあるとでも言うつもりか？　答えよ、グラント」

商人であれば、より高い値をつけた方に売るのは仕方がない。けれど、ウォルター公爵は商品が手に入ったことすら知らされていない。

返答次第では、ただではすまさん――と威圧を掛ける。

大貴族の本気の威圧には、並みの者であれば震え上がるほどの迫力があるのだが、ウォルター公爵が懇意にしている商人――グラート商会の会長は涼しい顔だ。

「その問いに答える前に、一つお尋ねさせてください」

「……なんだ？」

「もし、明日のオークションで、とある品を必ず競り落とせと言われたら……ウォルター公爵には競り勝つ自信がございますか？」

「明日のオークションだと？」

どういう意図かは後回し。持ち前の切り換えの良さで、その答えを探す。

明日のオークション。アーティファクトの類いが出品されるという話は聞いていない。となれば、王族の参加はまずないと見て良いだろう。

であれば、ライバルとなり得るのはいくつかの大貴族と、ロードウェル公爵くらい。

そんな彼らに勝てるかどうか。

総資産で言えば、ロードウェル公爵とウォルター公爵の一騎打ち。しかし、オークションというのは総資産が多ければ勝てるというものではない。

オークションで勝つのは、その時点で動かせる現金の多い者だ。

そして、ロードウェル公爵は芸術品としても優れたアーティファクトを購入したばかりなので、それほど動かせる現金はないだろう。

対して、ウォルター公爵は娘への贈り物のために資金を集めていた。明日の時点であれば、ウォルター公爵がオークションで負けることはありえない。

――と、そこまで考えたところで、ウォルター公爵はある可能性に気付く。

「もしや、明日のオークションに、私の望んでいる品が売りに出されるのか？」

「取り引き相手との約束があるので、これ以上は申し上げることが出来ません。ただ……これはとある普通の女の子のご厚意とだけ申し上げておきます」

「……普通の女の子、だと？」

「ええ。貴方のことをお話ししたら、快く了承してくださいました。だから、明日のオークションに、必ずご参加ください。貴方はきっと、奇跡を目の当たりにするでしょう」

奇跡と言われてもいまいち理解できなかった。

そもそも、グラートが最初から自分に売ってくれれば話はそれで終わったはずだ。なのに、なぜそんな遠回りなことをするのか、まったくもって理解できない。

考えられるのは、オークションで値をつり上げることだが……それにしたって、ウォルター公爵は、どれだけ高くともアーティファクトを手に入れるつもりでいた。

やはり、オークションで競り落とさせる意味が分からない。

そもそも、もし本当にウォルター公爵が探し求めるアーティファクトが出品されるのであれば、事前に告知されないはずがない。

だから、本音を言えば、グラートの下手な言い逃れ。もしくは、頭がおかしくなってしまったのではと疑ったほどだ。しかし、他にあてもない。

だから、ウォルター公爵は藁にも縋る思いで、オークションに出席することにした。

そしてやって来たオークション会場。

グラートは、まさしく奇跡を見た。

羊皮紙に記載された品目の中に、出品リストを目にした者達も同様にざわめいている。

「な、なんだ、これは……っ」

絶句するウォルター公爵。出品リストを目にした者達も同様にざわめいている。事前に告知もなく、アーティファクトが出品されているだけでも驚きだ。

しかし、本当に驚くべきことは、記載されている説明文にこそあった。

大きな魔石がはめ込まれた、美しいデザインのブローチ。小さいながらも繊細なデザインで、ブローチ単体としても金貨五十枚は下らないとの鑑定がされている。

この時点でも、わりと驚きの価格である。

もちろん、もっと高い芸術品はいくらでもあるが、小さいブローチで金貨五十枚の値が付くのは相当に珍しい。

にもかかわらず、そのブローチの真価はデザインではなかった。そのブローチはエンチャントが施されているそうで、下記のようにその鑑定結果が記載されている。

あらゆる状態異常を無効化する能力に加え、自己修復機能が付与されている。所有者が即死レベルの猛毒に侵されようが即時に無効化し、ブローチは粉々にされようとも自己修復する。

普通の女の子が片手間に作ったブローチ。

もはや、どこから突っ込めば良いのか分からない。

小さな、芸術的なブローチに、強力なエンチャントを施されたアーティファクト。それが現存するだけで珍しいのに、施されているエンチャントがありえない。

あらゆる状態異常の無効化。もはやそれは、アーティファクトの領域ですらない。神が生み出した奇跡かと疑うレベルである。

この時点で、金貨十万枚の値が付いたとしても不思議ではない。

しかし、驚くべき事実はそれで終わりではなかった。ブローチには、自己修復機能が付与されているというのだ。

まず、アーティファクト級のエンチャントが施されている時点で奇跡なら、壊れやすいブローチに、自己修復のエンチャントが施されているのは天恵。

まさに、アーティファクトの中のアーティファクト。存在するはずのない一品だが——自己修復機能が施された芸術品。ウォルター公爵には一つだけ心当たりがあった。

「まさか……無銘シリーズ、なのか……？」

そうであれば、芸術的な価値だけで、小さなブローチに金貨五十枚の値が付くのも納得できる。

そして、もし無銘シリーズであれば、金貨数千枚の値が付いてもおかしくはない。そんなブローチに、あらゆる状態異常の無効化する能力が施されている。

そんな品に値をつけることは不可能だ。たとえ、ウォルター公爵が持てる全て——領地や地位や領民、その全てと引き換えにしても釣り合わないだろう。

——否。オークションに出品されるのであれば、落札価格こそが適正価格だと言える。

馬鹿げた話ではあるが、ある意味ではそれが真理。

だが——と、ウォルター公爵は考える。事前に告知もせず、またウォルター公爵と競り合うべき相手の資金力を削いだ。グラートの目的はなんなのか、と。

普通に考えれば、出品するのが他人で、その相手の足を引っ張ることが目的。けれど、出品者の代理人はグラートとなっている。自分で、自分の足を引っ張るとは思えない。

だとしたら——と、そこまで考えたウォルター公爵は、グラートの言葉を思い出した。

『これはとある普通の女の子のご厚意とだけ申し上げておきます』

なぜ、これほどのアーティファクトが存在するのか。なぜ、これほどのアーティファクトを投げ売るような真似をするのか。なぜ、普通の女の子などと普通を強調するのか。

まるで意味が分からない。

ただ、今日出品されるアーティファクトほど、娘に贈るにふさわしい品は存在しない。

そして——

「いそげっ、今すぐ動かせる金貨を全てかき集めるのだ！」

ロードウェル公爵を初めとした貴族が、使用人に指示を飛ばしているが——手遅れだ。娘のためにかき集めた金貨を全て持ち込んだウォルター公爵に勝てる者はいない。

ウォルター公爵は、後に天使の祝福と名付けられるアーティファクトを落札した。

後日、再びグラート商会の会長が訪ねてきた。

「おめでとうございます、ウォルター公爵」

「グラート、お前のおかげで、私は愛すべき娘に望外の贈り物をすることが出来た。心から感謝する。この恩は一生をかけて返すと約束しよう」

「いいえ、前回申しました通り、今回の一件は自称普通の女の子のご厚意ですから」

「自称普通の女の子、か。最初に聞いたときはなにを言っているのかと思ったのだが……」

アーティファクトの説明文には、普通の女の子が片手間に作ったと記載されていた。

そして、自称普通の女の子のご厚意。

普通に考えれば、その作者と、自称普通の女の子は同一人物だろう。

もちろん、そんなことは普通の女の子には不可能だ。いや、人間には不可能だ。

けれど、無銘シリーズは、作者が名を売ろうとしなかったがゆえに無銘。

そして、作者は真祖の末娘だと言われている。真祖の一族は千年前に忽然と姿を消したが、その寿命は数千年とも言われている。今もこの世界のどこかで生きていても不思議ではない。

「……もしや、その自称普通の女の子とやらは……」

「分かりません」

「……それは、詮索をするなと言うことか？」

「もちろん、それもあります。しかし、本当に分かりません。あえて私の見解を述べさせていただけるのであれば……彼女は普通の女の子を自称する天使ですね」

「……天使と来たか。では、今回の一件は、我が娘に対する祝福か？」

「その通りです」

真祖であれば、人間に慈悲を与えるとは思えない。ウォルター公爵のセリフは完全に冗談だったのだが、グラートは真面目な顔で頷いた。

「彼女は、困ってる女の子を助けたい――が口癖ですから」

「なるほど、困っている女の子……か」

それならば、今回の一件は紛れもなく、我が娘のためだろう。あまりにも規模が大きすぎて意味が分からないと言わざるを得ないが……天使ならば仕方がない。

ウォルター公爵はそんな風に思った。


ウォルター公爵の愛娘、リリアンヌはやがて隣国へと嫁いでいった。

しかし、隣国での生活は、決して楽なものではなかった。両国の関係を改善しようとする者達が味方してくれてはいたが、戦争を望んでいる者達から常に命を狙われていたからだ。

けれど、彼女は困難に立ち向かい、次期国王である夫の信頼を勝ち取っていく。そしてついには、両国の関係改善に大きく貢献したと伝えられている。

リリアンヌ王妃。彼女こそが両国の平和の架け橋となったのだ。

毒殺を初めとした、様々な方法によって命を狙われながらも、どうして彼女が生きながらえることが出来たのかは、様々な憶測が為されている。

中には荒唐無稽なものもあり、どれが真実かは分からないが……一番有力な説は意外にも、彼女が天使に護られていたという逸話だ。

晩年、彼女が老衰によって亡くなったおり、彼女の死を偲ぶ者達の前に、天使が舞い降りたからだと言われているが……その真実は定かではない。

閑話　通りすがりの普通の女の子、子爵家で暗躍する

月に一度、王都の会場で行われるオークション。

熱気に包まれたその会場の片隅で、ウィルダーネス子爵家の娘――先日十五歳になったばかりのルクレツィアは緊張していた。

彼女の父が統治するウィルダーネス地方は、普通の子爵家からは考えられないほど広い土地を有しているが……その土地の大半は作物がまったく育たない、不毛の大地だ。

それでも彼の一族は、身を粉にして領民達を護り続けている。そして領民達もまた、ウィルダーネス子爵の熱意に応えようと、領地を豊かにするために働き続けていた。

しかし、ウィルダーネス領に人が暮らし始めておよそ千年。人々の暮らしは改善されず、その地で暮らす人々も減少。領地の経営は限界に達していた。

その上、ルクレツィアの父――ウィルダーネス子爵が先日、過労で倒れてしまった。このままでは領地経営もままならず、家臣への給金も支払えなくなってしまう。

そうなれば、国王に領地を召し上げられてしまうだろう。

だから、父の力になりたくて、ルクレツィアはこのオークション会場にやって来た。母から譲り受けた形見のブローチをオークションに出品するためである。

もちろん、母の形見を売りに出すことには抵抗がある。母も、その母から譲り受けた、先祖代々伝わるブローチだというのだからなおさらだ。

けれど、父を、そして領地や領民を護るためなら、母もきっと許してくれるだろう。

問題は、いくらで売れるのかということ。

ブローチには魔石がはめ込まれているが、残念ながらエンチャントの類いは施されていない。とは言え、美しい装飾が施されているので、金貨三十枚は下らない。

恐らくは、金貨五十枚くらいは期待できるはずだ。

そして、今日のオークション会場は、妙な熱気に包まれている。もしかしたら、それ以上の価格で落札されることもあり得るかもしれない。

金貨三十枚なら、当面の家臣への給金を。五十枚なら、それに加えて、貧困に喘ぐ領民への支援を。そして百枚なら、遅々として進んでいない開墾にも手を伸ばせるかもしれない。

そんな夢を見たのだけれど——

「そん、な……」

自らが出品したブローチの競売が始まったとき、舞台袖にいたルクレツィアは、自分が悪夢を見ているのだと思った。貴族なら飛びつかずにはいられない。そんな繊細なブローチが出品されているにもかかわらず、貴族達が見向きもしなかったからだ。

そして——

「金貨十八枚、現在金貨十八枚。他にはいらっしゃいませんか?」

転売目的なのだろう。一部の商人が少し競り合っただけで、すぐに片方が脱落してしまった。恐らくはこのまま、金貨十八枚で落札されてしまうだろう。

けれど、金貨十八枚では、家臣への給金を支払うことも難しい。それでは、なぜ母の形見を競売に出したのか分からない。

「……お母様、ごめんなさい。お母様……。うっ……うぅ」

ルクレツィアは白く小さな手をぎゅっと握りしめ、大粒の涙をこぼした。

――そうして、悲劇で終わったはずの物語。

だけど、その話にはまだ続きがあった、
それから数ヶ月。父の容態は思わしくなく、ウィルダーネス子爵家の資金はとうとう底を突いた。

いよいよ、終わりが迫っているのだと覚悟を決めたそんなある日。

ルクレツィアのもとに、使用人から来客があるとの報告があったのだ。

しかし、このような時期に自分を訪ねてくる知り合いに心当たりはない。

考えられるのは、ウィルダーネス子爵家に対する支援と引き換えに、自分との婚姻――つまりは、ウィルダーネス子爵の地位を手に入れようとする商人を始めとしたお金持ちくらい。

そういった提案ですら、あるかどうかも分からないほど酷い現状。条件によっては、家臣や領民達を護るために――と、ルクレツィアはそんな覚悟を決めた。

「その来客とは、どのような方ですか？」

「本人は、通りすがりの普通の女の子だと名乗っています」

「……はい？」

「ですから、その……通りすがりの、普通の女の子だそうです」

「貴方はなにを言っているのですか？　普通の女の子は、通りすがったからといって、子爵家を訪ねてきたりはしないでしょう？」

「えっと、その……ご指摘はごもっともだと思うのですが、お召し物はとても上品で、高価に見受けられます。恐らくは……」

「お忍び――という訳ですか。分かりました、ともかく会ってみることにいたしましょう」

ルクレツィアは素早く身だしなみを整えて、客の待つ応接間へ。そこには、普通の女の子とはなんだったのかと、首を傾げたくなるほどに可愛らしい女の子がたたずんでいた。

「初めまして、ルクレツィア様。あたしは通りすがりの普通の女の子です」

「あ、えっと、私はルクレツィアですわ。それと、ここには私と貴方しかいませんので……」

正体を明かしていただいても大丈夫ですとの意味を込めたのだけど、自称通りすがりの普通の女の子は、可愛らしく小首を傾げている。

恐らくは、分からないフリ。正体を明かすつもりはないという意思表示だろう。

「えっと……お姉様は――」

「――お姉様！」

名前が分からなかったので、仮にそう呼んだのだけれど、自称通りすがりの普通の女の子は、なぜか過剰に反応した。

「す、すみません。なにか気に障ることを申しましたでしょうか？」

「あ、いえ、そんなことはないですよ」

「そ、そうですか？」

「うんうん」

よく分からないけれど、少女はニコニコとしている。やっぱりよく分からないけれど、たぶん、きっと、大丈夫だろう。本気でよく分からないけど。

とにかく、ルクレツィアは詳しい話を聞いてみることにした。

「では、その、お姉様は……私になにかご用なのでしょうか？」

「うん。このブローチについて少し聞きたかったんです」

「――それはっ！」

ルクレツィアは目を見開いた。自称普通のよく分からない少女が、どこからともなく取り出したブローチ。それが、涙を呑んでオークションに出品した母の形見だったからだ。

「どうして、お姉様がそれを……いえ、落札した商人から買い取ったんですね」

「うぅん、もらったんです。あたしが興味を持ってるのに気付いたみたいで」

「……そ、そうですか」

領地の命運を左右するほどの価値がある品を、興味の一つでプレゼントされる。それのどこが普通の女の子なのか……ルクレツィアは、自分の現状と比べてなんだか悲しくなった。

「それで、このブローチについてですけど、貴方が出品した品で間違いありませんよね」

「ええ、そうですけど。それが、なにか？」

「このブローチをどこで手に入れたのか、教えていただけませんでしょうか？」

「そのブローチは母の形見です」

「母の形見……」

自称通りすがりの普通の女の子は、どこか驚いたような顔をした。

形見の品をオークションに売りに出すなんてと責められているような気がして「その、領民を護るためだったんです」と、言い訳を口にしてしまう。

「そのお母さんは、誰からもらったとか言ってましたか？」

「えっと……母も、母から受け継いだと。そのブローチは、先祖代々伝わっていたんです」

「先祖代々……そう、ですか……」

自称通りすがりの普通の女の子は、なにやら遠い目をした。自分より少し年上くらいにしか見えない外見なのに、なにかを背負っているような表情。

「……あの、お姉様？」

「うぅん、なんでもないよ」

ルクレツィアを見る少女の眼差しが、優しげなものに代わった。そしてそれと同時に、先ほどまでの他人行儀な口調が、親しい相手に向けられるような口調に変化した。

ルクレツィアは、それを馴れ馴れしい――とは思わなかった。それどころか、なぜか懐かしさすら感じてしまう。ルクレツィアはそんな自分に戸惑う。

「えっと……それで、ご用件というのはそれだけですか？」

「ん……迷っていたんだけど、このブローチは貴方に返してあげるね」

「……え？」

驚くルクレツィアの胸もとに、いつの間にかブローチが飾られていた。テーブルを挟んでソファに腰掛けていたはずなのに、一体どうやってルクレツィアの胸につけたのか。

いや、それよりも――

「返すと申されましても、私に買い戻すお金は……」

その先は情けなくて口にすることが出来なかった。だけど、自称通りすがりの普通の女の子は、それに対してやんわりと首を横に振った。

「二度と手放さないと約束してくれるのなら、お金なんか必要ないよ」

「ですが……」

「良いの。それに、約束だったからね」

「……約束、ですか？」

「うん。ミーシャと約束したの。いつか、ミーシャに大切なモノが出来たら、それを護るためのエンチャントをしてあげるって」

「ミーシャ……ですか？」

ルクレツィアがミーシャと聞いて一番に思い出したのは、大きな手柄を立てて子爵家の地位を賜った女傑、ウィルダーネス子爵家の初代様。

だけど、それはありえない。ウィルダーネス子爵家は千年ほど続いている。初代のミーシャと、自称通りすがりの普通の女の子が知り合いのはずはない。

いや、それよりも――

「あの、エンチャントというのは？」

「ミーシャが、貴方が護りたいモノを護るための力――だよ」

自称通りすがりの普通の女の子がそう口にした瞬間、奇跡が起こった。

緻密で、驚くほどに大きな魔法陣が彼女を中心に展開されていく。神聖な光が部屋一杯に広がり――やがて、その光はルクレツィアの胸元に輝くブローチに吸い込まれていった。

「……いま、のは？」

問いかけるけれど、自称通りすがりの普通の女の子は微笑むだけで答えてくれない。

「それじゃ、あたしはそろそろ帰るね」

言うが早いか、立ち上がって本当に退出しようとする。だからルクレツィアは慌てて少し待って欲しいと声を上げた。

「……あたしになにか言いたいことがあるの？」

「えっと……その。このブローチは、貴方が持っていてください」

「……どうして？　貴方にとっても想い出の品だと思ったのだけど」

「だから、です。私がこれからどうなるかは分かりません。だけど、きっと、私にそのつもりがなくても、金品を手元に残すことは叶わないと思うので」

領地を召し上げられるか、その身をお金持ちに買われるか、どちらにしてもブローチを取り上げられる可能性は高い。だから、この少女にもっておいて欲しいと思ったのだ。

だけど――

「その心配は必要ないよ」

「必要がない、ですか？　それはどういう……」

その後、彼女の口から聞かされたのは、信じられないような内容だった。

グラート商会と呼ばれる、とても大きな商会が、ウィルダーネス子爵領の支援を申し出てくれているというのだ。

資金援助に、食糧支援。更には人材派遣と至れり尽くせりの支援。それを聞いた瞬間、ルクレツィアは魂すら売り飛ばす覚悟を決めた。

けれど、その代償として求められたのは、ウィルダーネス子爵領が豊かになったら、グラート商会と特産品などの取り引きをする、ただそれだけ。

ウィルダーネス子爵領は貧困に喘いでいる。たとえ支援をしてもらえたとしても、商会を満足させられるほどの取り引きを出来るようになるとは思えない。

そもそも、ウィルダーネス子爵領に特産品などという物は存在しない。普通に考えれば、グラート商会に一切の利益はないはずだ。

そう言ったのだけれど――

「ふふっ、すぐに分かるはずだよ」

「……分かる、ですか？」

どういうことかと問いかける。

けれど、自称通りすがりの普通の女の子は天使のように微笑むだけで答えず――

「……ミーシャ。遅くなっちゃったけど……約束は果たしたからね」

優しげな眼差しをルクレツィアに――いや、胸もとのブローチに向ける。それと同時に、淡い光が少女を包み込み――光が弾けたとき、少女はどこにもいなくなっていた。

「お嬢様、お茶をお持ちいたしました。……お嬢様？　入りますよ」

さっきの出来事は夢だったのだろうか――と、呆然としていると、メイドが入ってきた。そして部屋を見回し、ルクレツィアしかいないことに気付いて首を傾げる。

「あら、お客様はどちらに行かれたのですか？」

メイドに問われ、ルクレツィアは部屋を見回した。

彼女がいた痕跡は、部屋のどこにも残っていない。だけど……と、ルクレツィアは、自分の胸もとにブローチが飾られていることに気がついた。

「彼女は……もう帰ってしまったわ」

「そう、ですか。何者だったんですか？」

「さぁ……なんだったのかしらね」

取り引き云々はとてもじゃないけど信じられない。けれど、母の形見は、ルクレツィアのもとに戻ってきた。だから――

「もしかしたら、通りすがりの天使だったのかもしれないわね」

ルクレツィアは窓の外を見つめ、ブローチにそっと触れた。


破綻寸前まで陥ったウィルダーネス子爵領は、ある日を境に急速に復興していく。床に伏せっていた当主が快復し、それと同時にグラート商会が支援を始めたのだ。

当初、それを知った他の商人達は、グラートが子爵家の地位を手に入れようとしているのだと噂した。けれど、グラート商会はそれを否定。将来、商売をするためだと宣言する。

商人達は、最近、急激に規模を拡大しているグラート商会が、調子にのって無謀な賭けに出たのだと笑った。

けれど――

それからわずか数年。ウィルダーネス子爵領は復興していく。

不毛だった大地が甦り、自然豊かな土地へと変貌。しかも、一体どこから手に入れたのか、後に国内で大人気となる、未知のフルーツまで栽培を始める。

こうしてウィルダーネス子爵領は、国内で有数の豊かな領地へと変貌を遂げた。

なぜ急に作物が育つようになったのかは不明。

グラート商会がなんらかの入れ知恵をしたという噂もあるが、そういった資料は一切見つかっていない。

また、ウィルダーネス子爵の愛娘が荒れ地に訪れると、その地が自然豊かな地へと変貌したという伝説もあるが……事実は定かではない。

ウィルダーネス子爵家の七不思議の一つとして数えられている。

閑話　普通の女の子、ユリ疑惑を掛けられる

真祖の末娘であるリスティアは、つい先日まで吸血衝動と無縁だった。だから、他の同族がどうして吸血衝動に身を任せるのか、まるで理解できないでいた。

けれど、それは吸血衝動に襲われ、マリアの血を飲ませてもらうまでの話だ。

マリアの首筋に牙を突き立ててその血を口にした。その瞬間、理解してしまったのだ。大切な相手の血を飲むことが、ヴァンパイアにとってどれだけ甘美なことなのかを。

妹のように思っているマリアの血が、喉を通して自分の体内へと溶け込んでいく。そうして満たされるのは喉の乾き——ではなく、リスティアの心そのもの。

リスティアはあの多幸感をまた得たいという衝動に襲われていた。

そんな訳で、月が赤く染まったある日の夜。リスティアは夕食の片付けをしているマリアの元へ行き、その袖を掴んで「マリア……」と声を掛ける。

「リスティア院長、どうかしたの？」

「えっと、その……」

どうお願いすれば良いか分からなくて、リスティアはもじもじとする。

「もしかして……？」

「……うん。マリアが欲しくなっちゃった」

「そっか……分かった。それじゃ……今夜、リスティア院長の部屋に行くわね」

「……ありがとう、マリア」

少しはにかんで、リスティアは自分の部屋へと戻っていった。

◇◇◇

「――今夜、リスティア院長の部屋に行くわね」

マリアがリスティアに向かって小さな声で答える。アレンがその言葉を耳にしてしまったのはただの偶然だったけれど、心がどうしようもなくざわついた。

『――分かりました。今夜、部屋に行きます』

脳裏に浮かんだのは、眉を寄せてそんなことを言うマリアの姿。会話の相手は前院長であるゲオルグで、マリアは見ているだけで胸が苦しくなるような表情を浮かべていた。

幼いアレンには、それがどういったやりとりなのかは分からなかった。

いや、いまでも良くは分かっていない。

だけどそれでも、ゲオルグ院長がマリアになにかを強要しているのは分かった。

だからゲオルグ院長が嫌いで、その仲間に思えたリスティアのことも嫌っていた。

けれど、リスティアはゲオルグ院長を追い出し、自分達を救ってくれた恩人。自分が警戒していたのは杞憂で、リスティアは自分達の味方だと思うようになっていた。

だけど、だからこそ、先ほどのやりとりはアレンの心をざわめかせた。もしかしたら、リスティアはゲオルグ院長と同じなのかもしれない。そんな風に思ったからだ。

「いや、そんなはずない。リスティア院長は、みんなに優しくしてくれるし……」

リスティアとゲオルグ院長ではあまりに違いすぎる。きっとなにかの間違いだ。

そう思ったアレンは、ゲオルグ院長のときには恐くて出来なかった行動をとった。すなわち、夜の部屋でなにがおこなわれているか、それを確認するべく部屋の様子を見に行ったのだ。
　そして――

「マリア、マリア……もう、我慢できないよ」

「ひゃっ……んっ。ぁ……ん。もぅ、リスティア院長ったら……そんなに焦らなくても平気よ」

　夜が更けた頃、リスティアの部屋の扉の前、聞き耳を立てていたアレンは、リスティアとマリアの甘ったるい声を聞いてしまった。

　もちろん、部屋の中でおこなわれているのはただの――と言って良いのかどうかは分からないけれど、吸血行為であり、会話から連想するような行為ではない。

　けれど、アレンはその会話から、二人がなにかいけないことをしているのだと誤解した。

　アレンの頭にカッと血が上る。

　リスティアが、マリアになにかを強要している――と、そんな風に思ってしまったからだ。

　それが事実なのか誤解なのか、確認しなくちゃいけない。そう思ったアレンは、ドアノブに手を掛けて、ドアを少しだけ開け――その隙間から部屋の様子をうかがう。

　気付かれないようにと、扉を開けたのは最小限で、見えるのはわずかな範囲のみ。だけど、ちょうどその視界の中に、お姫様ベッドが入っていた。

　そして――そのお姫様ベッドの上、リスティアに抱きしめられるマリアの横顔が見えた。

「ぁ……ぅ。……んっ。リスティア院長、ちょっと、激しすぎ、よ……っ」

　マリアが身をよじり、リスティアをそっと押しのける。

やっぱり、リスティアがマリアになにかを強要していると、アレンは誤解を加速させる。

だけど――

「んんっ。ぁ……ん。リスティア院長、もう少し、ゆっくり。じゃないと、私……~~~っ」

指を噛んで声を押し殺し、その身を震わせる。そんなマリアの顔に浮かんでいるのは、どこか嬉しそうな表情。少しも、嫌そうには見えない。

リスティアが強要しているのではなく、マリアが受け入れている。それを理解してしまった。

「……ん。ごめんね。なんだか歯止めが利かなくなっちゃって」

「リスティア院長ったら。……でも、私を求めてくれて嬉しいわ」

「マリア……えへへ。それじゃ、もう少しだけ、ダメ……かな？」

「もぅ……仕方ないわね。それじゃ、もう一回だけよ？」

「うん、ありがとう、マリア！」

リスティアがマリアに抱きつき、そのままベッドに押し倒してしまった。そうして二人はアレンの視界から消えてしまったけれど、マリアの甘い声とかすかな水音が響いてくる。

二人の行為を、正しく――いや、本当は根本的に違うのだけれど、大人がこの光景を見て想像するようなことを、アレンが想像できた訳ではない。

だけど、リスティアとマリアがただならぬ関係であることだけは理解できた。

孤児院で一番上の、優しくて綺麗なお姉ちゃん。そんなマリアに、アレンは好意を抱いていた。だから、その光景はあまりに衝撃的で――アレンはその場から逃げ出した。

――けれど、アレンはゲオルグ院長のときも最後まで立ち向かった。子供ながらにとても強い心の持ち主である――という訳で翌日。

「リスティア院長にマリアお姉ちゃんは渡さないからな！」

朝食の席で、アレンはリスティアに宣戦布告をおこなった。

マリアは驚きに目を見開き、子供達はきょとんとする。

そして、指を突きつけられたリスティアは、満面の笑みで微笑んだ。

「大丈夫だよ。あたしはみんなのことが大好きだから。誰かから誰かを取るなんてしない。みんな一緒に可愛がってあげるからね」

あたしは、みんなのお姉ちゃんなんだよ！　と言う意味なのだが、昨日の光景からアレンが導き出した答えは違っていた。

だから――

「リ、リスティア院長の見境なし！　俺は籠絡されたりしないからなっ！」

アレンの誤解は更に加速していく。

そうして子供でしかなかったアレンは、マリアへの想いを自覚。

リスティアに負けないようにと己を磨き、やがては英雄と呼ばれるまで登り詰めるのだが……それはまた別の物語である。

あとがき

『とにかく妹が欲しい最強の吸血姫は無自覚ご奉仕中！』一巻を手に取って頂き、ありがとうございます。著者の緋色の雨でございます。

実のところ、私は小説家を目指してから、デビューするまで八年ほどかかりました。三十作ほどを賞に送って、ときどき一次落ち。二次落ちが大半で、三次まで残ったのは二作のみ。しかもそのほとんどの評価で、キャラの魅力等はあるが、構成がまるでダメ、と。

当時の私は、構成がダメってどういうことなのさっ！　と本気で叫びましたね。

その後、三幕構成と運命の出会いを果たし、直後に『小説家になろう』に投稿した作品が、構成もしっかりしているとのありがたい評価をいただき、デビューするに至りました。

そんな訳で、私はわりと三幕構成の信者なんですが、今作は三幕構成の大枠のみを使用して、主人公であるリスティアの魅力を引き出すことに全力を注ぎました。

最強なのにポンコツ可愛いリスティアの物語、楽しんでいただけたら幸いです。

＊三幕構成というのは、映画を初めとして様々な分野で使われている構成です。説明を始めると本編より長くなってしまうので、気になる方はネットで検索してみてください。

続いて、この場を借りて、少しだけ自作品の宣伝をさせてください。

今作が発売する十一日前に『無知で無力な村娘は、転生領主のもとで成り上がる』の一巻が、三交社のUGnovelsより発売。同じ日に『この異世界でも、ヤンデレに死ぬほど愛される』二巻が双葉社のMノベルスより発売しています。

無知で無力な村娘は、私のデビュー作でもある異世界姉妹のスピンオフ的な作品であり、今作と直接の関係はないいんですが、同じ世界で、違う時代の物語となっています。

その無知で無力な村娘はタイトル通りに村娘が転生領主や規格外な仲間達に振り回されるお話で、異世界ヤンデレはエッチなヤンデレに振り回されるお話です。

興味があるという方は、ぜひお手に取ってみてください。

最後になりましたが、出版に関わった皆様、私を支えてくださった皆様、とにかく妹が欲しいを応援してくださった皆様。おかげさまで無事に一巻を出すことが出来ました。

本当にありがとうございます。

それでは、また二巻でお会いできることを願って。

二〇一八年　七月　某日　緋色の雨

二人《いもうと》のために、
リスティア様はわたしだけのものです！
上品な貴族も悪役令嬢も、
みんなまとめてゲットしちゃうよ！

とにかく妹が欲しい
最強の吸血姫は
無自覚ご奉仕中！

Tonikaku imoto ga hoshii
saikyo no kyuketsuki ha
mujikaku gohoshichu!

2

緋色の雨
ill. シソ

2018年冬
発売予定！

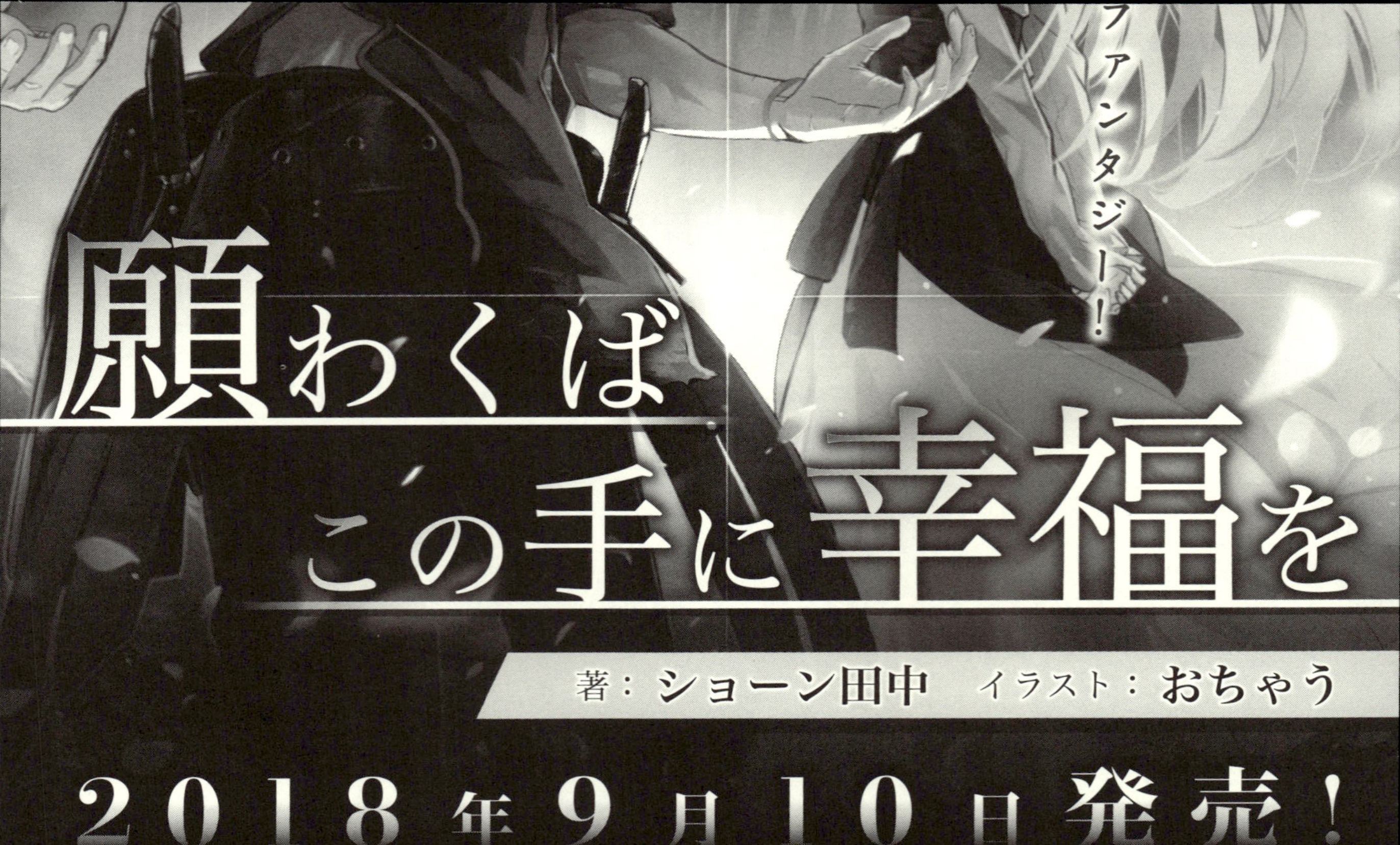

ファンタジー!
願わくば
この手に幸福を
著：ショーン田中　イラスト：おちゃう
2018年9月10日発売!

新作予告
ドン底冒険者の
一発逆転リプレイ・
くそったれな生き方に、
終止符を打つ！

とにかく妹が欲しい最強の吸血姫は無自覚ご奉仕中！

2018年9月1日　第1刷発行

著　者　**緋色の雨**

発行者　**本田武市**

発行所　**TOブックス**
〒150-0045
東京都渋谷区神泉町18-8　松濤ハイツ2F
TEL 03-6452-5766（編集）
0120-933-772（営業フリーダイヤル）
FAX 050-3156-0508
ホームページ　http://www.tobooks.jp
メール　info@tobooks.jp
印刷・製本　中央精版印刷株式会社

ISBN978-4-86472-722-8

Printed in Japan